Cornelia Mörbel

Gänsekrieg

Historischer Roman

Silberburg-Verlag

Cornelia Mörbel, Jahrgang 1969, ist in der Pfalz aufgewachsen. Als sie vor vielen Jahren, frisch nach Backnang umgezogen, an einer historischen Stadtführung teilnahm, wurde ihr Interesse an den geschichtlichen Hintergründen der Stadt entfacht. Sie arbeitet in einer Facharztpraxis in Backnang und wohnt mit Ehemann, Sohn und Tochter sowie zwei Katzen vor Ort.

1. Auflage 2012

Umschlaggestaltung: Anette Wenzel, Tübingen,
unter Verwendung des Gemäldes
»Die Gänserupferinnen« von Max Liebermann.
Lektorat: Bettina Kimpel, Tübingen.
Druck: Gulde-Druck, Tübingen.

Printed in Germany.

ISBN 978-3-8425-1184-2

Hauptpersonen

Margaretha Goldtner: in der Pflanzenheilkunde bewanderte, tüchtige Hebamme, die sich sehr um ihre Patientinnen und die Belange der Stadt kümmert

Veit Goldtner: ihr Mann, der ihr immer zur Seite steht, Schuhmacher von Beruf

Barbara, Ursula und Anna: ihre Kinder

Caspar Götz: nach einem Schicksalsschlag mausert er sich zu einem prächtigen Gesellen der Schuhmacherfamilie

Anna-Maria: ihre Magd, mit einer vollen klaren Singstimme

Leonhard Korn: streitbarer Vogt von Backnang, der erbittert gegen die Backnanger Frauen kämpft

Albrecht Heinrich: Barbier und Bader zugleich, nimmt kleine medizinische Behandlungen vor und reist im ganzen schwäbischen Ländle herum

Herzog Johann Friedrich von Württemberg: hilft wider Erwarten den Backnanger Frauen

Johannes von Genth: im Gefolge des Herzogs, verliebt sich in

Elisabetha: ebenfalls Hebamme und Freundin von Margaretha

Gregor Horstius: Medicus und Anatom aus Ulm, betreibt zwischenzeitlich wissenschaftliche Forschungen in Backnang, bei denen es nicht immer mit rechten Dingen zugeht

Johann Sigismund: sein Gehilfe, der für ihn die schmutzige Arbeit erledigt

und die halsstarrigen Frauen von Backnang

1. Kapitel

Zwei Bewohner Backnangs hatten in diesem Jahr ihr Leben im Fluss Murr gelassen. Der erste Tote wurde von Kindern, die an der Uferböschung spielten, im feuchten Schlick gefunden. Ein paar dort arbeitende Gerber bargen den Mann. Vermutlich aus Unachtsamkeit und durch einen zu tiefen Blick in sein Glas war er in diese missliche Lage geraten und nicht mehr herausgekommen.

Ratlos schauten sich die Gerber an. Gleichwohl fiel dem alten Wendel Gerber ein, dass der Anatom von Ulm in der Stadt weilte. Schnell schnappten sie sich einen Karren, luden den durchweichten Toten auf und eilten in Richtung Rathaus.

In dem Moment, als der Handkarren mit dem Leichnam passierte, traten der Anatom Gregor Horstius mit seinem Gehilfen Johann Sigismund und der jungen Hebamme Margaretha aus einem Haus auf die Gasse.

»Heda, was habt Ihr da? Bleibt stehen!«, rief Gregor Horstius herrisch.

»Herr, nur ein Trunkenbold, der alte Meister Buck. Wir wollten ihn Euch übergeben«, erklärte der alte Gerber.

»Wie ist er zu Tode gekommen. Ertrunken? Nur dann interessiert er mich!«

»Jawohl, Herr«, antwortete der Gerber ergeben. »Ersoffen ist der arme Kerl!«

»Was ist mit seinen Angehörigen?«, fragte Margaretha Goldtner.

»Hat er nicht, der alte Zecher war allein«, sagte der Gerber.

»Nun, dann überlasst mir den Toten. Wenn niemand Anspruch auf den armen Mann erhebt, werde ich ihn mir ansehen.«

Erleichtert übergaben die Gerber die Leiche. Horstius versprach, den Toten im Anschluss ehrenvoll beerdigen zu lassen und die anfallenden Beerdigungskosten zu übernehmen.

Nur der Karrenmann Simon Franck empörte sich über die Abnahme des Leichnams, als er davon hörte, weil er um seine Arbeit und seinen Lohn gebracht worden war.

Die Gerber verstanden nicht, warum der Anatom ein derartiges Interesse an der Leiche zeigte, denn eigentlich weilte er aus einem anderen Grund in der Stadt. Gregor Horstius war amtlich bestellter Hebammenprüfer. Mindestens einmal im Jahr kam er in die Stadt und kontrollierte deren Arbeit. Er fragte nach der Anzahl der Geburten und Totgeburten, erkundigte sich nach Komplikationen und hatte auch ein Auge auf die Reinlichkeit der Hebammen. So kam der Anatom im ganzen württembergischen Land herum und hatte noch ein kleines Zusatzeinkommen, denn die Hebammen bekamen die Prüfung nicht umsonst.

Der Tod des alten Buck hatte sich in dem kleinen Städtchen schnell herumgesprochen, aber niemand erregte sich besonders darüber. Der Tod war ein düsterer Bekannter. Schnell gingen die Menschen wieder zur Tagesordnung über und kümmerten sich nicht weiter darum.

Man schrieb das Jahr 1605. Die Reformation, in der Württemberg protestantisch geworden war, hatte Backnang einen gewissen Wohlstand gebracht. Das ehemalige Stift war zu großen Teilen in den Besitz der Stadt übergegangen. 1601 war das neue, prächtige Rathaus fertiggestellt worden.

In einer Schleife der Murr gelegen, zog sich die Siedlung hinauf bis zum Burgberg mit Stift und Stiftskirche. Eine Stadtmauer schützte die Bewohner vor Eindringlingen. Vor dieser Mauer, dicht an das Ufer der Murr gedrückt, standen kleine, einstöckige Gerberhäuschen mit ihren Werkstätten. Die Gerber selbst lebten allerdings innerhalb der Stadt, denn die Hochwassergefahr war zu groß. Die Häuser im Zentrum der Stadt, zweistöckig und von den wohlhabenderen Bürgern bewohnt, vermittelten den Eindruck einer Idylle mit angesehener Bürgerschaft. Die schmucken Fachwerkhäuser boten einen hübschen, sauberen Anblick. Die Kirche St. Pancratius diente seit 1603 dem regierenden Herzog Friedrich I. von Württemberg als Stiftskirche. Unweit davon lag der Stiftsbrunnen, der bis zur Murrsohle hinabreichte.

Viele weitere Brunnen der Stadt wurden durch die Murr gespeist. Bei einigen von ihnen, den Pumpbrunnen, musste mühsam mit einem Pumpschwengel das Wasser heraufgepumpt werden. Knechte, Mägde und Kinder wurden geschickt, um das wohltuende Nass heraufzuholen.

Der Fluss diente den Bewohnern Backnangs in mehr als einer Hinsicht. Er war die Lebensgrundlage einer Vielzahl von Familien. Die wenigen Gerber der Stadt nutzten die seichten Flussläufe für ihr Handwerk. Das Gerberviertel lag direkt am Ufer der Murr, wie auch die Bleichwiese für die Tuchmacher und Färber. Die rohen Tierhäute, befreit von Fett und Haaren, wurden hier eingeweicht und gewaschen. In großen Reihen standen hölzerne Stangen im Flussbett, an denen die nassen Häute aufgehängt wurden.

Die Murr bestimmte das Schicksal dieser Menschen, viel zu häufig kam durch sie auf tragische Weise der Tod.

Als die zweite Leiche gefunden wurde, wunderte sich niemand. Das Ereignis war zwar das Ortsgespräch für einen Tag, da es ausgerechnet den Sohn des Karrenmannes Franck getroffen hatte, aber nur die wenigsten interessierte es ernsthaft, da der Junge als »Epilepticus« bekannt war. Der kleine, erst dreijährige Bursche war in der Nachbarschaft beliebt gewesen, er hatte jedem freundlich zugenickt und sich höflich verbeugt. Aber einzig dem Bader, der das Kleinkind ebenfalls kannte, kam dies merkwürdig vor, denn er hatte einmal Reisende aus dem Orient getroffen, die ihre Arme zum Gebet vor dem Brustkorb zusammenführten und den Kopf neigten, wie es der Kleine tat. Er glaubte, dass irgendetwas dem Kind seinen Willen aufdrückte und es zwang, sich wie diese Orientalen zu verbeugen. Ob dies mit seiner Krankheit zusammenhing? War es das Verbeugen, das ihn zu Fall gebracht hatte?, fragte sich der Bader. Es war ihm wohl eine Pfütze zum Verhängnis geworden. Diese kleine Senke am Ufer der Murr hatte gereicht, um den kleinen Jungen umzubringen.

Der zufällig immer noch anwesende Anatom besah sich auch den Jungen. Er hatte von seiner Erkrankung gehört. Deswegen lautete sein Befund: »Ertrinken auf Grund eines krampfartigen Anfalles bei Fallsucht.«

Nach seinem Studium der Medizin an der Universität zu Helmstedt 1597 und Wittenberg im Jahre 1600 hatten ausgiebige Studienreisen Gregor Horstius in die Schweiz und nach Österreich geführt. Auf einer dieser Reisen hatte er den Kaufmann und Heiligenpfleger Jeremias Bäderlin aus Backnang kennengelernt. Bei seinen Besuchen in dieser Stadt kam er gewöhnlich bei ihm unter und war ihm in herzlicher Zuneigung verbunden. Horstius stand kurz vor seiner Promotionsarbeit und nutzte jede noch so außergewöhnliche Gelegenheit, um sich darauf vorzubereiten. Er hatte sich völlig der Anatomie verschrieben. Die Wissenschaft vom Körperbau der Pflanzen, Tiere und Menschen faszinierte ihn. Besonders interessierte er sich für den menschlichen Körper. Sein Ehrgeiz und seine grenzenlose wissenschaftliche Neugier hatten ihn dazu gebracht, Untersuchungen an Leichen durchzuführen.

Aus Respekt vor dem Freund und dessen hippokratischem Eid, der unter anderem besagte: »In welches Haus immer ich eintrete, werde ich zum Nutzen des Kranken, frei von jedem willkürlichen Unrecht und jeder Schädigung meine Arbeit tun«, hatte ihm Bäderlin seinen Keller ohne viel Fragerei zur Verfügung gestellt. Der Anatom hielt sich im untersten Geschoss des Hauses so oft wie möglich auf, ohne das gastfreundliche Wesen seines Freundes zu beleidigen oder ihn gar gefährden zu wollen.

Sein Assistent – oder eher Gehilfe – Johann Sigismund diente ihm gewissenhaft. Horstius vermochte nicht mit Bestimmtheit zu sagen, woher er seine Grundkenntnisse in der Heilkunst hatte. Unbezweifelbar hatte er nie eine medizinische Fakultät besucht. Der Anatom nahm an, dass er seine Kenntnisse von einem fahrenden Bader gelernt hatte. Einfache medizinische

Behandlungen konnte Johann Sigismund vornehmen, aber von Forschung und Wissenschaft verstand er nichts. Wie Horstius wiederholt überprüft hatte, verspürte Johann keinerlei Drang, Zusammenhänge bei Erkenntnissen in der Heilung von Krankheiten verstehen zu wollen, wenn der Anatom sie ihm erklärte. So war aus Johann lediglich ein Faktotum, ein Gehilfe für alle anfallenden Arbeiten im Dienste des Studierten geworden.

Johann Sigismund stand nun neben Horstius und übernahm mit bloßen Händen das vollständige Entkleiden des stinkenden Toten. Das Leichengift schien weder ihm noch dem Anatomen etwas anzuhaben.

Verstohlen betrachtete Gregor Horstius seinen Gehilfen. Fleißig und gewissenhaft, ja, das war er, aber mit Erschrecken musste sich Gregor eingestehen, wie wenig er ihn kannte, wie wenig er von ihm wusste. Hatte er Familie? Nie hatte er eine Frau oder sogar Kinder erwähnt. Lediglich von seinen alten Eltern aus Wittenberg hatte er früher gesprochen. Lebten sie noch? Der Anatom wusste es nicht. Johann Sigismund war sehr zurückhaltend, was seine eigene Person anging. Es hatte Horstius bisher nicht danach verlangt, weiter nachzuforschen. Merkwürdig, dass er sich gerade jetzt darüber Gedanken machte. Aber vielleicht lag es auch daran, dass er im Haus seines Freundes war, den er in- und auswendig zu kennen schien, dem er vertraute. Johann Sigismund traute er nicht. Obwohl sie schon mehrere Jahre gemeinsam arbeiteten, war ein ungutes Gefühl in seinem Bauch zurückgeblieben.

Horstius sprach oft davon, eines Tages zu heiraten und eine Familie zu gründen, das war für ihn selbstverständlich. Sobald er einen festen Lehrstuhl und vielleicht sogar seine eigene Praxis hätte, wollte er diese Träume in die Tat umsetzen.

Der Medicus gab sich einen Ruck, um die lästigen Gedanken abzuschütteln, und begann mit der Untersuchung der vor ihm liegenden Leiche. Dabei verlor er jedes Zeitgefühl. Er roch an dem Toten, tastete intensiv Hände, Gliedmaßen und Bauch ab, besah sich die Haare und Nägel. Er wusste, dass er sich auf heißem Pflaster aufhielt. Aber die Volksmeinung, durch das bloße Anfassen einer Leiche könne man sich vergiften, hatte er schnell widerlegt. Als erfahrener und aufgeklärter Anatom wusste er, dass keinerlei Gefahr von ihr ausging, außer, der Tote wäre von einer schweren, tödlichen Krankheit befallen gewesen.

Gregor Horstius glaubte fest daran, dass der Augenblick kommen würde, wo es jedem Menschen gestattet sein würde, auch unter den Augen der Kirche einen Toten zu berühren. Aber er wagte es nicht, dies laut auszusprechen. Sein ganzes Tun musste heimlich geschehen. Und oft arbeitete er bis spät in die Nacht im Haus seines Freundes.

Ein empörtes Murren ging durch die Stadt, als bekannt wurde, dass Simon Franck dem Anatomen erlaubt hatte, seinen Sohn mitzunehmen. Das Gerücht verbreitete sich schnell, der Karrenmann hätte ein großzügiges Geld für den Leichnam seines Sohnes erhalten. Obwohl Franck das entschieden abstritt, blieben Zweifel bei den Backnangern bestehen.

Anna Binder, das bekannte Klatschmaul der Stadt, drückte aus, was viele dachten: »Anständige Bürger begraben ihre Angehörigen selbst und geben ihnen ein ordentliches Begräbnis auf geweihtem Boden. Wer weiß, wo das Kind verscharrt wird!« Empört schimpfte sie weiter: »Ich hätte niemals gedacht, dass Simon Franck seinen Sohn verkauft!«

Gregor Horstius kümmerte sich nicht um das Gerede der Leute. Er wachte über die Hebammen und besprach sich mit der Stadtobrigkeit über das Errichten eines Spitales. In Ulm, wo sein Amtskollege Johannes Schultes praktizierte und lehrte, war die Versorgung der Armen und Kranken schon viel fortgeschrittener. Johannes Schultes förderte die Errichtung entsprechender Einrichtungen. Auch auf die Einhaltung hygienischer Vorschriften achtete er genau.

Immer wieder predigte Horstius den einfachen Bürgern: »Der Eimer mit der Notdurft muss regelmäßig entsorgt werden und darf nicht neben Nahrung abgestellt werden. Wascht eure Hände.« Weiter befahl er: »Bringt eure Abfälle aus dem Haus und kehrt eure Rinnsteine regelmäßig sauber. Dann werdet ihr nicht so oft von Krankheiten befallen.«

Den Leuten leuchteten seine Vorschriften meist nicht ein. Man hatte jahrhundertelang neben dem Dreck gegessen und gelegen, warum sollte man daran etwas ändern? Was immer funktioniert hatte, konnte auch weiter bestehen. Doch der Medicus Gregor Horstius befürwortete die Vorschriften von Johannes Schultes, befolgte sie eisern und gab sie auch in jeder Stadt, die er bereiste, entsprechend weiter.

Margaretha Goldtner war mit ihren einundzwanzig Jahren nett anzusehen, sie hatte feine Gesichtszüge und braune Locken und strahlte eine tatkräftig entschlossene Energie aus. Sie freute sich über das erfolgreiche Abschließen ihrer jährlichen Hebammenprüfung. Diese wurde ihr abverlangt, um ihren geliebten Beruf ausüben zu können. Nach diesem anstrengenden Vormittag ging sie zufrieden nach Hause. Den Nachmittag wollte sie zur Herstellung ihrer verschiedenen Salben nutzen.

Gestern hatte sie sich beim Rotgerber Breuninger eine kleine Schüssel mit Talg geholt. Nun erwärmte sie das zerkleinerte Rinderfettgewebe, bis es geschmolzen war, dann fügte sie zerstoßene Heilkräuter hinzu. Sie verwendete den reinen Talg zudem, um Beleuchtungskörper zu ziehen. Dies geschah durch wiederholtes Eintauchen eines Fadens in die geschmolzene Fettmasse. Einzig der ranzige Geruch, den diese Kerzen verströmten, trübte die Freude an dem warmen, anheimelnden Licht. In der Kirche gab es dann und wann Altarkerzen aus Bienenwachs. Meist wurden diese Kerzen von reichen Bürgern gespendet. Der Pfarrer bewahrte sie für besondere Anlässe auf. An hohen Festtagen wie Ostern und Weihnachten verströmten sie dann einen honigschweren Duft. Aber so etwas konnte sie sich nicht leisten. Ihr und ihrer kleinen Familie mussten die Talgkerzen genügen.

Es kostete Margaretha einen ganzen Nachmittag, bis die Salben und Kerzen fertig waren. Das Abendrot leuchtete schon und sie war sehr müde. Zusammen mit ihrem Mann nahm sie noch ein schnelles Vesper ein, das ihre hübsche Magd Anna-

Maria gerichtet hatte. Margaretha brachte ihre Tochter zu Bett, bevor sie selbst todmüde in ihr weiches Daunenbett fiel.

Am frühen Morgen an einem Tag Ende August 1605 kam Anna-Maria, die Magd der Schuhmacherfamilie Goldtner, aufgeregt vom Wasserholen am Brunnen zurück. Eilig lief sie zu Margaretha in die Wohnstube.

»Ich habe den Lehrbub des Zimmermannes Bükling am Brunnen getroffen. Er hat mir erzählt, dass der fahrende Bader aus Heilbronn heute zum Markt kommt. Er sollte ausrichten, dass er eine Bestellung für Euch dabeihabe.«

»Ach, heute schon? Das ist ja wunderbar!«, erwiderte Margaretha. »Bitte geh und weck Barbara, ich möchte sie mit zum Markt nehmen.«

Geschwind lief Anna-Maria ein Stockwerk nach oben in das Zimmer, in dem die vierjährige Tochter des Hauses schlief. Sanft rüttelte sie das Mädchen wach.

»Zieh dich an!«, forderte Anna-Maria die Kleine auf.

»Wieso so früh?«, fragte das Mädchen und gähnte ausgiebig.

»Deine Mutter wird dich zum Marktplatz mitnehmen, der Bader kommt in die Stadt und er hat etwas für sie dabei. Es scheint ihr wichtig zu sein«, antwortete Anna-Maria.

In der Stube begrüßte Margaretha ihre Tochter mit einem liebevollen Kuss. Dann nahm sie eine Holzschüssel vom Regal über dem Ofen und füllte eine Kelle Hafergrütze hinein.

»Hier, Barbara, iss. Der Brei ist noch warm.«

Die Kleine nahm die Schüssel entgegen und fing ohne großen Appetit an zu essen. Sie war ängstlich und aufgeregt, weil sie mit ihrer Mutter so zeitig zum Markt gehen sollte. Es war nicht üblich, dass ihre Mutter sie mitnahm, normalerweise ging sie nur in Begleitung der Magd in die Stadt.

»Muss ich mir vom Bader die Haare schneiden lassen?«, fragte sie.

»Aber nein!« Margaretha strich ihr über die blonden, weichen Locken. »Behalte du noch eine Weile deine Locken und ich behalte mein Geld. Das nächste Mal vielleicht.«

Sie seufzte leise. Ihr kleines Mädchen brauchte nichts von ihren Sorgen zu spüren. Wenn nicht bald ein paar ihrer Patientinnen in Kreuzern bezahlen würden und nicht nur in Naturalien, konnte sie in Kürze keine Rechnung mehr bezahlen. Geschweige denn sich ihren größten heimlichen Wunsch erfüllen.

Von Heinrich Albrecht, dem Bader, hatte sie von einem Buch über Geburtshilfe erfahren. Seitdem er ihr davon erzählt hatte, ging ihr das Buch nicht mehr aus dem Kopf. Vielleicht war heute der große Tag, an dem sich ihr Wunsch erfüllen würde! Jeden Kreuzer, den sie bisher mühselig erübrigen konnte, hatte sie dafür zur Seite gelegt. Doch solange sie nicht sicher war, dass sie sich dieses Buch je leisten konnte, versuchte sie den Gedanken daran, so gut es ging, zu verdrängen.

Margaretha öffnete den schweren Vorratsschrank. In einem kleinen geflochtenen Weidenkorb lagen Eier. Schnell zählte sie nach.

»Ein Dutzend, das reicht nur noch für ein oder zwei Tage.«

Sie nahm sich vor, Anna-Maria mehr auf die Finger zu schauen.

»Wenn ich nicht aufpasse, vergisst sie, im Hof nachzusehen, ob die Hühner und Gänse dort Eier gelegt haben!«

In den großzügig mit Stroh ausgeschütteten Verschlag, Herberge für drei Dutzend Hühner und Gänse, ging die Magd gerne. Es gehörte zu ihren ersten Pflichten am frühen Morgen, die Tiere zu versorgen. Schnell waren die Legestätten nach Eiern abgesucht. Aber im Hof sämtliche Verstecke der Tiere gründlich nach Eiern abzusuchen, gebückt oder auf Knien rutschend, verabscheute Anna-Maria. Sie stand lieber verträumt am warmen Herd.

Margaretha wusste das ganz genau. Dagegen schätzte sie Anna-Marias Kochkünste, denn sie schaffte es, auch aus wenigen Zutaten einen schmackhaften Eintopf zu zaubern. Auch ein einfacher Haferbrei schmeckte bei ihr locker und bekömmlich. Margaretha, die keine hervorragende Köchin war und sich schon manche Kritik anhören musste, überließ ihrer Magd nur zu gerne diese Aufgaben. Auch ihr Mann Veit lobte Anna-Maria. Aus diesem Grund kniff Margaretha ein Auge zu, wenn sie es bei der Versorgung der Tiere an Sorgfalt fehlen ließ. Nach einer erneuten Kontrolle und einer Rüge erledigte sie das Versäumte für diesen Tag selbst.

Artig aß Barbara ihre Grütze.

»Wenn du fertig gegessen hast, gehen wir los.«

Margaretha stieg die Treppe hinauf und ging in ihre Schlafkammer. Auf ihrer Eichenkommode stand eine schwere Holztruhe. Sie entriegelte das Schloss und entnahm ihr eine kleine Lederbörse. Darin war ihr wertvollster Schatz: gute drei Gulden. Ein kleines Vermögen bedeutete dieses Geld.

Jetzt hatte sie vor, es zu nehmen, um sich endlich das Buch der berühmten Hebamme Marie-Louise Bourgeois zu kaufen. Der Bader brachte auf seinen Reisen durch württembergisches Land immer wieder »Belles lettres«, sogenannte französische Literatur, mit. Die Handvoll Bücher, die er stets mit sich führte, waren meist Memoiren oder dramaturgische Kontroversen. Das Nachschlagewerk der Hebamme Bourgeois dagegen war schon etwas Besonderes.

Margaretha hatte lange überlegt, ob das französische Buch sein Geld wirklich wert war. Aber dann verwarf sie ihre Zweifel. Es sollten viele detaillierte Illustrationen über Handgriffe der Geburtshilfe abgebildet sein. Das würde ihr weiterhelfen, auch wenn sie das französische Buch nicht lesen konnte. Sie liebte ihren Beruf, aber an manchen Tagen erschienen ihr die Anforderungen doch zu hart. Wenn sie wieder einmal das Leben einer Mutter oder das des Kindes nicht retten konnte, weil sie den Widerstand des Kindes, das Licht der Welt zu erblicken, nicht überwinden konnte, war sie verzweifelt. So war sie fest davon überzeugt, dass dieses Buch ihr helfen würde, die Schwierigkeiten bei vielen Geburten zu überwinden.

Entschlossen griff sie die Lederbörse und warf sich einen leichten Umhang über. Eilig lief sie in die Stube zurück.

»Bist du fertig, Barbara?«, fragte sie.

»Ja, Mama!«, antwortete die Kleine.

»Anna-Maria, lass die Gänse aus dem Stall. Dann können sie sich ihr Futter im Hof selbst zusammensuchen«, befahl Margaretha. Mahnend erhob sie ihren Zeigefinger: »Aber achte darauf, die Gänse dürfen nicht auf die Felder laufen. Sonst gibt es wieder Ärger!«

»Ja, Herrin.« Die Magd nickte gehorsam.

»Anschließend richtest du das Vesper für meinen Mann, und vergiss nicht, den Hof zu fegen!«

»Jawohl, Hebamme Goldtner!«

Anna-Maria ließ sich ihre Enttäuschung nicht anmerken. Insgeheim hatte sie gehofft, auch mit zum Markt zu dürfen. Normalerweise erledigte sie die Einkäufe, aber heute war es anders.

Sie war dankbar, eine Stellung im Hause Goldtner bekommen zu haben. Wenn sie sich nicht gut anstellte und zurückgeschickt werden würde, wären ihre Eltern sehr unglücklich. So lächelte sie tapfer.

»Nach Erledigung meiner Einkäufe gehe ich beim Hafner vorbei«, sagte Margaretha zu Anna-Maria. »Ich habe vergangenen Freitag eine flache Bratschüssel bestellt. Zum Glück hat er mir diese bei der Geburt seines Sohnes Stoffel als Bezahlung zugesagt.« Darauf nahm sie ihre Tochter an die Hand und verließ das Haus.

Die Familie Goldtner bewohnte ein kleines, weiß getünchtes Haus mit braunem Balkenwerk in der Nähe des Sulzbacher Tores. Unter einem Dach befanden sich Wohnung, Stall und die Schuhmacherwerkstatt ihres Mannes. Ringsherum angesiedelt waren weitere Handwerker wie Tuchscherer, Büchsenschmied, Schmied und Sattler. Jeder von ihnen fertigte brauchbares, ertragreiches Werkzeug.

Der Sattler stellte Sättel, aber auch alle anderen Lederwaren wie prächtige Wagenpolster und vieles andere her. Die fleißigen Tuchscherer bearbeiteten die wollenen Stoffe so lange mit der Schere, bis diese keine Unebenheiten mehr aufwiesen. Der Büchsenschmied stellte verschiedene Handfeuerwaffen her und hielt sie auch in Schuss. Der Schmied dagegen hantierte sicher mit glühendem Eisen und formte Nägel unterschiedlicher Größe und Stärke sowie Ketten und Hufeisen. Ein Seiler befand sich ebenfalls in der Nachbarschaft. Für das ansässige Stift arbeiteten außerdem ein Stiftskornmesser, Stiftsküfer und Stiftskastenknechte. Durch Aufträge aus dem reichen Stift konnte auch ein Goldschmied in der aufstrebenden kleinen Stadt seinen Unterhalt verdienen, wie auch aufgrund von Aufträgen aus dem Bürgertum, was auf einen gewissen Wohlstand bei dem einen oder anderen Bürger schließen ließ.

Vom Sulzbacher Tor war es nicht weit zum Marktplatz. Mutter und Tochter gingen bergauf durch die engen Gassen. Vorbei am Kornhaus erreichten sie ihr Ziel in kurzer Zeit.

Das Kornhaus, das der Gasse ihren Namen gab, war ein hohes Fachwerkhaus. Vor dem Rathausneubau im Jahre 1600 hatte die Stadt es als Rathaus genutzt. Nun war es wieder als Kornhaus verfügbar. Im Erdgeschoss befanden sich die Stadtwaage und der Kornmarkt. Ein Stockwerk höher war ein großer Saal, der als Verkaufsraum für Leder, Tuche und andere feine Waren diente. Er wurde auch für Hochzeitsfeiern verwendet.

Um den Marktplatz standen ansehnliche zwei- und dreistöckige Häuser. Hier wohnten reiche Bürger Backnangs und ihre Familien. Viele der besser ausgestatteten Häuser hatten reich verzierte Fachwerkfassaden.

Am prachtvollsten war jedoch das große dreistöckige Rathaus. Das erste Geschoss, aus Sandstein erbaut, war mit schönen Steinköpfen an den Konsolen der Vorderseite geschmückt. Das Wappen der Stadt prangte über dem Eingang. Es zeigte einen in der Mitte gespaltenen Schild mit den württembergischen Hirschstangen.

Die übrigen beiden Stockwerke waren aus Holz erbaut. Eindrucksvoll war die Konstruktion des Dachstuhls. Ein schlanker runder Turm auf der Ostseite vervollständigte das Haus. Im ersten Stock war die Fruchthalle untergebracht, im zweiten tagte das Gericht. Im obersten Stockwerk gab es einen kleinen und einen großen Saal sowie die Wohnung für den Ratsdiener.

Margaretha hatte heute keinen Sinn für die Schönheit der Bauten. Ihr Blick ging suchend über die Menschenmenge. Nur kurz verweilten ihre Augen an den einzelnen Marktständen. Kein noch so gut bestückter Stand mit leuchtendem Obst oder knackigem Gemüse fand ihre Beachtung.

Als ihr Blick den Pranger streifte, schauderte sie. Zur Schau gestellt wurde eine junge Frau, der nachgesagt wurde, ein liederliches Weib zu sein. Sie war der Hurerei angeklagt. Außerdem wurde sie beschuldigt, ihr Kind getötet zu haben.

Margaretha hatte sie damals bei der Geburt betreut und mehr über ihr Schicksal erfahren. Mit zwölf Jahren war die junge Frau vergewaltigt worden. Ein Mann, gerade dem Knabenalter entwachsen, war ihr auf dem Nachhauseweg gefolgt. Aber sie hatte ihn bemerkt. Als sie seine Hand vertraulich auf ihrem Arm spürte, drehte sie sich abrupt um und wollte gerade aufbegehren, da stellte er sich höflich vor.

»Georg Haichberger, zu Euren Diensten, gnädiges Fräulein. Darf ich Sie nach Hause begleiten?«

Da ihn seine Kleidung als vornehmen Edelmann auswies und auch seine Sprache untadelig war, schöpfte sie keinen Verdacht. Erfreut stimmte sie zu. Mit ihrem rechten Arm hakte sie sich bei ihm unter und gemeinsam gingen sie durch die schlecht beleuchteten Gassen. Doch schon nach der nächsten Straßenecke, als sie in eine besonders dunkle, menschenleere Gasse kamen, drückte er sie brutal an die Wand. Mit einer Hand hielt er ihr den Mund zu, mit der anderen schob er ihren Rock hoch. Verzweifelt versuchte sie sich zu wehren. Sie schlug ihm ihre Fingernägel in den Rücken. Aber gegen seine gierigen Kräfte konnte sie nichts ausrichten. Ein gurgelnder Schrei entwich ihrem Mund.

»Sei still, sonst töte ich dich!«, drohte er.

Die Entschlossenheit in seinen Worten machten ihr noch mehr Angst und der Blick seiner blauen Augen schien sie zu durchbohren. Eingeschüchtert gab sie keinen Laut mehr von sich. Hastig nestelte er seine Hose herunter. Grob stieß er zwischen ihre Schenkel und verging sich an ihr.

Als er endlich von ihr abließ, rutschte sie zitternd in die Hocke. Verängstigt blieb sie dort sitzen, bis ein junges Paar vorbeikam. Sofort erkannten diese beim Anblick der blutverschmierten, heulenden Frau, was passiert war. Nach vorsichtiger Befragung fanden sie heraus, wo sie wohnte, und brachten sie zu ihrem Elternhaus.

Verzweifelt heulend schilderte sie ihren Eltern ihr Unglück.

Doch statt Verständnis zu zeigen, brüllte ihr Vater: »Du Hure! Wie konntest du dich mit ihm einlassen?«

»Aber ich habe doch nicht freiwillig …« schluchzte sie. »Ich dachte, er sei ein Edelmann!«

Um Hilfe bittend blickte sie zu ihrer Mutter. Fast unmerklich schüttelte diese den Kopf, bevor sie zu Boden sah. Von dieser Seite war keine Hilfe zu erwarten, spürte die junge Frau, da die Mutter sonst selbst Prügel bezogen hätte. Wie eine eingeschüchterte, verängstigte Hündin stand sie vor ihrem Vater und ließ die Schimpftirade über sich ergehen.

»Scher dich fort! Verschwinde aus meinem Haus!«, schrie er.

Aber erst als er zornig tobte: »Ich will dich nie wieder sehen!«, sank sie weinend vor ihm in die Knie und packte seinen Wams.

»Bitte, Vater! Alles, nur das nicht!« bettelte sie.

Energisch riss er sich los und stieß sie wütend von sich. Sie war nicht mehr fähig, sich dagegen zu wehren, und ehe sie sich versah, landete sie auf der Straße.

Ohne Zuhause musste sie ihren Lebensunterhalt als Bettlerin oder, noch viel schlimmer, als Hure verdienen. Sie würde genau zu dem werden, dessen sie ihr Vater beschuldigt hatte.

Margaretha versuchte ihr zu helfen, so gut es ging. Schon bald war das Mädchen schwanger zu ihr gekommen und sie gab ihr wertvolle Anweisungen. Damals gestand sie Margaretha eines Tages heulend, dass sie sich versündigt habe, weil sie versucht hatte, das Kind loszuwerden. Aber das Kind hatte allen Mitteln getrotzt und wuchs weiter in ihr.

Die Hebamme versuchte sie zu trösten, untersuchte sie und bestätigte ihr, was sie vermutet hatte. Das Kind war wohlauf, es strampelte. Daraufhin wurde die verzweifelte Frau ganz still und verließ Margaretha ohne ein weiteres Wort.

Einen Tag nach der Geburt erfuhr Margaretha, dass sie ihr Kind erwürgt hatte.

Die jammervolle Gestalt im zerrissenen Kleid und mit entblößter Brust, die nun am Pranger stand, rührte dennoch Margarethas Herz. Den Tod durch das Schwert, das weitere Schicksal, welches sie zweifellos erwartete, hatte die junge Frau nicht verdient. Dies spürte Margaretha eindringlich, aber dieses Unglück konnte sie unmöglich abwenden. In ihrem Inneren hatte sie Verständnis für die Verzweiflungstat, die die junge Frau begangen hatte, um ihrem Kind das eigene Schicksal zu ersparen. Doch dies würde sie niemals jemandem anvertrauen.

Trotz der misstrauischen Blicke der umstehenden Bürger sprach Margaretha die Frau am Pranger an: »Kann ich etwas für dich tun?«

Mit wirrem Blick sah die Frau auf, dann drehte sie den Kopf zur Seite und schloss die Augen.

Margaretha wollte nicht gleich aufgeben und fragte beharrlich weiter: »Soll ich dir etwas zu trinken holen?«

Die frühe Morgensonne brannte im August um diese Zeit schon erbarmungslos auf sie nieder. Sie spürte, wie Schweißperlen zwischen ihren Brüsten herunterliefen und hatte großen Durst nach einem Schluck Wasser. Der armen Frau am Pranger musste es genauso ergehen.

Die Frau schüttelte jedoch unwillig den Kopf und stieß erregt hervor: »Das nützt jetzt auch nichts mehr. Lass mich in Ruhe! Verschwinde!«

Margaretha war überrascht über so viel Undank und wandte sich enttäuscht ab.

Ein alter Mann neben ihr grölte: »Kindsmörderin!«

Eine Bäuerin stimmte mit ein: »Hure! Mörderin! Hängt sie auf!«

Laute Stimmen schrien durcheinander. Ein Raunen wie ein dunkles Donnergrollen ging durch die aufgebrachte Menschenmenge.

Plötzlich erscholl ein lauter Ruf aus der Menge: »Hebamme Goldtner! Margaretha, kommt zu mir!«

Margaretha blickte auf und sah wie Heinrich Albrecht sie aufgeregt zu sich hinüber winkte.

Mitleidig sah sie noch einmal zum Pranger. Dann wandte sie sich ab und nahm Barbara auf den Arm. Das kleine Mädchen war still und verängstigt nach diesem Zwischenfall und drückte sich an die Mutter. Zielstrebig schritt Margaretha auf den Karren des Baders zu.

»Ihr wart in gefährlicher Gesellschaft, Hebamme Goldtner«, begrüßte er sie. »Meidet diese Leute, sonst gerät Euer guter Ruf in Gefahr. Nehmt den gut gemeinten Rat eines alten Mannes an!« Besorgt sah er ihr in die Augen.

»Ich hab es nur gut gemeint«, murmelte Margaretha.

»Ihr habt ein gutes Herz, mein Kind.« Seine dunkelbraunen Augen blickten sie forschend an. »Aber der Pöbel sucht nur nach einem Grund, um die Bürger aufzuwiegeln. Es war deutlich zu fühlen. Wie Gewitterwolken zog eine dunkle Wand auf uns zu. Habt Ihr die Spannung nicht gespürt? Da fehlte nur noch ein böses Wort …«

»Tatsächlich? Das habe ich nicht bemerkt«, antwortete Margaretha.

»Deshalb habe ich gerufen. Die Bauern und Handwerker in der Stadt sind sehr unzufrieden. Seit Herzog Friedrich die Abgaben erhöht hat, bekomme ich das deutlich zu spüren. Die Kaufbereitschaft hat merklich nachgelassen und meine Dienste als Barbier nimmt auch kaum noch jemand in Anspruch.«

»Ja, ich weiß. Mein Mann ist auch betroffen. Er stöhnt auch über die zusätzliche Belastung. Außerdem hat ihm der Rotgerber diese Woche kein Leder gebracht. Die Bauern, von denen er sonst die Tierhäute bekommt, haben ihre Waren diesmal in Heilbronn zum Markt gebracht. Dort erzielen sie bessere Preise und es fällt ihnen leichter, ihre Steuern an den herzoglichen Vogt zu bezahlen.«

»Dieser Halsabschneider!«, schimpfte Heinrich. Aber dann wechselte seine düstere Miene und machte einem breiten Grinsen Platz: »Nun zu unserem Geschäft.«

»Habt bitte noch einen Moment Geduld«, bat Margaretha. »Wir brauchen vorher noch einen Schluck zu trinken.«

Der Bader nahm sie beim Arm. »Dann kommt zum Gasthof *Schwanen*, dort genehmigen wir uns ein kühles Bier.«

Um die andere Hand schlang er sich den Lederriemen des Pferdehalfters. Er gab seinem Pferd einen freundlichen Klaps auf das Hinterteil und führte das Tier mit seinem Karren am Brunnen vorbei. An der Vogtei bogen sie ab in Richtung *Schwanen*.

Heinrich starrte an der Fassade des Hauses hinauf, als befürchtete er, den Vogt am Fenster stehen zu sehen. Er glaubte eigentlich nicht, dass der fettleibige Vogt Leonhard Korn seinen Hintern ans Fenster bewegen würde. Er mied die Öffentlichkeit. Solange die Backnanger Bürger nicht seinen Namen schrien, würde er, der sich zugleich Oberamtmann, Amtsrichter und Finanzamtmann nennen durfte, nicht freiwillig erscheinen.

Vogt Leonhard Korn war zur Zeit der am meisten gefürchtete und gehasste Bürger der Stadt. Als Steuereintreiber des Herzogs Friedrich von Württemberg hatte er einen schweren Stand. Der Herzog saß in sicherer Entfernung in Stuttgart oder seiner angestammten Grafschaft Mömpelgard und schmiedete großspurige Pläne, die natürlich viel Geld kosteten. Deshalb war er bei der Beschaffung des Geldes nicht zimperlich: Die Bevölkerung durfte durch aberwitzige Steuern dafür aufkommen.

Der Herzog war hinreichend für seine Verschwendungssucht bekannt. Einer seiner Vorgänger, Herzog Ulrich, hatte jedoch bereits Zugeständnisse an die Landstände machen müssen. Er hatte mit den Würdenträgern der Kirche, der Ritterschaft, also dem niederen Adel, und den Stadtvertretern den sogenannten »Tübinger Vertrag« geschlossen. Darin bekamen diese die Pflicht auferlegt, die Schulden des Herzogs zu übernehmen. Als Gegenleistung galt für sie ein umfangreiches Recht auf Mitbestimmung bei den Steuerforderungen. Vom jetzigen Herzog Friedrich erhielten die führenden Vertreter der Stände bei der Regierungsgewalt ein kleines Mitspracherecht dazu. Durch diese Regelung konnten die Herrscher die Steuern zwar nicht in unermessliche Höhen treiben, bezahlt werden mussten sie am Ende aber trotzdem.

Barbara jammerte laut: »Mama, ich hab so einen Durst!«

»Wir sind gleich da. Du bekommst ein Glas Apfelmost«, sagte Margaretha.

Vor dem Gasthaus hielt Heinrich Albrecht einen kleinen Jungen am Ärmel fest. »Warte mal! Wenn du gut auf meinen Karren und mein Pferd aufpasst, bekommst du einen Kreuzer.«

»In Ordnung, mein Herr!«, antwortete der Junge.

»Falls du deine Sache gut machst, bekommst du zusätzlich noch einen saftigen Apfel von mir«, versprach der Bader.

Sein Karren war nur mit einer Plane abgedeckt. Sie war an allen vier Ecken durch ein Seil festgezurrt. Heinrich nestelte hinten rechts am Flachsseil und fluchte leise dabei, weil sich das verdrillte Seil in seine einzelnen Fäden aufzulösen drohte. Ungeduldig zerrte er daran, aber der Knoten hielt. Mit seinen großen Händen versuchte er ungeschickt die Fasern zu lösen. Endlich konnte er ein Ende herausziehen. Der Knoten lockerte sich und löste sich schließlich auf. Heinrich schlug die Plane ein kleines Stück zurück und entnahm der Karre ein schmales, in Pergamentpapier eingeschlagenes Päckchen.

Anschließend deckte er die Plane wieder zu und wandte sich an den Jungen: »Pass mir besonders hier an der rechten Ecke auf, das Seil ist kaputt.«

»Herr, mein Vater ist Seiler«, sagte der Junge stolz. »Er stellt das beste, stärkste Flachsseil in ganz Württemberg her. Außerdem feinste Seile aus Baumwolle und Seide.«

»Na, so ein Zufall!«, schmunzelte Heinrich. »Aber gut, du kannst mich später zu ihm bringen. Wenn er einen anständigen Preis macht, kommen wir ins Geschäft.«

Sie stiegen die Stufen zum Gasthaus hinauf. Das rustikale Steinhaus mit seiner offenen Eingangstür lud zum Verweilen ein. Im Schankraum kam ihnen der Wirt, Wilhelm Lederer, eilfertig entgegen.

»Was darf's sein, die Herrschaften?«

»Zwei Becher Bier und einmal Most für das junge Fräulein«, ewiderte Heinrich.

Margaretha sah sich neugierig um. Hier und da erblickte sie ein bekanntes Gesicht.

»Grüß Gott!« Freundlich grüßte sie Nicolas Laux, einen Zunftbruder ihres Mannes.

Er saß mit drei anderen zusammen und sie würfelten miteinander. Kurz sah Margaretha die aus Hirschgeweih geschnitzten Würfel rollen, bevor sie in der Hand des Spielers verschwanden.

Die Tische waren gut besetzt. Nur ein Tisch an der Tür zur hinteren Gasse war noch frei. Barbara entdeckte ihn, rannte durch den Raum und kletterte schnell auf einen freien Stuhl.

Heinrich Albrecht schmunzelte. »Nun kommt, Margaretha.«

Am Tisch strich der Bader Barbara die feuchten, verschwitzten Haare aus dem Gesicht. Barbara lächelte ihn an. Als der Wirt die Getränke gebracht hatte, prosteten sie sich zu.

»Auf Euer Wohl!«, sagte Margaretha und nahm einen kräftigen Schluck des dunklen Bieres. »Igitt, das schmeckt eklig!« Angewidert schüttelte sie den Kopf.

Heinrich schob Margaretha das Pergamentpäckchen über den Tisch. »Macht es auf und prüft, ob es das richtige Buch ist.«

Hastig riss Margaretha das Pergamentpäckchen auf. Ein dickes Buch mit Ledereinband und Pergamentseiten kam zum Vorschein. Die großen Lettern darauf konnte sie nicht lesen.

»Lehrbuch für Hebammen«, übersetzte Heinrich.

Freudig begann sie darin zu blättern. »Seht nur diese Bilder! Alles ist detailgetreu gezeichnet! Wunderbar!«, jubelte sie. Ehrfürchtig blätterte sie weiter. »Schaut selbst, diese Abbildungen!«

Margaretha umarmte den Bader stürmisch. Sie drückte ihn fest und gab dem verdutzten alten Mann einen Kuss auf die Wange.

»Ich sehe schon, es ist das richtige Buch«, lachte Heinrich Albrecht.

Margaretha lächelte ihn dankbar an. »Dieses Buch ist genau, was ich brauche. Nicht nur, weil es mir wertvolle Anweisungen gibt, sondern auch, weil ich bei der alljährlichen Prüfung, die wir Hebammen zu bestehen haben, mir keine Sorgen mehr machen muss. Der Anatom Horstius wird sehr beeindruckt sein. Denn es ist auch für ihn schwierig, ein wirklich gutes Nachschlagewerk in die Finger zu bekommen.«

Margaretha betrachtete versunken das Buch, doch plötzlich fiel ihr siedendheiß ein, worauf der Bader wartete.

»Peinlich« dachte sie, »vor lauter Freude über das Buch habe ich die Bezahlung ganz vergessen.« Eine tiefe Röte schoss ihr ins Gesicht. »Verzeihung, was bekommt Ihr denn nun von mir, Herr Albrecht?«

Heinrich lächelte plötzlich und entblößte eine große Zahnlücke. »Meine Liebe, das Geschäftliche vergesse ich niemals. Ich weiß, für Euch bedeutet dieser Besitz ein kleines Vermögen.« Er überlegte laut. »Es war schwierig, an dieses Buch zu kommen. Ich musste unseren fleißigen Anatom Horstius überbieten.« Heinrich lachte spöttisch. »Eine Menge Überredungskunst und Geld hat es mich gekostet, dass der französische Händler mir das Buch verkauft hat.«

Margaretha hielt die Luft an.

Händereibend erzählte der Bader weiter: »Natürlich hat es mir Spaß gemacht zu sehen, wie weit Horstius geboten hat, um es zu bekommen. Vier Gulden hat es mich gekostet!«

»So viel!« Entsetzt schnappte Margaretha nach Luft.

In Gedanken überschlug sie flugs, was das für sie bedeutete. Das war so viel, wie ihr Mann in zwei Monaten verdiente! Mit so viel Geld hatte sie nicht gerechnet. Dafür könnten sie sich auch eine Kuh kaufen. Nun fragte sie sich gar, ob es nicht klüger wäre, tatsächlich eine Kuh zu kaufen anstelle des Buches. Aber andererseits, überlegte sie weiter, konnte dieses Buch helfen, ihren Beruf zu sichern. Allerdings war sie sich im Klaren, dass dieses Buch ihr auch viel Missgunst und Neider einbringen konnte.

Durch ihre Hebammenprüfungen kannte sie Horstius persönlich. Gregor Horstius war ein angesehener Mann. Er zählte zu den Freunden des Johannes Schultes aus Ulm, der die ersten gesundheitlichen Vorsorgen gefordert und die hygienischen Bedingungen in den Spitälern eingeführt hatte. Ihm war es zu verdanken, dass die Stadtobrigkeit die Abfallbeseitigung eingeführt hatte. Zugleich war er wie Horstius zur Überwachung der Bader und Hebammen berechtigt. Er war Mitglied eines weithin bekannten elitären Gelehrtennetzes, bezahlt von einzelnen Fürsten. Diese Gruppe lehnte sich an die Royal Society aus England an und unterstützte genau wie diese Naturwissenschaftler, förderte Kartographen, auch indem sie Reiseberichte sammelte, um die bisher minderwertige Navigation zu verbessern.

Margaretha bekam es mit der Angst zu tun. Ausgerechnet dem Freund dieses überaus gelehrten Mannes hatte sie nun das Lehrbuch vor der Nase weggeschnappt. Doch sie hatte eine Idee.

»Da dieses Buch eine Rarität ist, werde ich es dem Anatomen zu gegebener Zeit als Leihgabe anbieten.«

»Werdet Ihr das Buch nun kaufen?«, fragte der Bader. Er hatte sie beobachtet und sehr wohl ihren inneren Kampf gesehen.

Barbara sah ihre Mutter aufmerksam von der Seite an. Auch sie spürte deren Unruhe.

»Mama, was ist los?«

Margaretha lächelte ihrer Tochter beruhigend zu. »Es ist alles in Ordnung, mein Schatz.« Dann wandte sie sich zu Heinrich Albrecht und antwortete »Ich werde das Buch nehmen.« Sie legte die rechte Hand auf seinen Arm. »Allerdings bedeutet es tatsächlich in jeder Hinsicht ein Vermögen für mich. Ich habe nur drei Gulden und 25 Kreuzer bei mir. Wärt Ihr zu einem Handel bereit?«

Der Bader strich sich über seinen gestutzten, grauen Bart. »Ich mache kein gutes Geschäft, wenn ich das Geld nicht bekomme«, dachte er. Aber er würde sich ihren Vorschlag erst einmal anhören.

Er lehnte sich über den Tisch und fragte interessiert: »Wie lautet Euer Vorschlag?«

Margaretha neigte leicht den Kopf. »Jeden Monat 25 Kreuzer Zurückzahlung und an Michaeli eine fette Gans als Bonus. Dann wäre ich an Heiligabend schuldenfrei.«

Er sah sie stirnrunzelnd an. »Könnt Ihr das überhaupt schaffen?«

»Ja, ich denke schon. Es wird nicht einfach sein. Ich werde meinen Patientinnen sozusagen die Flinte auf die Brust setzen müssen.« Margaretha lachte. »Und das, bevor das Kind da ist und die Schmerzen vergessen sind. Es wird nicht mehr nur in Naturalien gezahlt. Dafür sorge ich schon.« Sie schluckte hart. »Ich werde kein Mitleid mehr zeigen dürfen.«

»Recht so«, sagte der Bader. »Ich kann mir gut vorstellen, dass Ihr Euch damit nicht gerade beliebt macht.« Er nickte verständnisvoll. »Doch wenn Ihr die Bezahlung vor der Geburt verlangt, bekommt Ihr Euer Geld. Wenn das Kind erst einmal schreit, ist die Vorauszahlung schnell vergessen.«

Kleinlaut gestand Margaretha: »Wohl fühle ich mich trotzdem nicht dabei.«

»Gute Geschäfte machen will gelernt sein«, brummte Heinrich gutmütig.

Er war sich der Tatsache bewusst, dass diese Abmachung für ihn durchaus nicht der schlechte Handel wurde, wie er zuerst befürchtet hatte. Zufrieden hielt er Margaretha die Hand hin. Bei sich dachte er: »Eine Gans ist schon eine köstliche Zugabe!«

Margaretha schlug in die dargebotene Hand ein.

2. Kapitel

Auf dem Rückweg gingen Mutter und Tochter gemächlich in Richtung obere Vorstadt durch das Zwingeltor. Bei der Näherin bestellte Margaretha ein neues Sonntagskleid für Barbara. Geld hatte Margaretha keines dafür übrig, aber sie hatte auch bei der Näherin schon Hebammendienste geleistet und diese hatte ihr als Entgelt ein Kleid versprochen. Es würde ein schlichtes, braunes Kleid werden. Doch die gute Frau hatte noch zugesagt, die Ränder mit einer Ziernaht zu besticken. Barbara war begeistert.

Zurück auf der Straße nahm Margaretha ihre Umgebung mit aufmerksamen Augen wahr. Sie bemerkte die Bauern, die laut über den Marktplatz riefen. Lachende und kreischende Kinder, die zwischen den Ständen und Obstkarren Fangen spielten. Bellende Hunde, gackernde Hühner und überall laut schnatternde Gänse. Sie registrierte die übelriechenden Obstabfälle, die in der Sommerhitze schnell verfaulten und Scharen von grünen Fliegen anzogen, und den matschigen Gänsedreck, der in den Gassen klebte. Aber auch wohlriechende Kräuterdüfte stiegen ihr in die Nase. Das brachte ihr in Erinnerung, bei nächster Gelegenheit unbedingt wiederzukommen, um ihre Kräutervorräte aufzufüllen. Als Hebamme musste sie darauf achtgeben, ihre hilfreichen Vorräte nicht ausgehen zu lassen.

Laut zählte sie an den Fingern ab: »Beifuß brauche ich, um Krämpfe und Regelschmerzen zu lindern. Ach, und es steigert die Fruchtbarkeit. Das ist natürlich sehr wichtig! Zweitens Frauenmantel, hilft bei Beschwerden, wenn die Frauen ins Alter kommen. Und drittens Melisse, das beruhigt die Nerven.«

»Gehen wir noch zum Apotheker Lederer von der Oberen Apotheke? Er ist sehr nett«, fragte Barbara.

»Da gebe ich dir Recht, Kind. Aber er ist zu teuer. Ich werde bei meiner Freundin Elisabetha anfragen. Bei ihr bekomme ich die Kräuter preiswerter. Für ein Quäntchen bezahle ich so viel wie bei Elisabetha für ein Lot, das sind vier Quäntchen.«

Margaretha lachte vergnügt. Sie freute sich schon darauf, Elisabetha zu treffen. Sie war nicht nur ihre Freundin, sondern ebenfalls Hebamme.

Elisabetha, nicht aus Backnang gebürtig, kam oft hierher, um eine Tante zu besuchen. Mit ihren zweiundzwanzig Jahren war sie ein halbes Jahr älter als Margaretha, aber im Gegensatz zu ihr noch nicht verheiratet.

Als sich bei Margaretha die Geburt von Barbara ankündigt hatte, war Elisabetha ein paar Tage länger in Backnang geblieben als gewöhnlich. Sie hatte Margaretha bei der Geburt geholfen und war danach wieder in ihren Wohnort Murrhardt zurückgekehrt.

Margaretha und Barbara machten diesmal einen Bogen um den Pranger. Am Marktbrunnen, der nur ein paar Meter davon entfernt stand, blieben sie stehen. Margaretha tauchte ihre Hände in den Brunnen, formte sie zu einer Schüssel und spritzte sich das geschöpfte Wasser ins Gesicht. »Oh, das ist gut.«

Sie setzte ihre Tochter auf den Brunnenrand. Sogleich tauchte auch Barbara ihre Hände in das kühle Nass. Sie strahlte dabei über das ganze Gesicht. Bei dieser drückenden Hitze war das kalte Brunnenwasser wenigstens eine Zeitlang eine Erfrischung.

Fröhlich plantschte Barbara mit dem Wasser herum. Plötzlich schlug sie ihre kleine Hand auf der Wasseroberfläche auf. Es spritzte heftig und machte ihr Kleidchen nass. Sie lachte. Wieder und wieder schlug sie auf das Wasser ein. Die Tropfen fielen auf den Brunnenrand. Der Sandstein, aus dem der Brunnen gebaut war, konnte das Wasser nicht aufnehmen, so schnell war alles wieder verdunstet. Nicht eine Pfütze blieb zurück. Überrascht blickte Barbara auf, als sie bemerkte, dass sie so heftig spritzte, dass die Säule in der Mitte des Brunnens nass wurde. Da bemerkte sie den steinernen Löwen, der auf dem Sockel der Säule thronte. Er hatte nicht einen Tropfen abbekommen. Majestätisch hielt der Löwe ein Wappen.

»Mama, was steht da?«, fragte Barbara.

Margaretha wurde abrupt aus ihren Gedanken gerissen. Immer noch freute sie sich über ihr wunderbares Buch. Sie drehte sich zu ihrer Tochter um.

Barbara streckte ihren kleinen Zeigefinger in Richtung des Wappens. »Lies mir vor, was da steht!«, drängte Barbara. »Bitte!«

Margaretha betrachtete kurz das städtisch-herzögliche Wappen, dann las sie laut die Inschrift: »Als man zählte 1587, war dieser Bronnekast gemacht.«

»Was?« Barbara wirkte verwirrt.

Margaretha seufzte. »Das bedeutet, dass der Brunnen vor 18 Jahren erbaut wurde«, erklärte sie dann geduldig.

»Ach so.« Barbara zuckte mit den Schultern.

Margaretha hob das kleine Mädchen von ihrem Platz herunter und nahm es bei der Hand. Sie fragte sich, ob es schon an der Zeit sei, den Schulmeister Hans Jacob Schertlin um Aufnahme Barbaras in die Schule zu bitten. Sie wusste, es war noch sehr früh. Ihre Tochter stand erst kurz vor ihrem fünften Geburtstag. Doch das kleine Mädchen war sehr aufgeweckt und wissbegierig. Es konnte nicht schaden, sie frühzeitig in den Unterricht zu setzen.

Margaretha befürwortete, dass mittlerweile auch Mädchen den Unterricht besuchen durften. Sie wurden gemeinsam mit den Jungen unterrichtet. Wichtig schien ihr nur, dass die Mädchen selbstverständlich Lesen, Schreiben und Rechnen erlernten.

Seit Martin Luthers Forderungen im Jahre 1524 an die Ratsherren aller deutschen Städte, Schulen einzurichten, in denen Deutsch unterrichtet werden sollte und nicht mehr ausschließlich Latein, waren mehr Bürger bereit, ihre Kinder in die Schule zu schicken. Sie kamen somit Luthers Bemühungen, Gottes Wort zu verbreiten, unaufgefordert entgegen. Indem ihre Kinder lernten, die Bibel zu lesen, wurde der evangelische Glaube weiter verbreitet. Allerdings waren viele Eltern, vor allem unter den Bauern, im Sommer nicht bereit, ihre Kinder in die Schule zu schicken, wenn sie sie in der Landwirtschaft einsetzen konnten. Statt Unterricht stand harte Arbeit auf dem Feld an. Die Kinder wurden nicht gefragt. Für sie war Arbeit eine Selbstverständlichkeit. Für Gemüse, Gerste und Hafer waren die Kleinen bereit zuzupacken. Zu viele von ihnen kannten verzehrenden Hunger.

Margaretha war dankbar, dass sie ihrem Kind dieses Los ersparen konnte. Ihre und die Einkünfte ihres Mannes waren beileibe nicht immer rosig, aber lagen mit bis zu 50 Gulden im Jahr, je nach Aufträgen, schon deutlich höher als der Lohn manch eines Nachbarn.

Viele arme Schüler konnten oft kein Schulgeld bezahlen, beklagte der Schullehrer. Daher war für ihn nur ein jährliches Grundgehalt von 20 Gulden im Jahr gesichert. Dazu kamen zwar noch Naturalien wie Dinkel und Wein, aber er gehörte dennoch nicht zu den gut Verdienenden. Aus diesem Grund konnte Margaretha es dem Provisor Hans Jacob Schertlin auch nicht verdenken, dass er sich zum Ende seines Dienstjahres um eine andere Stelle bemühte.

»Wirklich schade«, dachte Margaretha, »weil er ein ausnehmend bescheidener, netter und fleißiger junger Mann ist.«

Sie nahm sich vor, ihn gleich in den nächsten Tagen aufzusuchen und ihn wegen Barbaras künftigen Schulbesuchs anzusprechen.

Plötzlich spürte Margaretha, wie ihr kleines Mädchen sie am Rock zupfte.

»Mama, sieh doch nur, der lustige Mann dort!« Barbara hüpfte aufgeregt von einem Bein auf das andere.

Gegenüber stand ein Spielmann mit rot-gelb-gestreiften Pluderhosen und gelbem Hemd. Dazu trug er Schnabelschuhe, die gewiss nicht von einem herkömmlichen Schuhmacher gefertigt worden waren. Die Schuhspitze bog sich in einem Kringel, wie ein kleines Schweineschwänzchen. Obenauf hing ein kleines messingfarbenes Glöckchen, das scheppernd klingelte. Ebensolche Glöckchen trug er auch auf seiner rot-gelben Narrenkappe. Er führte eine geschnitzte Holzpfeife zu seinem großen Mund, auf dem ein breites Grinsen lag. Hurtig flogen seine Hände über das kleine Instrument und entlockten ihm die merkwürdigsten Flötentöne. Mal hörten sich die Töne schrill und laut, dann wiederum leise und harmonisch an. Erst nach dem Wiederholen der Tonfolge konnte Margaretha eine eigentümliche Melodie erkennen.

Sie war noch ganz versunken, als ein junges Mädchen von vielleicht dreizehn oder vierzehn Jahren aufgeregt auf sie zustürmte.

»Kommen Sie! Schnell! Wir brauchen Hilfe!«, sprudelte sie aufgeregt hervor.

»Was ist denn los?«, fragte Margaretha.

Sie kannte das Mädchen. Es war Catharina, die Magd des Weißgerbers Fischer und seiner Frau.

»Bitte, Sie müssen mitkommen. Meine Herrin liegt in den Wehen. Das Kind kommt nicht. Helfen Sie uns!«

»Ganz langsam. Beruhige dich erst mal. Wie lange hat sie denn schon Wehen?«

»Es fing gestern früh schon an. Sie sagte mir, der Termin sei erst in drei Wochen«, erklärte Catharina.

»Das ist richtig. Ich habe sie vorige Woche erst untersucht und der Größe des Kindes nach geschätzt, dass es noch ungefähr drei Wochen dauern wird«, sagte Margaretha.

Catharina trat vor und sagte energisch: »Sie hat keine Kraft mehr. Meine Herrin sagte, wenn das Kind nicht bald käme, würde sie aus dem Fenster springen.«

»Dann komm rasch. Lass uns keine Zeit verlieren.« Margaretha sah in das aufgeregte Gesicht vor ihr. »Pass auf, Catharina! Lauf zu mir nach Hause und hole meine große, schwarze Tasche. Frag meine Magd Anna-Maria. Sie weiß Bescheid. Darin sind meine Geburtshilfsmittel. Und nimm bitte Barbara mit. Ich laufe schon mal vor.«

Sie folgte dem kürzesten Weg, den sie kannte, bis sie schließlich das Gerberviertel erreichte. Kurz vor Weißgerber Fischers Haus konnte Margaretha schon das laute Stöhnen und Schreien einer Frau hören.

Ein schriller Schrei … Als Stille einkehrte, hielt Margaretha den Atem an. Nichts mehr, kein Schreien, kein Stöhnen. Das war kein gutes Zeichen, spürte Margaretha. Sie rannte los, öffnete die nur angelehnte Haustür und eilte auf die Treppe zu. Immer zwei Stufen auf einmal nehmend, jagte sie nach oben. Ihr Herz schlug rasend, ihr Atem rasselte. Eben kam ein leichenblasser Mann aus der Tür, die der Treppe gegenüber lag. Margaretha schob ihn zur Seite und betrat das Zimmer. Im Bett lag eine zart gebaute Frau mit feuchten Haaren, die sich nicht rührte.

Instinktiv ballte Margaretha die Fäuste. Dieses Kind hatte sie unbedingt retten wollen. Ihr war bekannt, dass der Weißgerber Jerg Fischer und seine Frau Ursula schon zwei Kinder verloren hatten. Beide waren erst zwei Jahre alt gewesen. Wie glücklich war Frau Fischer über ihre erneute Schwangerschaft gewesen! Nun wollte sie alles tun, um der Frau zu ihrem Kind zu verhelfen.

Margaretha holte tief Luft, dann sagte sie bestimmt: »Herr Fischer, ich brauche viel heißes Wasser und Leintücher!«

Schnell ging sie zum Bett, packte Ursula an den Oberarmen und schüttelte sie. Weil sie sich noch immer nicht rührte, schlug sie ihr mit der flachen Hand auf die Wange. Es war keine Zeit für zart besaitete Gesten. Wieder schlug sie zu. Endlich begannen die Augenlider zu flackern.

»Gott sei Dank!«, flüsterte Margaretha. »Ursula, aufwachen! Wacht auf!«, schrie sie laut und energisch.

Erst dann begann sie Ursulas Bauch abzutasten. Sie konnte es fühlen. Das Kind hatte sich noch einmal gedreht. Sie ertastete den Kopf unterhalb des Brustkorbes der Mutter. Demzufolge mussten also die Füße oder im noch schlechteren Fall das Hinterteil zuerst aus dem Bauch drängen.

Sie betete leise. »Bitte, lass das Kind nicht im Geburtskanal feststecken! Lieber Herrgott, hilf mir!«

Weißgerber Fischer trat ins Zimmer. In beiden Händen trug er einen Eimer mit dampfendem Wasser. Unter dem linken Arm klemmten ein paar Tücher, genau wie Margaretha es ihm aufgetragen hatte.

Sie nahm ihm die Leintücher ab. Der Weißgerber füllte die Waschschüssel, die auf der Kommode neben dem Bett stand. Margaretha wusch rasch ihre Hände. Der Medicus Horstius hatte bei den Prüfungen immer und immer wieder gepredigt, wie wichtig das Reinigen der Hände sei. Nun trat sie zwischen die Beine der Patientin. Vorsichtig tastete sie mit der rechten Hand. Da, was war das? Erleichtert seufzte sie auf. Eindeutig ein kleiner Fuß. Das würde die Sache erleichtern.

Sie wandte sich zu Fischer um. »Habt Ihr Gänseschmalz im Haus?«

Erschrocken blickte der Weißgerber sie an. »Schmalz?«, fragte er verwundert.

»Aber ja!«, entgegnete Margaretha. »Damit kann ich den Geburtskanal einreiben, damit er geschmeidig wird.«

Jerg Fischer warf ihr einen schiefen Blick zu und lief aus dem Zimmer.

»Besser als nichts«, dachte Margaretha. Da Catharina noch nicht mit ihrer Tasche da war, musste sie sich damit aushelfen. Natürlich war ihre selbst zubereitete Salbe aus Fett und Hirtentäschelkraut, die sie stets in ihrer Tasche mit sich führte, besser, aber das Schmalz tat es in der Not auch.

Sie würde dennoch ihre Kräutertinkturen und Pasten brauchen.

Margaretha besaß ein großes Sammelsurium an Heilkräutern. Die vielen Tiegel und Tontöpfchen hütete sie sorgsam und füllte sie immer wieder auf. Besonders stolz war sie auf ihr Hirtentäschelkraut. Sie verabreichte es ihren Patientinnen, da es half, dass sich die Gebärmutter nach der Geburt wieder zusammenzog. Natürlich umfasste ihre Sammlung auch die hausüblichen Heilpflanzen wie Salbei, Thymian , Baldrian, Wacholder und Kamille. Die Kamille war ihr absoluter Favorit aufgrund ihrer vielfältigen Wirkungen: Sie war krampflösend, harn- und schweißtreibend sowie entzündungshemmend. Als Aufguss half sie zudem bei Verdauungsstörungen von Säuglingen. Des Weiteren durfte in ihrer Hausapotheke der schwarze Holunder nicht fehlen. Die zart duftenden, gelblich-weißen Blüten verarbeitete sie als Aufguss bei fieberhaften Erkältungskrankheiten und Atemwegserkrankungen. Der Guss war zudem schweißtreibend. Aus den Beeren stellte sie einen Saft her, der gegen Kopfschmerzen half. Barbara schmeckte außerdem die Marmelade, die sie aus dem Holunder kochte.

Viele ihrer Patientinnen kamen auch noch zu ihr, wenn ihre Kinder schon im Kleinkindalter waren, um von ihr Kräuter und Anweisungen zu bekommen. Deshalb hatte sie auch einen kleinen Vorrat an Engelswurz, das gegen Blähungen half, und Eibisch, ein mildes Mittel gegen Durchfall, in ihren Töpfen.

Während Margaretha auf Jerg und Catharina wartete, redete sie Ursula ermutigend zu. »Es wird alles gut. Bald ist Euer Kind da!«

Alsbald erschien Jerg mit dem gewünschten Schmalz. Wieder trat Margaretha zwischen Ursulas Beine. Sie schmierte das Schmalz großzügig in den Geburtskanal. Danach begann sie ihre rechte Hand vorsichtig einzuführen. Tastend erforschte sie die Lage der Beine und Füße des Kindes. Ursula stöhnte leise. Nun griff Margaretha zu, aber ihre Hand rutschte ab. Die andere Hand nachschiebend bekam sie die Beine des Kindes zu fassen. Mit der linken Hand drehte sie sanft seinen Körper. Es lag mit dem Rücken nach links. Überaus achtsam zog sie und die Beinchen und der Po rutschten ins Freie. Sie drehte sanft weiter, so dass die rechte Schulter herausglitt. Ursula schrie gequält auf. Margaretha umfasste vorsichtig den Kopf und zog. Die andere Schulter rutschte nach, dann folgte mit einer letzten Wehe endlich der Kopf.

Margaretha packte das Kind und legte es der Mutter auf den Bauch. Das kleine Mädchen begann zu krähen. Hinter ihnen ertönte ein erleichtertes Schnaufen. Erst da bemerkte Margaretha den Vater, der die ganze Zeit im Zimmer geblieben war. Entsetzt schüttelte sie den Kopf. Das war nicht erlaubt, diese unsaubere Prozedur war nur Frauen vorbehalten. Männer hatten dabei nichts im Zimmer verloren.

Jerg sank schwitzend auf einen Stuhl. »Diese Hilflosigkeit macht mich sprachlos. Es war schlimm, sie so leiden zu sehen und ihr nicht helfen zu können«, flüsterte er erschöpft. »Den Anblick ihrer Schmerzen werde ich so schnell nicht vergessen können. Dass es so schlimm ist, habe ich nicht gewusst.«

Bei den anderen Geburten war Jerg nicht zu Hause gewesen. Man hatte ihm später die rosigen Säuglinge in die Arme gelegt und ihn gebeten, ihnen einen Namen zu geben. Aber nun war alles anders. Dieses Erlebnis hatte ihn tief beeindruckt. Ehrfürchtig blickte er zu seiner Frau, die bleich und hohlwangig im Bett lag. Dann stand er auf, trat ans Bett und sank auf die Knie. Er nahm Ursulas Hand und führte sie an seine Lippen. Zärtlich drückte er einen Kuss darauf.

Ursula war zu erschöpft, um zu reagieren. Mit geschlossenen Augen hielt sie die Kleine fest. Margaretha tupfte ihr den Schweiß von der Stirn.

»Meinen Glückwunsch! Ihr habt eine gesunde kleine Tochter. Wie soll sie heißen?«

Ursula öffnete müde die Augen, betrachtete ihr kleines Mädchen liebevoll und lächelte matt. »Anna. Sie soll Anna heißen.« Daraufhin blickte sie fragend zu ihrem Mann.

»Anna. Das ist wunderhübsch! Es bedeutet ›die Gnädige‹«, erklärte Margaretha.

Jerg nickte und strahlte über das ganze Gesicht.

Ursula öffnete ihr Nachthemd und legte Anna an ihre Brust. Jerg drehte sich sogleich weg. Im gleichen Augenblick betrat Catharina schnaufend das Zimmer. Mit einem Blick übersah sie die Lage.

Margaretha nahm ihr die Tasche aus der Hand und öffnete sie. Sie durchforstete den Inhalt, bis sie fand, wonach sie suchte. Ein scharfes Messer lag in ihrer Hand, als sie ans Bett trat.

»Ich brauche eine kleine Schnur oder ein Band.«

Der Weißgerber Fischer griff an seine Schürze, löste sein gelbes Zunftband ab und reichte es ihr. Margaretha nahm es und band es um die Nabelschnur. Anschließend durchschnitt sie rasch die nun nicht mehr benötigte Verbindung zur Mutter. Nun lag es an Anna allein, in der Welt zu bestehen.

Margaretha betrachtete versunken die kleine Familie. Glücklich über die glimpflich verlaufene Geburt, wandte sie sich ab und packte das Messer vorsichtig wieder in ein Tuch und in die Tasche.

»Morgen komme ich noch mal vorbei und gucke nach Euch, Ursula und Eurer Kleinen.« Sie winkte Catharina und gemeinsam verließen sie das Zimmer. »Kümmere dich bitte um deine Herrin. Bring ihr etwas Wein. Wenn das Kind nicht mehr trinkt, dann leg es neben sie, damit deine Herrin auch zur Ruhe kommt. Sorge dafür, dass sie nicht sofort aufsteht.«

Catharina nickte ergeben.

»Ich schicke dir meine Magd. Sie wird dir Blutwurz bringen. Die Wurzelstückchen, mit heißem Wasser überzogen, ergeben einen guten Sud, der blutstillend und krampflösend wirkt. Auch ihre Gebärmutter wird sich besser zusammenziehen. Achte darauf, dass sie drei bis vier Becher täglich zu trinken bekommt.«

»Ich sorge dafür. Danke, Hebamme Goldtner!«, erwiderte Catharina.

»Ich rede mit Weißgerber Fischer. Er muss Verständnis aufbringen, seine Frau ein paar Tage zu schonen.«

Jerg Fischer war ihnen gefolgt und hatte Margarethas letzte Worte gehört. »Das verspreche ich Euch gerne, Hebamme Goldtner.« Er winkte sie zu sich. »Bitte, kommt einen Moment in die Wohnstube.«

Margaretha trat in einen gemütlich eingerichteten Raum. In der Mitte stand der Ofen. An der rechten Wandseite waren Regale mit Essgeschirr angebracht. An der anderen Seite stand ein Tisch für mindestens acht Personen. Es war das größte Zimmer des Hauses. Daneben fanden sich noch eine Vorratskammer und ein winziges Zimmer, in dem die Magd schlief. Daran schloss sich die Werkstatt des Weißgerbers an. Die Familie Fischer gehörte zu den wohlhabenderen Handwerksfamilien der Stadt und besaß deshalb ein Haus, das einen ersten Stock aufzuweisen hatte. Dort waren mehrere kleine Schlafzimmer für die Familie. Unter dem Dach waren zwei kleine Zimmer für die Gesellen.

Margaretha kannte den Gesellen der Familie. Sie hatte ihn schon oft in der Kirche oder bei Festlichkeiten mit der Familie gesehen. Der Geselle Lazarus Gros stand schon seit Jahren im Dienste. Er hatte bei Jergs Vater sein Gerberhandwerk gelernt, genau wie Jerg selbst. Es war schwierig für Jerg gewesen, bei seinem strengen Vater zu lernen und sich zu fügen. Dieser hatte hohe Ansprüche an seinen Sohn gestellt. Nur die gute und zuweilen lustige Kameradschaft mit Lazarus hatte Jerg geholfen, sich unterzuordnen und durchzuhalten.

Nach der Gesellenzeit, während der Vorbereitung für seine Meisterprüfung, starb sein Vater überraschend. Jerg beschloss nicht aufzugeben und die Werkstatt zu übernehmen. Nur durch die tatkräftige Unterstützung von Lazarus war ihm das auch gelungen. Hilfe hatte er auch von den anderen Zunftmeistern bekommen, die seinen Vater sehr geschätzt hatten. Die Gerber Müller und Weigle unterstützten Jerg, indem sie auf ihren Fahrten zu den Märkten nach Heilbronn sein Leder zum Verkauf mitnahmen. Die Schuhmacher, feste Abnehmer von Fischers Ware, waren froh, ihr versprochenes Leder geliefert zu bekommen.

Natürlich wäre es für die anderen Gerber möglich gewesen, eigene Ware zu liefern, ihre eigene Rechnung auszustellen und den unbeholfenen Gesellen zu übervorteilen. Aber die Weißgerbermeister hielten zusammen, unterstützten einander und halfen auch Jerg. Ihr Ehrgefühl ließ es nicht zu, einen Kameraden aus ihrer Zunft zu schädigen.

Jergs Vater hatte Weitblick bewiesen, denn drei Monate vor seinem Tod hatte er in Anbetracht seiner angeschlagenen Gesundheit die Gebühr für die Meisterprüfung seines Sohnes schon gezahlt. Jerg war ihm ewig dankbar dafür. Allein hätte er die Summe nicht aufbringen können. Alles Geld wurde in die Werkstatt und zur Anschaffung frischer Tierhäute gesteckt. Jerg arbeitete schwer daran, die Kunden seines Vaters weiter mit Leder zu versorgen, in der gleichen Qualität, in der sie es gewohnt waren.

Einen Gulden und dreißig Kreuzer hatte sein Vater für ihn aufgebracht. Jerg wusste, dass er als Sohn eines Meisters noch Glück hatte. Die Gebühr war mehr als die Hälfte niedriger als für einen fremden Gesellen. Ein Ortsfremder musste sogar vier Gulden zahlen, wenn er Meister werden wollte. Da die Familie Fischer alteingesessene Bürger waren und Jerg somit ein angeborenes Bürgerrecht besaß, stellte der Bürgermeister die Gesellenbescheinigung in seiner Gemeinde anstandslos aus. Die Prüfungskommission schonte Jerg nicht, trotz des familiären Todesfalles. Jerg hatte sogar den Eindruck, dass seine Musterarbeit besonders kritisch begutachtet wurde. Doch das strenge Regiment seines Vaters kam ihm nun zugute. Er war ausgezeichnet auf die Prüfung vorbereitet und stand sie gelassen durch. Zumindest machte er diesen Eindruck auf seine Prüfer. Dass Jerg auf dem Weg zum Prüfungskomitee die Knie gehörig gezittert hatten, ließ er sich nicht anmerken. Den Fragebogen füllte er mit sicherer Hand aus. Die fachlichen Fragen erschienen ihm geradezu einfach.

»Danke, mein Vater und Meister!«, murmelte Jerg leise.

Er bestand die Prüfung mit Auszeichnung.

Lazarus Gros war von Jerg gefragt worden, ob er ebenfalls die Meisterprüfung ablegen wollte.

»Nein danke, Meister!«, hatte Lazarus geantwortet. »Mir ist die Gesellenprüfung noch in unangenehmer Erinnerung.«

Lazarus erinnerte sich nur zu gut daran, wie er zitternd versucht hatte, die Fragen zu beantworten. Mit viel Mühe und ausreichendem Ergebnis hatte er die Prüfung bestanden. Das gestand Lazarus ungern. Seiner Frau Anna gab er gerne vor, Jerg zuliebe auf die Meisterprüfung verzichtet zu haben, da er in der Werkstatt unersetzlich war. In Wirklichkeit war er heimlich froh und zufrieden, als Geselle bei Fischers zu arbeiten.

»Hebamme Goldtner, wir haben uns über Eure Bezahlung Gedanken gemacht«, sagte Jerg Fischer.

Margaretha blickte ihm kritisch ins Gesicht.

»Keine Angst, Ihr bekommt Euer gefordertes Geld.« Er räusperte sich. »Wie Ihr wisst, haben wir schon zwei Kinder an den lieben Herrgott verloren.«

Margaretha nickte stumm.

Galant nahm er ihre Hand und führte sie an seine Lippen. »Vielen Dank, Ihr macht uns sehr glücklich, weil Ihr das Leben unserer kleinen Anna gerettet habt.« Jerg strahlte Margaretha an. »Aus diesem Grund möchten wir Euch eine Gans zum Michaelitag schenken.«

Jetzt strahlte Margaretha.

»Leider kann ich Euch dieses Geschenk nicht sofort geben. Wegen der Beschwerden unserer Nachbarn haben wir die Zahl unserer Gänse vorübergehend drastisch reduziert. Ich hoffe doch, nur vorübergehend.«

»Ach, Ihr auch!«, entfuhr es Margaretha.

»Warum bin ich nicht überrascht?«, murmelte Jerg. »Ihr gehört also auch zu den Unglücklichen, deren Gänse unabsichtlich Schaden angerichtet haben.«

»Ja, bei uns nahm der Ärger gar kein Ende«, erzählte Margaretha. »Früher hat unsere Magd die Gänse am helllichten

Morgen hinausgelassen. Das Vieh hat sich seine Nahrung selbst gesucht. Es war so einfach. Bis zur Dämmerung waren die Gänse wieder im Stall. Aber eines Tages hat sich unser Nachbar Gaßmann bitter beschwert. Mistviecher hat er sie geschimpft, weil sie angeblich seinen Garten verwüstet haben.« Während sie erzählte, wurde sie immer wütender. »Dann folgte der Schmied Haag. Er ist eigentlich ein ruhiger, fleißiger Mann, den nichts aus der Ruhe bringt. Aber diesmal hat er mich wüst beschimpft. Meine Gänse seien über die Totengasse bis zum Totenkirchle gelaufen und hätten den Blumenschmuck gefressen.«

»Wirklich?«, fragte Jerg erstaunt.

»So ein Unsinn! Natürlich nicht! Meine Gänse laufen nie in die Sulzbacher Vorstadt. Ich weiß nicht, wie Herr Haag auf die Behauptung kommt!«

»Bei uns war es nicht anders. Nur durch das gute Zureden meiner Frau hat unser Nachbar davon abgesehen, eine Beschwerde zu schreiben.« Jerg lachte grimmig. »Natürlich musste sie ihm ein weiches Daunenkissen versprechen. Dieser Gauner!«

»Das ist gemein!« Margaretha war empört.

»Nun, Ursula näht die besten Kissen in ganz Backnang. Die Hülle muss aus festem Gewebe sein, daunendicht, aber trotzdem luftdurchlässig«, erklärte Jerg stolz. »Sie nimmt nur die besten, weichsten Daunenfedern unserer Gänse für die Füllung. Finden Sie nicht auch, dass die Daunen wie kleine Schneeflocken aussehen? Aus einem winzigen Kern wachsen strahlenförmige, seidenweiche Daunenfädchen mit feinsten Verästelungen, die eine Menge Luft und dadurch Wärme speichern. Das Geld, das Ursula normalerweise damit verdient, können wir wirklich gut gebrauchen.«

»Das kenne ich, damit haben wir uns auch schon ein Zubrot verdient. Aber wir selbst besitzen im Moment auch nur noch vier Gänse.« Bedauernd schüttelte sie den Kopf. »Der Besitzer der Felder, auf dem unsere Gänse regelmäßig ihr Futter suchten, hat uns untersagt, sie dort fressen zu lassen, weil er sein eigenes Gänsevolk dort weiden lassen möchte.«

»Na ja, zu Recht«, sagte Jerg. Lachend betrachtete er ihre vor Wut blitzenden Augen. »Jeder ist zuerst auf seinen eigenen Vorteil bedacht«, fuhr er fort.

Als Jerg Margaretha an die Haustür brachte, sagte er noch: »Dennoch brauchen wir und die meisten Familien unsere Gänse. Wir können uns keine Kühe oder Ziegen in großer Zahl leisten. Gänse sind schließlich vergleichsweise günstig und in vieler Hinsicht nützlich.«

»Es wird deswegen noch viel Ärger geben«, prophezeite Margaretha düster.

»Damit habt Ihr bestimmt recht«, bestätigte Jerg. Er drückte Margaretha ihren Lohn in die Hand und versprach: »An Michaeli bekommt Ihr Eure Gans, komme, was da wolle.«

Beschwingt machte Margaretha sich auf den Heimweg. Die brütende Hitze, die sie vorhin noch als störend empfunden hatte, nahm sie nun gar nicht wahr. Sie dachte verschmitzt daran, wie eine glückliche Fügung ihr eine Gans eingebracht hatte. Der Weißgerber brauchte nicht zu erfahren, dass seine Michaeli-Gans dem Bader Albrecht schmecken würde. So musste keine ihrer eigenen Gänse dafür herhalten.

Als Margaretha am Haus des Hafners Achtpfennig vorbeikam, fiel ihr die versprochene Bratschüssel wieder ein. Die Tür zur Werkstatt stand offen. Dennoch klopfte sie an, bevor sie eintrat. Neugierig schaute sie sich um. An der Längsseite der Werkstatt standen zahlreiche Regale. Gefüllt bis auf den letzten Platz lagerten hier tönerne Töpfe, Brat- und Kochschüsseln. Von der Decke baumelten viele Pfannen in den unterschiedlichsten Größen. Vorsichtig schlängelte sie sich zur Verkaufstheke vor.

Hans Achtpfennig begrüßte Margaretha freundlich: »Grüß Euch Gott, Hebamme Goldtner!«

»Grüß Gott, Hafner Achtpfennig! Ich komme wegen …«

Er ließ sie nicht aussprechen, sondern drückte ihr eine besonders große Bratschüssel in die Hand.

»Das ist so großzügig. Ich schulde Euch großen Dank!«, sagte Margaretha herzlich.

Fröhlich winkend verließ sie die Werkstatt.

Es war schon Mittagszeit, als Margaretha nach Hause zurückkehrte. Veit, ihr Mann, Barbara und Anna-Maria saßen am Tisch. Eine Kohlsuppe war schon aufgetragen. Eigentlich wäre der Platz der Magd am Gesindetisch gewesen, aber da kein Geselle da war, hatte das Ehepaar Goldtner beschlossen, Anna-Maria mit ihnen die Mahlzeiten einnehmen zu lassen.

»Grüß Gott!«, begrüßte Veit seine Frau.

»Grüß Gott, mein Schatz!«, erwiderte Margaretha. »Ich bin leider zu spät. Ich habe der Tochter des Weißgerbers auf die Welt geholfen. Es war schwierig, aber zum Glück ist alles gutgegangen.«

»Das freut mich! Aber durch die Verspätung hast du leider Elisabetha verpasst. Sie war vor etwa einer Stunde hier und hat dir einen Korb dagelassen.«

Margaretha wollte direkt aufspringen, ahnte aber, dass es ihren Mann stören würde, da er die gemeinsamen Mahlzeiten genoss. Sie nahm ihren Löffel und begann aus der gemeinsamen Schüssel zu essen. Mühsam schluckte sie ein paar Löffel Suppe hinunter.

Normalerweise wäre sie vor Hunger schon fast umgekommen, der Vormittag war sehr anstrengend gewesen. Aber aus Enttäuschung, dass sie Elisabetha nicht getroffen hatte, wollte ihr das Essen nicht schmecken. Sie hatte keine Ahnung, wann Elisabetha die Heimreise antreten wollte und hoffte, sie vorher noch zu sehen.

Die beiden Hebammen tauschten regelmäßig ihre beruflichen Erfahrungen aus. Das gegenseitige Verständnis und Mitgefühl halfen, auch mal einen Schicksalsschlag zu verkraften. Elisabetha und Margaretha waren oft hilf- und ratlos bei den vielen Kindbettkindern und auch Müttern, die starben. Das Schicksal der betroffenen Familien machte ihnen jedesmal wieder die schlimme Endgültigkeit des Todes bewusst.

Elisabetha hatte Margaretha vor Kurzem von einer Geburt von Zwillingen erzählt, die sie begleitet hatte. Dies war vor drei Wochen passiert und ließ seither ihre Gedanken nicht los.

»Es war furchtbar. Die arme Frau war völlig erschöpft. Unter großen Schmerzen presste sie das erste Kind heraus. Es war eine

Totgeburt und völlig unterentwickelt. Ich hatte große Angst um das zweite Kind. Verzweifelt drückte ich den Bauch der Mutter, damit es mit meiner und ihrer Hilfe herausgepresst wurde. Der Junge lebte. Ich war überglücklich!«

Elisabethas Gesicht sah aber ganz und gar nicht danach aus. Im Gegenteil, sie sah todunglücklich zu ihrer Freundin.

»Was war denn los?«, fragte Margaretha.

»Die Frau weinte und wollte sich überhaupt nicht beruhigen. ›Ihr Sohn lebt!‹, beruhigte ich sie. ›Aber das ist es ja gerade‹, sagte sie weinend. ›Mein Mann wollte die Kinder nicht. Er hat mich oft geschlagen. Und vor ungefähr elf Wochen war er völlig betrunken. Er hat mir brutal in den Bauch getreten!‹ Mit rotgeweinten Augen hat sie mir gestanden, dass sie glaube, ihr Mann habe das Kind in ihrem Bauch getötet«, stieß Elisabetha hervor.

»Du weißt, es ist nicht ungewöhnlich, dass Männer ihre Frauen schlagen«, erklärte Margaretha.

»Dieser elende Säufer! Jedes Mal, wenn er einen über den Durst getrunken hat, ist er nach Hause gekommen und hat sie verprügelt!«, schimpfte Elisabetha.

»Nun beruhige dich doch«, sagte Margaretha hilflos zu ihrer Freundin.

»Ich kann mich nicht beruhigen!«, schrie Elisabetha. »Sie kann gegen seine Willkür und seine Wutanfälle einfach nichts ausrichten! Und ich weiß nicht, wie ich ihr helfen kann.«

»Melde es!«, antwortete Margaretha.

»Das bringt doch nichts. Wer von der Stadtobrigkeit wird sich ohne Beweise schon für sie einsetzen? Außerdem ist ihr Mann sehr geachtet. In der Gewissheit, dass ihm nichts passiert, schikaniert er seine Frau. Sie hatte die Hoffnung, er würde sie nicht mehr schlagen, wenn er erfahren würde, dass sie schwanger ist. Aber diese Hoffnung musste sie schnell begraben.« Elisabetha fühlte lodernden Hass gegen die Männer in sich aufsteigen. »Mir würde das nicht passieren. Ich wüsste mich zu wehren. Es gäbe Mittel und Wege für mich. Mir tun die Frauen entsetzlich leid, die nicht willensstark genug sind, um sich zur Wehr zu setzen. Eher würde ich der Ehe entsagen.«

»So darfst du das nicht sehen«, warf Margaretha ein. »Nicht jeder Mann übt seine Macht über die Frau brutal aus. Nimm mich zum Beispiel. Bei Veit und mir herrscht Liebe und Respekt im gegenseitigen Einvernehmen. Er würde mir das nie antun.«

»Er achtet dich auch und schätzt deine Meinung hoch ein.«

Margaretha lächelte verschmitzt. »Wir haben auch hitzige Debatten und streiten uns, dass die Fetzen fliegen. Aber die Versöhnung danach ist dann am schönsten.«

Elisabetha beneidete ihre Freundin aufrichtig um diese Verbindung. Doch der richtige Mann, der ihr eigenes Wesen und ihr Temperament schätzen konnte, war noch nicht gefunden.

Nach dem Mittagessen stand Margaretha hastig auf. Neugierig ging sie in die Vorratskammer und schlug den Korbdeckel von Elisabethas Gabe zurück. Würziger Kräuterduft stieg ihr in die Nase. Obenauf lag eine kleine Nachricht.

»Liebe Margaretha. Heute habe ich eine Besonderheit für dich. Ein kleines Fläschchen Kalmusöl. Das ist eine Neuheit aus dem Orient. Ich habe sie von einem jüdischen Händler gekauft. Bewahre es sorgsam an einem dunklen Ort auf. Alles Weitere erkläre ich dir, wenn wir uns wiedersehen. Deine Freundin Elisabetha.«

Vorsichtig nahm Margaretha das kleine, braune Fläschchen aus dem Korb und zog den Stöpsel heraus. Prüfend sog sie den Duft des Öls ein. Sie konnte den Geruch nicht identifizieren. Aber so etwas Ähnliches hatte sie schon gerochen, es erinnerte sie an den Geruch von Kampfer. Vielleicht etwas weniger intensiv stechend. Schnell schloss sie das Fläschchen wieder. Des Weiteren fand sie frisch getrockneten Thymian, Salbei und Rosmarin im Korb.

»Wunderbar!«, frohlockte sie. »Jetzt fehlen mir nur noch Lindenblüten und Baldrianwurzel.«

Diese Mittel gab sie gerne, wenn eine werdende Mutter sich zu viele Sorgen machte. Ein paar Tropfen als Beruhigungsmittel wirkten Wunder. Manche Mütter, hatte Margaretha festgestellt, litten nach der Geburt an unerklärlich düsteren Gedanken.

Eine Mutter hatte Margaretha ihre Verzweiflung beschrieben: »Eigentlich müsste ich glücklich sein über die Geburt meines Kindes, so wie es jeder erwartet, aber ich spüre nur ein Gefühl der Hoffnungslosigkeit und keine Freude.«

Margaretha empfahl ihr, was schon die weise Äbtissin Hildegard von Bingen geraten hatte: »Gelbe Primeln ins Haus holen.«

Sie »trugen das Sonnenlicht« und konnten so die Missstimmungen vertreiben. Wer daran schnupperte, freute sich nicht nur an der Farbe, sondern auch an ihrem Duft, der sanft an Honig erinnerte. Außerdem riet sie, einen heißen Sud aus dem Kraut des Frauenmantels aufzubrühen. Drei bis vier Becher täglich halfen die Beschwerden zu lindern.

Margaretha hielt sich gerne an die altbekannten Anweisungen der Äbtissin. Was in deren Klostergarten gewachsen war, hatte sich als von höchstem Nutzen erwiesen. Aus diesem Grund hatte Margaretha auch Taubnesseln gesammelt. Dieses Frauenkraut setzte sie bei einer Wöchnerin ein, die unter starkem Blutverlust litt.

Sie sprach mit der Magd, die die geschwächte Frau versorgte: »Koche eine stärkende Brühe mit diesem Kraut und reiche ihr zwei- bis dreimal am Tag einen Becher davon. Viel Wasser ist auch vonnöten, um sie wieder auf die Beine zu bringen. Wenn sie nicht genügend trinkt, wird sie nicht genug Milch haben und der Milchfluss wird versiegen. Sie wird den Säugling nicht genügend stillen können, was für das Kleine lebensgefährlich ist.«

Margarethas Erfahrungsschatz und die Erkenntnisse der Klosterfrau halfen ihr, die Frauen, die sich an sie wandten, sehr gut zu beraten.

3. Kapitel

Der Juni und der Juli waren in Regen ertränkt worden. Der August ließ die Menschen hoffen, aber es war stattdessen viel zu heiß. Die drückende Hitze erstickte die Menschen in Staub und Dreck. Als der September einzog, blickten die Bürger sorgenvoll in den Himmel. Die dicken, schwarzen Wolken versprachen wieder nichts Gutes. Die dunklen Wolkengebilde galten unter den gläubigen Backnangern als Zeichen Gottes. Es bedeutete Unheil in ihrer kleinen Gemeinde.

Erst vorige Woche war der gutmütige Sauhirte Caspar Dauner bei einem Sommergewitter vom Blitz erschlagen worden. Er hatte versucht, seine Schweine, die sich im Schlamm suhlten, in ihren Pferch zu treiben, als das Gewitter losbrach. Doch die Schweine ließen sich nicht vertreiben. Selbst ein vom Blitz getroffenes Schwein, das neben einer kleineren Pfütze lag, störte sie nicht. Sie wälzten sich weiter im Dreck und stöberten im aufgeweichten Boden nach Futter. Der Hirte versuchte das tote Tier wegzuziehen. Als er endlich unter einem Baum Schutz suchte, schlug ein gewaltiger Blitz ein, der den Baum auseinanderriss. Tödlich getroffen, mit schweren Verbrennungen, sank Caspar zu Boden.

Agnes, die Frau des Karrenmannes Simon Franck, zeterte: »Das war die Strafe Gottes! Er hat sich verunreinigt. Er hat ein verendetes Schwein angefasst. Jedes Kind weiß doch, dass man tote Tiere nicht mit der offenen Hand anfassen darf.«

Jeder im Ort wusste, dass nur der Schlachter dazu befugt war. Der Umgang mit Kadavern war nur ihm vorbehalten. Er musste es hinnehmen, daher als unreine Person zu gelten. Vom Vater hatte er den Beruf vererbt bekommen, war sozusagen in den Berufsstand hineingeboren worden und hatte daher keine

Möglichkeit gehabt, etwas anderes zu erlernen. Sein Großvater war ebenfalls Schlachter gewesen, der Urgroßvater auch. Der Nachteil war, dass diesem nicht ehrbaren Beruf der Zugang in eine Zunft verwehrt blieb. Das bedeutete, dass es keine finanzielle Sicherheit durch die Zunft gab, keine Unterstützung der verwaisten Familie, wenn ein Schlachter starb.

Die durch das schlechte Wetter drohenden Missernten waren Anlass für die keifenden Weiber Backnangs, einen Schuldigen zu suchen. Sie übertrafen sich mit Schimpftiraden. Jede suchte einen Missetäter, dem man die Schuld in die Schuhe schieben konnte. Böse Mäuler behaupteten nun sogar, es sei dem Sauhirten zu verdanken.

Die Bauern und ihre Familien wussten sich in ihrer Not nicht besser zu helfen und gingen ständig in die Kirche. Sie beteten fleißiger denn je um Ernten, die so viel abwarfen, um die Familie ernähren und auch noch den Zehnten an Steuern an das Stift bezahlen zu können. Nur durch diese Zahlung war ihnen das Wohlwollen und der Schutz des Stiftsherrn gesichert. Konnten sie den Zins nicht aufbringen, liefen sie Gefahr, »gebüßt« zu werden, das bedeutete, dass sie ihre Anstellung im Stiftshof verloren. Die unfreien Bauern würden ohne Einkommen dastehen, was unweigerlich größte Not bedeutete.

Der Backnanger Rat, eine Auswahl geachteter Bürger, die als Ratsherren bestimmt worden waren, um kleinere Vergehen zu ahnden, trat zusammen, um zu erörtern, ob eine Erhöhung der Abgaben, wie ursprünglich geplant, zum jetzigen Zeitpunkt überhaupt durchgesetzt werden sollte.

»Durch die drohende Missernte sind die Bürger übelst gelaunt«, erklärte Joß Haag, der Schmied.

Der Vogt, Vertreter des Herzogs von Württemberg, ließ sich dennoch nicht von seiner Pflicht abbringen und berichtete unverblümt: »Unser ehrenwerter Herzog Friedrich plant, hier in Backnang ein Schloss zu bauen.«

Für einen Moment herrschte tödliche Stille.

»Gütiger Gott! Wie kommt einer nur auf die Idee …«, stöhnte Haag mit atemloser Stimme.

Auch andere Ratsmitglieder waren nicht begeistert über diese Idee. Große Diskussionen brachen los. Veit Breuninger ereiferte sich: »Und wir Handwerker sollen dafür mehr Steuern zahlen und außerdem …«

»Natürlich trifft es die armen Bürger am meisten«, fiel ihm der Bürgermeister ins Wort, »aber darf ich Euch in Erinnerung rufen, dass unser Stift für den Großteil der Bürger, nicht nur für das einfache Gesinde, eine Arbeitsstätte verspricht.« Er wandte sich an den Stiftsküfer, der auch gerade einen Einwand erheben wollte. »Gerade Ihr, Lienhard Binder, dürft den Mund nicht zu voll nehmen. Ihr brauchtet Euch ja nicht einmal um diese Arbeit beim Stiftsverwalter zu bewerben. Euch ist diese Arbeit in den Schoß gefallen, da Ihr das Handwerk von Eurem Vater geerbt habt«, stieß er verächtlich hervor. »Das hat doch die Dinge sehr vereinfacht. Euer Einkommen war schon immer gesichert.«

»Nur weil Eure erneute Wahl zum Bürgermeister im kommenden Jahr noch in Frage steht, Bürgermeister Müller, ist das kein Grund, angesehene Ratsmitglieder anzugreifen«, schoss Lienhard Binder zurück. »Außerdem sichere ich zwei weiteren Familien ihren Lebensunterhalt, indem ich gleich zwei Stiftsknechte beschäftige.«

»Meine Herren!«, gebot Paul Baur Einhalt. »Wir sind uns doch wohl einig, wenn im kommenden Jahr oder auch im übernächsten mit den Bauarbeiten des Schlosses begonnen wird …« Er räusperte sich.

»Je nachdem, wie weit die Baupläne unseres ehrenwerten Baumeisters Schickhardt gediehen sind«, ergänzte der Vogt. »Die Zukunft für viele Bürger, die derzeit ohne Erwerb sind, ist damit gesichert.«

»Ja!«, pflichtete ihm Joß Haag nun milder gestimmt bei. »Denkt nur an die Zimmermannsleute mit ihren Gesellen und Lehrbuben. Und auch Endris Brenner, der Ziegler der oberen Hütte, wird glücklich sein über die neuen Aufträge.«

»Nachdem es erst zum Anfang des Jahres eine Steuererhöhung gegeben hat, werde ich persönlich ein gutes Wort beim Herzog einlegen, dass es erst eine Steuererhöhung gibt, wenn der Bau des Schlosses tatsächlich beginnt. So gewähren wir unseren Bürgern eine kleine Gnadenfrist«, sprach der Vogt ergeben.

Die Ratsherren klopften auf den Tischen des Sitzungssaales begeisterte Zustimmung. Nur der Stadtschreiber schüttelte unwillig den Kopf, bevor er den Beschluss des Rates notierte.

Der Goldschmied und Richter Paul Baur bat seine Ratskollegen erneut um Gehör: »Der nächste Punkt unserer Tagesordnung muss die Bestrafung des Hans Kreb sein.«

Einstimmiges Murmeln kam auf.

»Dieser Säufer bringt sich dauernd in Schwierigkeiten. Die letzte Geldstrafe war wohl nicht hoch genug!«, sagte Stiftsküfer Binder.

»Dieses Mal werden wir ihn nicht so einfach davonkommen lassen. Erinnert Euch an die böse Geschichte mit Leonhart Gairlin«, forderte der aufrichtige und besonnene Richter.

Vor drei Jahren hatte es eine heftige Prügelei gegeben, in die Hans Kreb verwickelt gewesen war. Zeugen hatten berichtet, wie Leonhart Gairlin grob von ihm niedergeschlagen worden war. Allerdings waren wüste Beschimpfungen des betrunkenen Leonhart vorausgegangen. Er hatte sich bösartig über den Tod des zweitgeborenen Sohnes Krebs lustig gemacht. Damit hatte er den wunden Punkt des armen Hans Kreb erwischt. Der Säugling war einen Tag vorher im Kindbett verstorben. Kreb hatte sich verzweifelt ins Wirtshaus zurückgezogen, um seinen Kummer zu ersäufen.

Leonhart Gairlin, selbst Vater von acht gesunden, starken Kindern, hatte angefangen zu sticheln: »Deine Frau ist wohl unfähig, ein gesundes Kind zu gebären.«

Hans Kreb glaubte seinen Ohren nicht zu trauen, doch dann nahm sein umnebeltes Gehirn doch die Worte wahr, die gefallen waren. Er stürzte sich in tiefer Verzweiflung und rasend vor Wut auf seinen Saufkumpanen und drosch auf ihn ein, als wollte er das Letzte von seinem versoffenen Hirn noch aus ihm herausprügeln. Nur durch das beherzte Eingreifen des Wirtes und zweier anderer Gäste, die sich an ihren Bierbechern festgehalten hatten, gelang es, der Prügelei ein Ende zu machen. Sonst hätte Hans Kreb Leonhart Gairlin womöglich an Ort und Stelle zu Tode geprügelt. Letztendlich hatte das auch nicht verhindern können, dass Leonhart Gairlin zwei Tage später an seinen schweren Kopfverletzungen starb.

Nur durch die dramatische Darstellung der Zeugen zur Vorgeschichte und aufgrund der Fürbitte des Wirtes entging Hans Kreb damals seiner Verurteilung zum Tod durch das Schwert. Die Richter stimmten zudem für eine abgemilderte Strafe, weil er zwei Wochen vor der Schlägerei erst seinen dreijährigen Erstgeborenen verloren hatte.

Diesmal stand Hans Kreb wegen erneuter Misshandlungen vor Gericht. Irgendetwas war in ihn gefahren, vielleicht hatte er geglaubt, er würde nicht erwischt werden, einmal davongekommen zu sein, ließ ihn wohl glauben, er könne sich wie der Herrgott persönlich aufführen. Aber weit gefehlt, ein Nachbar hatte ihn angezeigt, als er die Schreie von Krebs Frau hörte. Bevor Kreb sie endgültig töten konnte, hatte dieser Hilfe vom stattlichen Amtmann geholt und die fast zu Tode geprügelte Frau aus dem Schuppen gerettet.

Alle Ratsheren waren sich einig, dass dieses Vergehen nicht nur nach einer saftigen Geldstrafe verlangte. So einfach würde Kreb nicht wieder davonkommen. Auch wenn ihn das letzte Verfahren fast in den finanziellen Ruin getrieben hatte, war das für ihn dennoch keine heilsame Lehre gewesen. Er konnte seine Hände nicht im Zaum halten. Also mussten drastischere Maßnahmen ergriffen werden, damit er sich nicht länger so bösartig verhalten konnte.

Der einstimmige Beschluss des Rates lautete daher: Haft. Danach würde Hans Kreb nicht mehr so schnell jemanden zusammenschlagen. Doch der erfahrene Ratsherr Baur prophezeite Hans Kreb nichtsdestotrotz die Todesstrafe, weil er ihn für unverbesserlich hielt. Er konnte nicht ahnen, dass zehn Jahre später seine Prophezeiung eintreffen sollte.

Der Rotgerber Veit Breuninger stellte einen Antrag in eigener Sache. »Ich habe des Öfteren Mitglieder der Familie Gerber beobachtet, wie sie ihren Lohkäse am Ufer der Murr getrocknet haben. Wie Ihr wisst, ist das unter Strafe verboten. Leider konnte ich sie nicht auf frischer Tat ertappen. Bis ich den Amtmann herbeirufen konnte, war niemand mehr zur Stelle, den ich dafür verantwortlich machen konnte. Damit verschafft sich die Familie einen Vorteil, der mir ein Dorn im Auge ist.«

»Ist das denn so schlimm?«, fragte Lienhard Binder.

»Euch als Laien werde ich es erklären. Die Lohe, zerkleinerte Eichenrinde, wird vermischt mit pflanzlichen Gerbmitteln. Zusammen mit den zu gerbenden Tierhäuten wird sie in Gerbgruben gepackt und dort mit Lohbrühe abgetränkt. Durch die Lohe bekommt das Leder eine rötliche Färbung. Nach dem Lohebad in der Murr wird die verbrauchte Lohe an den Gruben in metallene Ringformen eingepresst. Das ist Aufgabe unserer Lehrlinge, sie müssen die feuchte Lohe barfuß eintreten, bis die Formen bis an den Rand gefüllt sind. Danach stürzen sie die Formen auf einen hölzernen Lattenrost zum Trocknen. Es ist schwere Arbeit, die gefüllten Lattenroste wieder zur Lohmühle zu transportieren, um sie dort endgültig trocknen zu lassen. Diesen sognannten Lohkäse verwenden wir später als Brennmaterial. Die Familie Gerber trocknet allerdings direkt vor Ort«, sagte Veit. »Wo kämen wir denn hin, frage ich Euch, wenn alle Rotgerber ihren Lohkäse an den Gehwegen und Ufern trocknen würden? Es wäre kein Durchkommen mehr möglich, unsere Arbeit an der Murr würde kräftig behindert werden«, sprach der Rotgerber gereizt.

»Also gut, ich werde dafür Sorge tragen, dass der Amtmann seinen Wachgang erweitert und regelmäßig an besagten Ufern patroulliert«, entgegnete der Richter.

Veit Breuninger nickte dankbar. Er hatte erreicht, was er wollte. »Wenn dies nicht mehr vorkommt und die Familie Gerber sich daran hält, bin ich zufrieden.«

Der wortkarge Gerber Hans Holder, der sich bisher noch nicht zu Wort gemeldet hatte, sprach nun die Ratsherren an: »Kann von Euch einer einen braven Dienstbub gebrauchen?«

»Nein!«, erscholl es von mehreren Seiten.

An Veit Breuninger gewandt fragte Holder: »Wie sieht es mit Euch aus, Veit? Ich weiß, dass Euer Sohn Geselle bei Euch ist, aber in zwei Jahren, wenn er ausgelernt hat, fällt es Euch doch bestimmt nicht schwer, wieder einen Lehrjungen einzustellen.«

»Warum fragt Ihr, um wen handelt es sich denn?«, fragte Veit Breuninger neugierig.

»Um den Sohn des Hans Götz, der vor vier Jahren verstorben ist. Seine Witwe bat mich, ob ich mich für sie umhören könnte. Wie sie mir berichtete, ist Caspar ein anständiger Junge, fleißig, er hilft, wo er nur kann. Aber mit dem bisschen, was sie sich mit ihren Gänsen verdienen kann, kommt sie kaum selbst über die Runden. Geschweige denn einen ständig hungrigen, zwölfjährigen Jungen satt zu bekommen«, erklärte Hans Holder.

»Nehmt ihn doch selbst, wenn er so fleißig ist …«, war aus der Runde zu hören.

»Würde ich meiner Nachbarin Cathrin zuliebe gerne, aber ich bin einfach zu alt«, sagte Hans.

»Tut mir leid, ich muss Euch leider enttäuschen. Ich habe schon einen anderen Lehrbub in Aussicht. Ich bin mit seinem Vater schon einig geworden«, erklärte Veit Breuninger.

Der Schuhmacher Goldtner mischte sich in das Gespräch ein: »Ich habe die Lösung für Euch.« Er grinste. »Eine einfache Arbeitskraft könnte ich schon noch gebrauchen. Schickt ihn morgen zu mir, damit ich mir ein Urteil über den Jungen bilden kann.«

»Ihr seid zu gütig«, sprach der Vogt. »Hoffentlich setzt Ihr Euch da keine Laus ins Leder«, kicherte er boshaft. »Mit den Bengeln heutzutage hat man doch nichts als Ärger.«

»Ihr müsst es ja wissen oder ist Euer Sohn nicht auch gerade zwölf geworden?«, entgegnete Veit gerade so laut, damit es alle Anwesenden hören konnten.

Das Gesicht des Vogtes lief zornesrot an, aber in dem Moment, als er zu einer saftigen Erwiderung ansetzen wollte, unterbrach ihn der Richter.

»Ende der Diskussion. Da es keine weiteren Sitzungspunkte mehr gibt, schließe ich die heutige Sitzung.«

Margaretha hörte Veit schon lange, bevor er zu ihr in die Wohnstube trat. Das knarrende Dielenbrett vor der Zimmertür hatte ihn angekündigt. Er trat an ihre Seite und drückte ihr einen Kuss auf die Schläfe. Sie saß tief über die Abrechnungsbücher gebeugt. Kurz hob sie den Kopf und lächelte ihrem Mann flüchtig zu. Sie sah müde aus.

Veit nahm sich einen Becher aus dem Regal und goss sich aus dem Krug, der daneben stand, ein Bier ein. Er zog einen Stuhl heran und setzte sich zu seiner Frau.

»Bald kann ich dir diese Arbeit vielleicht abnehmen.«

Erstaunt sah sie ihn an. »Wie das?«

»Morgen kommt der junge Caspar Götz in meine Werkstatt. Hans Holder hat ihn mir wärmstens als Arbeitskraft empfohlen. Wenn ich ihn mit einfachen Arbeiten betrauen kann oder auch als Laufbursche einsetze, bleibt mir mehr Zeit für die Bücher. Dann brauchst du das in Zukunft nicht auch noch zu machen«, erklärte er.

»Können wir uns das überhaupt leisten?«, fragte sie zweifelnd.

»Lohn können wir ihm nicht zahlen, das wird auch gar nicht erwartet. Aber jeden Tag einen warmen Brei oder einen Teller Suppe. Eine kleine Kammer zum Schlafen können wir ihm auch bieten.«

»Was wird seine Familie dazu sagen?«

»Caspar hat nur noch seine Mutter und die hat selber nicht genug, um sich und ihren Sohn durchzufüttern. Ich denke, sie wird glücklich sein, dass er diese Gelegenheit bekommt.«

Margaretha stand auf, trat an ihren Mann heran und schmiegte sich an seinen Rücken. Veit drehte sich herum und küsste sie zärtlich auf den Mund. Dann zog er sie mit seinen Händen zu sich heran, bis sie auf seinen Schoß glitt. Sie schaute in seine freundlichen, braunen Augen und las Liebe und Verständnis darin. In Momenten wie diesen wurde sie sich bewusst, wie gut ihr Mann sie kannte. Er spürte genau, wann ihr die auferlegten Arbeiten zur Last wurden.

Margaretha half ihrem Mann gerne und mit viel Pflichtgefühl. Aber manchmal, nach anstrengenden Tagen mit ihren

Patientinnen, ihren Pflichten als Hausherrin und der allabendlichen Buchführung für die Schuhmacherwerkstatt ihres Mannes, war sie unendlich müde. An Tagen, an denen sie bei Sonnenaufgang anfing und bei Einbruch der Dunkelheit noch über den Büchern saß, fragte sie sich nach dem Sinn des Lebens. Alles war ein endloser Kreislauf. Man aß, um zu schaffen, und man schaffte, um etwas zum Essen zu haben.

»Ich bin froh, dass du dir Gedanken um mich machst«, sagte sie. »Dennoch glaube ich …«

Er legte den Zeigefinger auf ihren Mund. »Psst, sprich nicht weiter. Das schaffen wir schon!« Er hob sie sanft von seinem Schoß. »Lass uns zu Bett gehen, Liebes.«

Minuten später sank Margaretha zufrieden neben Veit in die weichen Kissen und kuschelte sich an ihn.

Pünktlich bei Sonnenaufgang stand Caspar bei Goldtners im Hof. Neugierig sah er sich um. Er stand vor einem zweigeschossigen Wohnhaus mit sauber verputzter Fassade. Die kleinen Fenster hatten Glasscheiben, wie er staunend bemerkte. Bei ihm zu Hause war nur geöltes Pergamentpapier vor die Fensteröffnungen gespannt worden. Der Wohnraum, in dem er mit seiner Mutter lebte, lag so ständig im Dämmerlicht.

Weiter sah er einen blitzblank gefegten Hof. Im Gänsestall, angrenzend an das Haus, lag frisch aufgeschüttetes Stroh.

»Eins, zwei, drei … vier Gänse«, zählte er leise vor sich hin.

Eine kleine getigerte Katze mit winzigen Haarpinseln an den Ohren saß im Hof und putzte ausgiebig ihr Fell. Genüsslich führte sie die rauhe Zunge über die Pfote. Dann fuhr sie damit gründlich über den Hinterkopf und die Ohren. Sie ließ sich nicht im Mindesten von dem Jungen stören, der sie beobachtete.

Plötzlich hörte Caspar forsche Schritte durch die Tür auf sich zukommen. Schwungvoll ging die Tür auf. Mit einem riesigen Satz sprang Caspar zur Seite, um nicht von ihr getroffen zu werden. Heraus trat ein stattlicher Herr, bekleidet mit einem hellen Hemd, braunen Kniehosen und wollenen Strümpfen. Er streckte ihm eine kräftige Hand entgegen.

»Willkommen, Caspar!«

Der Bub nahm die Hand und blickte in ein freundliches Gesicht.

»Ich werde dir jetzt die restlichen Mitglieder dieses Haushaltes vorstellen, bevor ich dir deine Arbeitsstätte zeige«, sagte Veit.

»Besten Dank, mein Herr!«, flüsterte Caspar gehorsam.

Veit lächelte ihm aufmunternd zu. Der schmale, hoch aufgeschossene Junge mit dem verstrubbelten, braunen Haarschopf wirkte blass und eingeschüchtert. Obwohl er durch seine Körperlänge älter wirkte, sah man ihm im Moment seine zwölf Jahre an.

Veit winkte dem Jungen mitzukommen. »Sieh dich nur gut um, das wird jetzt dein Zuhause.«

Gemeinsam betraten sie die behagliche Wohnstube, in der Anna-Maria und Margaretha beim Frühstück saßen. Veit wies auf seine Frau und stellte sie vor.

Dann trat er zu dem jungen Mädchen am Tisch, legte ihr die Hand auf die Schulter und sagte: »Das ist Anna-Maria, unsere Magd. Sie ist nur ein paar Jahre älter als du. Ich hoffe, ihr vertragt euch. Unser jüngstes Familienmitglied Barbara schläft noch.«

»Gar nicht!«, sprach ein verschlafenes Stimmchen von der Flurtür her.

Barbara stand in ihrem Hemdchen da und rieb sich die Augen.

»Guten Morgen, mein Schatz!«, begrüßte Veit seine Tochter und nahm sie auf den Arm.

»Wer ist das?«, fragte die Kleine schüchtern, bevor sie ihr Gesicht schnell wieder an der Schulter des Vaters verbarg.

»Das ist Caspar Götz. Er wird von nun an bei uns wohnen und mir zur Hand gehen«, erklärte Veit.

»Ach so!«, murmelte sie schläfrig.

»Leg Barbara ruhig noch mal ins Bett«, bat Margaretha ihren Mann. »Ich habe heute früh ausnahmsweise keinen Patientinnenbesuch zu machen und bin zu Hause. Da kann sie noch ein wenig länger schlafen. Ich werde die Zeit nutzen, um neues Bier anzusetzen.«

Margaretha sprach zu Anna-Maria: »Komm mit, du kannst mir behilflich sein.«

Sie verließen die Wohnstube und gingen in die winzige Vorratskammer.

»Pack mal mit an, der Eimer mit dem geschroteten Gerstenmalz ist furchtbar schwer«, stöhnte Margaretha.

Mit dem schweren Eimer gingen sie in die Stube zurück.

»Nun müssen wir das geschrotete Malz in einen Sudkessel füllen.«

Margaretha wies die Magd an, ihren größten Kessel mit Wasser zu füllen und auf den Ofen zu stellen. Sie schütteten das Malz dazu.

»Anna-Maria, nimm den großen Holzlöffel und rühre ständig um, damit die entstandene Maische bei gleicher Temperatur gehalten wird. Ich werde sehen, ob ich Caspar finde, damit ihr euch abwechseln könnt, denn es muss stundenlang köcheln.«

In der Zwischenzeit führte Veit Caspar durch das Haus. Die Wohnstube mit zentral gelegenem Ofen, eine kleine Vorratskammer und die Werkstatt im Untergeschoss wirkten riesig auf den Jungen. Caspar folgte Veit die Treppe hinauf einen schmalen Gang entlang, in dem zu beiden Seiten je ein Schlafgemach lag. Das Zimmer des Ehepaars war mit einem Holzbett mit Daunenkissen, einem kleinen Tisch, in den eine Waschschüssel eingelassen war, einem Stuhl und Margarethas Kommode eingerichtet. Über dem Bett hing ein schlichtes Holzkreuz an der Wand.

Das Zimmer gegenüber war mit einem ebensolchen Tisch und zwei Einzelbetten ausgestattet. Hier schliefen Barbara und Anna-Maria. Am Ende des Ganges führte eine schmale Stiege in eine winzige Kammer unter dem Dach. Sie enthielt nichts als ein Bett.

»Das wird dein Reich. Wir werden dir noch einen Stuhl und eine Waschschüssel ins Zimmer stellen. Allerdings musst du dann das Wasser aus einem der Stadtbrunnen bis hier hochschleppen. Du kannst dich mit Anna-Maria abwechseln. Sie war bisher für diese Aufgabe zuständig«, sagte Veit.

Jetzt sah Caspar ihn an, traute sich aber nicht, seinen neuen Herrn etwas zu fragen.

»Da die Kammer kein Fenster hat, wie du siehst, wirst du auch noch ein paar Kerzen brauchen.«

»Danke, Herr!«, murmelte Caspar.

Das alles war mehr, als er erwartet hatte. Eine Kammer nur für ihn allein, dachte er. Zu Hause teilte er sich einen einzigen Raum mit seiner Mutter. Es war beengt mit einem Herd, Tisch und Bank und zwei Betten. Allerdings nur mit Stroh gefüllt. Er würde es trotzdem vermissen. Aber vor allem seine Mutter. Verstohlen wischte sich Caspar über die Augen. Er wollte sich vor seinem neuen Herrn keine Blöße geben. Doch dann bekam seine Zuversichtlichkeit wieder die Oberhand. Wenn man mal ein Fünkchen Glück hatte, dann musste man zugreifen, das wusste er.

Veit unterbrach seinen Gedankengang. »Du hast es noch gut, da der Brunnen nicht weit weg von uns ist. Die Bürger der Aspacher Vorstadt müssen ihr Wasser aus einem Pumpbrunnen heraufpumpen, das ist sehr anstrengend.«

Ehe Caspar noch ein Wort erwidern konnte, war Veit schon wieder auf dem Weg nach unten.

Auf der letzten Stufe blieb er jedoch stehen und rief zu Caspar hoch: »Und vergiss nicht, nachts eine Kerze anzuzünden, wenn du mal austreten musst. Es ist schon manch einer ohne Licht die Treppe heruntergestürzt und zu Tode gekommen.«

»Ja, ich werde dran denken«, erwiderte Caspar.

»Ich schicke Anna-Maria nachher in deine Kammer, sie soll dir eine Decke bringen. Leider haben wir noch keine Daunendecke für dich, wir sind knapp an Federn, aber du wirst noch eine bekommen.« Veit legte den Zeigefinger der rechten Hand ans Kinn und überlegte laut: »Mal sehen, was wir noch für dich haben, um dein Zimmer gemütlicher zu machen. Vielleicht einen Flickenteppich.«

Minuten später traten sie in die Schuhmacherwerkstatt.

Veit führte Caspar stolz an die verschiedenen Arbeitsbereiche heran: »Sieh her, zuerst kommt der Zuschnitt des Leders.«

Fast zärtlich strich er über das weiche Rindsleder. Erklärend fuhr er fort: »Die Teile des Schuhs sind ein über einen Leisten gefertigter Schaft. Der Schaft wird zugeschnitten, gewalkt, gesteppt, die Kanten werden abgeschärft.« Veit führte Caspar an den nächsten Werktisch. »Hier werden die Sohlen gestanzt. Natürlich müssen Schaft und Sohle miteinander verbunden werden.«

Caspar nickte.

»Mit dieser dicken Nadel«, Veit zeigte auf eine sieben Zentimeter große, gebogene Nadel, »wird mit gezwirbeltem Schafsdarm die Laufsohle an den Schaft genäht.«

Veit arbeitete gerade an einem Spangenschuh mit Absatz.

»Erkennst du das wieder?«, fragte Veit.

»Vorne sieht der Schuh wie ein Kuhmaul aus.«

Veit fing an zu lachen und Caspar stimmte kräftig mit ein. Plötzlich streckte Veit Caspar seine Hand hin.

»Junge, schlag ein, dann wirst du mein zukünftiger Lehrbub sein.«

»In Ordnung, wann darf ich anfangen?«, fragte Caspar neugierig.

»Nur die Ruhe, junger Mann. Erst zeige ich dir alles und nach und nach werde ich dich in alles einweisen. Nach dem Mittagsvesper kannst du mir helfen. Ich habe genug Aufträge zu erledigen und muss die Vormittagsstunden aufholen.« Er schob Caspar aus der Werkstatt. »Nun lauf schon mal in die Stube und frag die Frauen, ob du ihnen helfen kannst.«

Eilfertig rannte Caspar hinaus.

Veit schmunzelte. Der Junge gefiel ihm. Er schien ein aufgeweckter und freundlicher Kamerad zu sein. Wissbegierig hatte er seinen Ausführungen gelauscht. Veit war zufrieden.

Kurz darauf erschien Margaretha mit Caspar in der Stube, wo Anna-Maria in der Maische rührte und rührte. Barbara stand auf einem kleinen hölzernen Schemel neben ihr und schaute neugierig zu.

»Caspar war gerade auf dem Weg zu uns. Jetzt muss ich aber schnell ein Vesper richten, die Männer haben sicher schon Hunger.«

Caspar strahlte über das ganze Gesicht, als er hörte, dass er als Mann bezeichnet wurde.

»Caspar, übernimm du von Anna-Maria den Löffel und rühre die Maische kräftig um. Ihr könnt euch abwechseln. Ich richte das Vesper.«

»Hilfst du mir?«, fragte Anna-Maria.

»Aber gern!«, antwortete Caspar.

Kurz darauf brachte Margaretha Brot, Käse und zwei Humpen Bier und stellte alles auf den blankgescheuerten Tisch.

»Es wird auch Zeit mit der Bierbrauerei, denn es ist nur noch der Bodensatz im Fass. Fangt ihr nur an zu essen, ich esse gleich mit meinem Mann, sobald er kommt.«

Hungrig und froh über die kurze Unterbrechung nahmen die beiden jungen Leute Platz. Barbara saß zwischen ihnen und aß das von Anna-Maria gereichte Käsebrot.

Nachdem er die ersten Bissen verdrückt hatte, fragte Caspar: »Warum muss die Maische eigentlich so lange kochen?«

»Das gibt dem Bier später seinen malzigen Geschmack«, erklärte Margaretha.

Nachdem alle gegessen hatten, bat Veit den Jungen, wieder in die Werkstatt zu kommen.

»Schade, ich hätte gerne gesehen, wie es mit der Brauerei weitergeht«, sagte Caspar.

»Oh, das wirst du noch öfters miterleben. Aber ich verspreche dir, du bekommst den ersten Becher frisches Bier«, versprach Margaretha.

»Meine Mutter hat auch schon versucht, Bier zu brauen, aber da ihr niemand gezeigt hat, was sie beachten muss, hat es scheußlich geschmeckt«, warf Anna-Maria ein. »Eigentlich war es ungenießbar. Aber Mutter meinte, es sei sehr nahrhaft, und so mussten wir es trinken. Da wir nicht genug zu essen bekamen, waren wir fast dankbar, denn es hat uns wenigstens den Bauch gefüllt.« Gequält lächelte sie Margaretha an.

»So schlimm war es?« Margaretha trat zu Anna-Maria und legte tröstend den Arm um sie. »In meiner Kindheit war es ähnlich. Aber meine Großmutter hat mir gezeigt, wie man Bier braut. Allerdings hat sie immer noch Kräuter um den Sudkessel gelegt. Sie war fest davon überzeugt, das würde böse Geister fernhalten. Damals glaubten die Leute auch noch an Bier- oder Brauhexen. Denen gaben sie die Schuld, wenn das Bier verdorben war. Gott sei Dank ist dieser Aberglaube vor über zehn Jahren ausgerottet worden. Da fing man auch bei uns an, beim Brauen Hopfen zum Bier zu geben. Dadurch verdarb das Bier nicht so schnell. Aus diesem Grund musste niemand mehr für verdorbenes Bier zur Rechenschaft gezogen werden und somit wurden keine Brauhexen mehr verbrannt.«

»Und wenn unser Bier nicht schmeckt, dann haben wir etwas falsch gemacht«, lachte Anna-Maria.

»Genau! Aber ich bin sicher, dass es gut schmecken wird. Auf jeden Fall besser als das Bier, welches ich im *Schwanen* mit dem Bader getrunken habe«, sagte Margaretha und schüttelte angewidert den Kopf.

»Wieso?«, fragte Anna-Maria.

»Es war sehr dunkel und hat ausnehmend rauchig geschmeckt. Ich glaube, der Wirt hat wieder einmal eine Handvoll Ruß dazugetan.«

»Ruß? Warum denn das?« Verwundert hob Anna-Maria die Hand an den Kopf.

»Nun, um das Bier dunkler erscheinen zu lassen, da es sich so besser verkaufen lässt. Damit ist er vor zwei Jahren schon einmal unangenehm aufgefallen. Es widerspricht dem bayerischen Reinheitsgebot aus dem Jahr 1516, dem wir hier in Württemberg auch folgen«, erklärte Margaretha.

»Was steht denn im Reinheitsgebot?«, fragte Anna-Maria neugierig.

»Dass man nur Hopfen, Malz und Wasser für das Bier verwenden soll«, sagte Margaretha feierlich.

»Das ist einfach«, sagte Anna-Maria.

»Unser lieber Gastwirt hat sich damals nicht daran gehalten und musste eine empfindliche Strafe zahlen. Außerdem wurde er für vier Wochen aus der Stadt verwiesen. Leider hat es bei ihm anscheinend keine nachhaltige Wirkung gezeigt«, sagte sie müde. »Die Bürger kommen auf manch absonderliche Ideen. Zum Beispiel wurde, um sauer gewordenes Bier wieder genießbar zu machen, Kreidemehl zugefügt. In dieser Hinsicht sind besonders unsere Wirtsleute recht erfinderisch.«

Anna-Maria rümpfte die Nase. »Das ist ja unglaublich! Und wir trinken das Zeug.«

Margaretha inspizierte den Kessel und sagte: »Es ist so weit. Wir müssen jetzt den heißen Sud, die Bierwürze, von der Maische trennen.«

Sie wies Anna-Maria an, das große, kupferne Sieb zu holen. »Es hängt über dem Ofen an der Wand.«

Derweil stellte Margaretha den größten Topf ihrer Nachbarin, den sie sich von ihr geborgt hatte, auf den Ofen.

»Leg das Sieb auf den Topf.«

Gemeinsam hoben sie den schweren Kessel an und gossen die heiße Brühe durch das Sieb. Dort blieben nun alle festen Bestandteile der Maische hängen und sammelten sich zu einer Art Kuchen. Diesen würden sie später an die Tiere verfüttern.

Im Kessel war nun eine klare Flüssigkeit zurückgeblieben. Margaretha entfachte das Feuer im Ofen erneut. Gemeinsam warteten sie, bis die Bierwürze kochte, dann warf Margaretha Hopfendolden in den Topf. Sie hatte die Dolden sorgsam abgezählt, denn sie hatte die Erfahrung gemacht, dass das Bier mit zu vielen Dolden bitter schmeckte.

Als die Bierwürze anfing abzukühlen, ließen sie sie noch einmal durch das Sieb laufen, damit die Hopfendolden abgefangen wurden. Schließlich füllten sie sie in alle flachen Pfannen, die sie auftreiben konnten.

»Jetzt haben wir es fast geschafft!«, jubelte Margaretha. »Wenn das Bier vollständig abgekühlt ist, müssen wir es nur noch in unser altes Eichenfass zum Rest des alten Bieres füllen. Dort muss es lagern und gären.«

Veit kam durch die Tür. »Hmh, riecht es hier gut!« Er trat zu Margaretha und fragte: »Kann ich schon ein Schlückchen probieren?« Hinter ihrem Rücken griff er nach einem Schöpflöffel.

Margaretha spürte die Bewegung, drehte sich hastig um und drohte ihrem Mann mit dem Finger. »Untersteh dich. Finger weg! Du wirst dich noch ein wenig gedulden müssen.« Sie drückte ihm einen Kuss auf die Wange.

»Hast du keine Angst, dass sie dir auch eine Steuer auf dein Bier setzen?«, fragte er.

»Wie meinst du das?«, fragte Margaretha.

»Überall im Ländle wird im Ausschank von unseren Wirten eine Produktions- und Verkaufssteuer erhoben. Angesichts des enormen Bierbedarfs unserer Mitbürger verdient unsere Stadt an jedem Maß kräftig mit. In der Stadt erzählt man sich, dass der Herzog plane, von jedem, also auch von Leuten wie uns, einen Obolus zu verlangen.«

»Das darf doch nicht wahr sein!«, stöhnte Margaretha. Entsetzt schlug sie die Hände zusammen. »Bei dem bisschen, was uns zum Leben bleibt, wollen die Oberen uns da auch noch ans Leder. Denk nur an die vielen Leute in der Stadt, die das Bier zum Überleben brauchen!«

»Ich weiß, gerade jetzt vor Michaeli, wenn das Bier im Ausschank einen Kreuzer weniger kostet als sonst das Jahr über, fällt ihnen das ein.«

Als Veit Michaeli erwähnte, fiel Margaretha ihr Versprechen an den Bader wieder ein, ihm eine Gans zu bringen. Sie hatte im Gegensatz zu vielen anderen Bürgern keine Vorbehalte gegen den Bader. Nur weil er keine feste Bleibe besaß, war er in ihren Augen nicht ehrlos. Dieses Los teilten schließlich viele Leute unfreiwillig. Auch sein Beruf nötigte ihr Respekt ab. Natürlich war ihr bewusst, dass er wie Dirnen, Spielleute oder wie der Henker als unehrlich galt. Sie jedoch hatte Heinrich Albrecht als durchaus ehrlich und redlich erlebt. Da sie selbst in ihrem Beruf mit viel Blut in Kontakt kam, sah sie darin auch nichts Verwerfliches, wie es seinem Berufsstand oft vorgeworfen wurde. Margaretha hatte kein Verständnis, warum der Kontakt mit Blut in seinem Fall als unrein galt. Er versuchte doch genauso wie sie, seinen Patienten zu helfen. Sie hatte ihn schon oft bei der Arbeit beobachtet. Er war erstaunlich schnell, dennoch ruhig und präzise an die Arbeit gegangen. In der Gewissheit, dass es sie nicht umbringen würde, würde sie sich von ihm auch einen Zahn ziehen oder eine sonstige Behandlung vornehmen lassen.

»Dem Bader eine Gans zu opfern, ist nicht das Schlechteste«, dachte sie.

Ein schnatterndes Federvieh weniger. Die Stadtherren würden erfreut sein. Jedes Tier, das keine Gärten mehr verwüstete und sich auf dem Weg zur Murr satt fraß, war ihnen am allerliebsten. Der Streit zwischen den Gänsehaltern und den feinen Herren der Stadt wurde immer heftiger.

Margaretha wusste, für sie und alle anderen Frauen der Stadt bedeutete die Gänsehaltung eine große Verbesserung ihrer Lebensumstände. Einer einzigen Gans konnten dreimal im Jahr die Daunenfedern gerupft werden. Sie lieferte im Frühjahr regelmäßig Eier, und wenn sie dann im Herbst zum Michaelitag geschlachtet wurde, war das eine seltene Abwechslung zu ihrer überwiegenden Getreide- und Gemüsekost. Die Gänsekiele wurden auf dem Markt als Schreibwerkzeug verkauft und das übrig gebliebene Gänseschmalz wurde als Vorrat angelegt. Margaretha nutzte das Schmalz zudem, um geschmeidige Salben herzustellen.

Allerdings konnte sie sich selbst niemals dazu überwinden, eine Gans zu schlachten. Diese leidvolle Aufgabe übernahm Veit. Sie konnte den Anblick nicht ertragen, wenn er das zappelnde Tier umschlungen hielt, um ihm dann den Hals umzudrehen. Die wild schlagenden Flügel, wenn das Tier in seiner Todesangst zu spüren schien, was auf es zukam, der zuckende, sterbende Körper und die herausquellenden Augen der armen Gans waren ihr zuwider.

Anna-Maria oder sie selbst übernahmen anschließend fast dankbar das Rupfen des Tieres. Margaretha legte dann die fünf größten, matt glänzenden Flugfedern zur Seite. Für sie würde sie das meiste Geld bekommen. Die Kiele der ausgewachsenen Gänsefedern waren stumpf und rund. Die Federn waren stark gebogen und in der Form gedrungen. Am oberen Ende sahen sie aus wie abgeschnitten. Am unteren hatten sie einen reichen Flaum.

Margaretha bevorzugte die ausgefallenen verhornten Federn. Diese musste sie in heißem Sand härten. Die restlichen neun großen Gänsefedern sortierte sie sorgsam nach ihrer Krümmung. Die Federn des rechten Flügels der Gans nutzten die Linkshänder, die Rechtshänder bevorzugten die Federn des linken Flügels. Nach dem Härten schnitt sie die Federn mit einer scharfen Klinge zu. Sie schnitt die Kielspitze ein kleines Stück ein, der winzige Schlitz wurde vorsichtig mit viel Fingerspitzengefühl gespreizt, damit die Feder nicht einriss. Anschließend schnitt sie den Kiel entsprechend der Breite mit einem halbrunden Schnitt nach vorne hin verjüngend zu.

Anna-Maria sah ihr interessiert zu.

»Aufgepasst! Hole mir bitte mein Rinderhorn mit der Tinte und ein Pergament.«

Sehr schnell war die Magd mit dem Gewünschten zurück.

»Jetzt zeige ich dir, warum es so wichtig ist, die Federspitze abzuschrägen.« Margaretha tauchte die Schreibfeder in das Tintenhörnchen. »Wenn du mit einer spitz zugeschnittenen Feder über ein Pergament ziehst, entsteht ein feiner Strich. Möchtest du den Strich etwas breiter haben, musst den Druck beim Schreiben etwas verstärken. Dadurch spreizt sich die Feder, schon fließt die Tinte besser und der Strich wird breit.«

Fasziniert betrachtete Anna-Maria den großen Buchstaben »A«. Margaretha hatte das spitze »Dach« mit einem feinen Strich und den Querstrich mit einem breiten Strich gezeichnet.

»Dabei fällt mir ein, dass ich im nächsten Frühjahr wieder neue Tinte herstellen muss. Mein Pulver ist zwar unbegrenzt haltbar, aber ich habe nur noch einen kleinen Rest.«

»Das könnt Ihr auch?«, fragte Anna-Maria bewundernd.

»Seitdem mir der Bader Albrecht einen handschriftlichen Auszug aus dem Buch ›Schedula diversarum artium‹ des Mönches Theophilus mitgebracht hat, in dem das Rezept steht, stelle ich die Dornrindentinte selbst her.«

Schließlich gab Margaretha Anna-Maria Anweisungen für das Abendbrot. Zum Abschluss dieses gelungenen Bierbrautages gab es Brot und etwas geräucherten Fisch und im Anschluss gedörrtes Obst.

Brot backte man im Hause Goldtner von eigener Hand. Seit Margaretha festgestellt hatte, dass der Beck sie beim Wiegen des Roggenmehls betrogen hatte, ließ sie ihr Brot nicht mehr beim Bäcker backen. Sie ging lieber zum öffentlichen Ofen an der Bürgermühle oder zu einem anderen nahe gelegenen Backhäuschen.

Beim Abendvesper sah Margaretha zufrieden in die Runde. Am Tisch saß jeder an seinem angestammten Platz. Veit am Kopfende, an der Längsseite neben ihm saß Margaretha. Daneben Barbara, ihr gegenüber Anna-Maria. Den bisher freien Platz an der linken Seite neben Veit nahm nun Caspar ein. Für das Ehepaar Goldtner war es selbstverständlich geworden, mit ihrer Magd und dem Knecht am selben Tisch zu sitzen. Außerdem hätten sie gar keine Möglichkeit gehabt, sie an einen eigenen Tisch zu setzen, da ihnen der Platz fehlte. Die Goldtners betrachteten ihre Bediensteten nicht nur als Arbeitskräfte, sondern erlaubten ihnen, am Familienleben teilzunehmen. Das war nicht gerade üblich, wie sie wussten, aber dies sicherte ihnen uneingeschränkte Loyalität.

4. Kapitel

Als Margaretha im Morgengrauen aus ihrer Zimmertür trat, kam Caspar die knarrende Stiege herab.

»Guten Morgen, Hebamme Goldtner«, grüßte Caspar.

»Guten Morgen, Caspar. Hast du gut geschlafen?«, erkundigte sich Margaretha.

»Sehr gut, danke!«, erwiderte Caspar erfreut.

»Auf dem Ofen steht ein Topf mit Haferbrei. Nimm dir eine Portion und stell für die anderen auch eine Schüssel voll hin«, wies Margaretha ihn an. »Ich gehe zu meiner Freundin Elisabetha. Sag meinem Mann Bescheid.«

»Natürlich, Frau Goldtner, mache ich.«

Möglicherweise musste Margaretha Elisabetha suchen, da sie keine Ahnung hatte, wo sie steckte. Eine Möglichkeit war Elisabethas Backnanger Tante, bei der sie ja im Allgemeinen wohnte, wenn sie in der Stadt war. Die Tante war eine hutzelige Alte, keiner wusste genau, wie alt sie war, am wenigsten sie selbst. Sie verstand sich auf Heilkräuter. Manch böse Zunge behauptete, da stecke noch mehr dahinter, Hexerei und fauler Zauber.

Wenn wieder einmal diese Gerüchte kursierten, weil einem Nachbarn eine Kuh verendet war oder einer der Familie erkrankte und Geneva Muschel verdächtigt wurde, dafür verantwortlich zu sein, schlüpfte Elisabetha für kurze Zeit lieber in einem Gasthof unter, bis die Gerüchte wieder verstummten. Sie tat das nicht gerne und nur aufgrund des guten Zuredens ihrer Tante, die sie in Sicherheit wissen wollte.

Die Alte selbst fürchtete nicht um ihr Leben, dafür war sie zu alt, aber Elisabetha zuliebe blieb sie im Schutz des Hauses und sorgte dafür, dass die Nichte sich verbarg, bis das Geschrei wieder verstummte.

Glücklicherweise waren es nur übellaunige Nachbarn, die das Gerede über Hexenkunst verbreiteten. Es war nicht zur Obrigkeit oder den berüchtigten Hexenverfolgern vorgedrungen. Es war Elisabetha ein Rätsel, wie die Alte es immer wieder schaffte, ihre Nachbarn zu besänftigen oder gar mundtot zu machen. Sie konnte nicht ahnen, dass dabei ein Trank mithalf, die Nachbarn umzustimmen. Die Alte hatte ihrer Nichte noch lange nicht alle ihre geheimnisvollen Rezepte und Kräutermischungen mit ihren manchmal mysteriösen Wirkungen preisgegeben.

Doch eines wusste Geneva Muschel gewiss und predigte es Elisabetha immer wieder: »Gegen alles ist ein Kraut gewachsen.«

Margaretha lief durch die noch fast dunklen Gassen. Der Morgen zog herauf, nur ein zarter rosaroter Schimmer zeigte sich am Horizont. Ihr Weg führte sie von ihrem Wohnhaus durch die Marktgasse am Stadthaus, dem Sitz des Vogtes und am Rathaus vorbei. Sie überquerte den Marktplatz und kam an der Mauer, die die Pfarrkirche St. Michael und den Stadtturm umgab, vorbei. Einen Katzensprung vom Oberen Stadttor entfernt stand das Häuschen mit den winzigen Fenstern der Witwe Muschel, Elisabethas Tante. Diese lebte allein, seitdem ihr Mann verstorben war. Nur Elisabetha, ihre einzige noch lebende Verwandte, kam gelegentlich zu Besuch.

Das Tragische war, dass Geneva ihrem eigenen Mann trotz ihrer Heilkünste nicht hatte helfen können. Er war bei seinem Bruder in Frankenweiler zu Besuch gewesen, von wo die Familie Muschel stammte. Man hatte ihn an einem Bruch geschnitten. Bei seiner Rückkehr nach Backnang schien er schon heil und gesund zu sein. Er verließ Geneva zwei Tage nach seiner Heimkehr vergnügt und munter und marschierte in Richtung Gasthaus. Was dann passierte, konnte man sich nicht erklären, denn er war schwer torkelnd und völlig verwirrt in der Stadt gesehen worden, aber wie der Wirt später berichtete, war er nie im Gasthaus angekommen. Sein Weg hatte ihn hinunter an das Flussufer geführt. Warum er ins Wasser hinabging, wurde nie geklärt, aber es führte zu seinem Tod. Er ertrank jämmerlich in der Murr. Die Gerber, die im Wasser ihre Tierhäute reinigten und vom gegenüberliegenden Ufer seinen Kampf beobachteten, berichteten, er habe wild um sich geschlagen. Doch bis sie durch den Fluss zu ihm geschwommen waren, war es schon zu spät gewesen. Als sie endlich bei ihm eintrafen, schwamm er auf dem Bauch mit dem Gesicht im Wasser. Einer der Gerber drehte ihn um, packte ihn unter den Armen und zog ihn ans Ufer. Ihre verzweifelten Bemühungen, ihn wiederzubeleben, blieben leider erfolglos.

Als ein Laufbursche bei Geneva eintraf, machte sie sich sofort auf ans Ufer der Murr, wo das Gerberviertel lag, aber auch sie konnte ihm nicht mehr helfen. Geneva Muschel konnte sich das selbst nicht verzeihen. Sie gab sich die Schuld an seinem Tod, da er, wie sie vermutete, doch noch nicht so weit von seiner Krankheit genesen war, wie er vorgegeben hatte. Sein Gesicht war zu einer Fratze verzerrt gewesen, daher vermutete sie, dass er kurz vor seinem Tod unter schrecklichen Krämpfen gelitten haben musste. Diese hatten ihn vielleicht so geschwächt, dass er dem Wasser nichts mehr entgegenzusetzen gehabt hatte.

Geneva hatte den wichtigsten Menschen in ihrem Leben nicht retten können. Seitdem lebte sie äußerst bescheiden und zurückgezogen von dem bisschen, was ihr Mann ihr hinterlassen hatte.

Beherzt klopfte Margaretha an die Haustür. Zu ihrer Überraschung öffnete nicht die Witwe Muschel, sondern Elisabetha.

»Ah, Margaretha! Du bist's.« Herzlich umarmte sie ihre Freundin und küsste sie rasch auf beide Wangen. »Du kommst gerade recht.« Hastig zog sie Margaretha ins Haus. »Hilf mir bitte meine Tante anzuziehen. Sie ist in sehr schlechter Verfassung.«

»Was ist denn los mit ihr?« Unwillkürlich flüsterte Margaretha.

»Krank ist sie«, erklärte Elisabetha, »aber zugeben wird Geneva es nie. Vorgestern, als sie sich unbeobachtet glaubte, habe ich gesehen, wie sie mit blauen Lippen verzweifelt nach Luft schnappte. Nach wenigen Sekunden ging es ihr wieder besser. Dann ist sie zu ihrem Kräuterschrank gewankt und hat heimlich ein Schlückchen einer unbekannten Flüssigkeit genommen. Als sie das Zimmer verlassen hatte, habe ich das Fläschchen aus der hintersten Ecke des Schrankes hervorgezogen, wo sie es versteckt hatte. ›Roter Fingerhut‹ stand auf dem Etikett.«

»Das ist giftig!«, entfuhr es Margaretha.

»Genau, aber in geringen Mengen hilft es bei Herzschwäche.«

»Nun, ich bin kein Medicus, aber … Sag, hast du bemerkt, ob deine Tante des Nachts häufig die Latrine aufsucht?«

»Jetzt, da du es sagst«, überlegte Elisabetha laut, »tatsächlich, es stimmt! Zwei-, dreimal hat sie mich nachts geweckt, obwohl sie versucht hat, sehr leise aus ihrem Bett aufzustehen.«

»Nun, siehst du, das würde zu einer Herzschwäche passen. Komm, lass uns zu ihr gehen«, bat Margaretha.

Leise betraten die beiden die kleine Kammer. Im Halbdunkel konnte Margaretha eine schmale Gestalt ausmachen, die im Bett an der rechten Wand lag.

Margaretha trat einen Schritt vor. »Huuch!«, schrie sie auf.

Erschrocken schlug sie mit den Händen um sich. Etwas Rauhes, Faseriges hatte ihre Wange berührt. Doch im nächsten Moment erkannte sie den langen Stoff, der in Bahnen von der Decke hing. Er diente zur Abtrennung des Schlafbereiches vom Rest der Wohnstube. Neugierig schaute Margaretha sich um, als sich ihre Augen an das Dämmerlicht gewöhnt hatten.

Getrennt vom Vorhang stand auf der anderen Seite des Raumes eine Bank, die fest in der Wand verankert war. Sie diente Elisabetha als Schlafstätte. Der einfache Tisch davor bestand nur aus zwei Holzböcken, auf dem ein breites Holzbrett lag. Das einzige sonstige Mobiliar war ein schwerer Schrank. In der Mitte der Stube war ein Kochofen.

»Wer ist da? Elisabetha, bist du's?«, rief eine leise Stimme röchelnd aus dem Bett.

»Ja, Tantchen. Ich bin es und Margaretha ist bei mir.«

Sie traten näher an das Bett heran. Beim Anblick der bläulich-blassen Haut erschrak Margaretha heftig.

Ohne sich ihren Schrecken anmerken zu lassen, sagte sie laut und freundlich: »Grüß Sie Gott! Wie geht es Ihnen?«

»Ach, nicht so gut.« Keuchend schnappte Geneva nach Luft.

Elisabetha half ihr sich aufzusetzen.

Margaretha räusperte sich. »Habt ihr keine Daunenkissen, die du deiner Tante hinter den Rücken klemmen kannst, damit sie aufrechter sitzt?«

»Nein, meine Tante besitzt keine eigenen Gänse mehr. Direkt nach dem Tod meines Onkels, bevor es mit ihrem Wittum geklärt war, war sie gezwungen, alle Gänse zu verkaufen, um zu überleben.« Bedauernd schüttelte Elisabetha den Kopf. »Nach dem neuesten Erlass, der verbietet, auf dem Viehmarkt Gänse zu verkaufen, konnte sie von dem bisschen Ersparten, welches sie später von der Witwenversorgung zurücklegen konnte, auch keine neuen Gänse mehr kaufen. Und da nun jedermann froh ist, wenn er an Michaeli selbst noch eine Gans im Stall hat, war es für sie zu schwierig, sich anderweitig eine Gans zu organisieren.«

»Elisabetha, was willst du damit sagen? Seit wann gibt es den Erlass?«, rief Margaretha erregt aus. »Davon habe ich noch nichts gehört!«

»Ab dem 29. September, dem Michaelitag«, erklärte Elisabetha, »wird der Vogt dieses Verbot für alle Gänsebesitzer in Kraft treten lassen. Die Gänse sind ihm und seinen Räten schon lange ein Dorn im Auge.«

»Nur weil hier und da ein paar Salatblätter abgezupft wurden! Das ist eine drastische Strafe«, entgegnete Margaretha.

Elisabetha sah kurz zu ihrer Tante, bevor sie fortfuhr: »Es ist leider nicht nur bei ein wenig Salat geblieben. Die Gänse des Nachbarn meiner Tante sind von einem anderen aufgebrachten Nachbarn beobachtet worden, wie sie auf dem Weg zur Murr alles aufgefressen haben, was ihnen vor die Schnäbel kam. Eben dieser Nachbar ist ein Neffe des Ratsherrn Paul Baur und hat sofort Beschwerde eingelegt. Sein Onkel berichtete daraufhin in der folgenden Ratssitzung darüber. Deswegen hat der Rat den Verkaufserlass beschlossen.«

»Mein Gott, schlechte Zeiten für uns Backnanger Frauen«, schnaubte Margaretha empört.

»Wohl dem, der noch genügend Gänse im Stall stehen hat«, sagte Elisabetha grimmig.

Nach einem kurzen Augenblick des Grübelns schüttelten sie die trüben Gedanken aus ihren Köpfen. Elisabetha gelang es mit Margarethas Hilfe, ihre Tante ein wenig herzurichten. Danach fütterte sie die Alte mit ein wenig Gerstenbrei. Bald darauf fielen Geneva die Augen wieder vor Erschöpfung zu.

Auf Zehenspitzen führte Elisabetha ihre Freundin in den abgetrennten Bereich zu Tisch und Bank. Sie bat Margaretha Platz zu nehmen und holte zwei Becher Dünnbier.

Als sie sich gegenübersaßen, musterte Margaretha ihre Freundin. Blass und abgespannt sah sie aus. Im ovalen Gesicht waren die blauen Augen das Beeindruckendste an ihr. Allerdings leuchteten die sonst so strahlenden Augen nicht wie gewöhnlich. Ihr dunkelblondes Haar hing, zu einem schweren Zopf geflochten, auf ihren Rücken. Im Gegensatz zu Margaretha trug sie keinen Schleier. Den Status einer Ehefrau hatte sie noch nicht erreicht. Es gehörte aber auch nicht zu ihren vordringlichen Zielen. Ein schlichtes, gerade geschnittenes braunes Kleid vervollständigte das Bild.

Plötzlich huschte ein kleines Lächeln um Elisabethas schmalen Mund. »Ich bin froh, dass du gekommen bist. Du wirst mich verstehen. Meine Tante ist gerade etwas unleidlich und schwierig. Die Krankheit nimmt sie schwer mit. Trotz ihrer Medizin ändert sich nichts an ihrem Gesundheitszustand. Ihre Hilflosigkeit lässt sie verzweifeln. Für jeden anderen hat sie ein Mittelchen parat, nur sich selbst kann sie nicht wirklich helfen. Das lässt sie resignieren.« Elisabetha seufzte. »Mit nichts kann ich sie aufmuntern. Keine Fragen über Heilkräuter, die sie mir sonst gerne beantwortet hätte. Jetzt will sie von all dem nichts hören. Das ist schlimm!«

»Das stimmt!«, bestätigte Margaretha. »Aber hast du ihr klar gemacht, wie sie sich gegen ihre eigene Weisheit verhält? Schlag sie mit ihren eigenen vielzitierten Worten: ›Für alles gibt es ein Heilkraut.‹ Das musst du Geneva bewusst machen. Vielleicht rüttelt sie das wieder auf.«

Elisabetha zog eine Augenbraue in die Höhe. »Glaubst du wirklich? Eigentlich …« Aber dann überlegte sie schnell. »Einen Versuch ist es wert. Sie muss ihren eigenen Willen wiederfinden, um gesund zu werden.« Elisabetha umarmte rasch ihre Freundin. »Ich danke dir.«

»Lass gut sein«, beschied Margaretha, »dafür bin ich da.« Verlegen lächelte sie. »Aber etwas anderes will mir nicht aus dem Kopf. Ich habe gehört, der Medicus aus Ulm sei in Backnang gewesen, als dein Onkel starb. Ist das wahr?«

»Aber ja! Gregor Horstius war überaus freundlich zu meiner Tante. Er hat ihr angeboten, das Begräbnis zu übernehmen, wenn sie ihm im Gegenzug erlaubte, den Leichnam zu untersuchen. Sie war sehr verzweifelt wegen des Geldes, sonst hätte sie sich bestimmt nicht darauf eingelassen.«

»Findest du es nicht auch etwas merkwürdig? Jedesmal wenn es einen Toten in der Murr gab, war der Medicus mit seinem Gehilfen zur Stelle. Ein bisschen viel Zufall, oder?«

»Hm, du hast Recht.« Verwundert schüttelte Elisabetha den Kopf. »Das ist mir noch gar nicht aufgefallen. Aber du willst doch nicht behaupten, er hätte etwas damit zu tun?«

»Nun, beweisen kann ich es nicht. Sehr eigenartig finde ich es schon, dieses Interesse. Drei Tote und dreimal war der Medicus in der Stadt. Früher hat er sich nur einmal im Jahr zur Hebammenprüfung blicken lassen.«

»Was willst du machen?«, fragte Elisabetha.

Margaretha lief unruhig in dem kleinen Zimmer hin und her. »Gar nichts, ich kann nichts gegen den allseits geachteten Medicus ausrichten. Der Vogt und seine Räte würden mich auslachen, wenn ich ihnen von meinem Verdacht erzählen würde. Aber ich werde wachsam sein, und sobald ich höre, dass der Medicus mit seinem komischen Gehilfen wieder in der Stadt ist, halte ich die Augen offen. Und bitte tue mir den Gefallen und halte dich da raus!«

Margaretha kannte Elisabethas Lage gut. Die Freundin war wie ihre Tante unter der dauernden Beobachtung misstrauischer Nachbarn. Den Nachbarn war Geneva verdächtig, da sie ohne Ehemann nicht notleidend war, obwohl sie niemals jemanden um Hilfe bat. Sie ging auch nicht mehr von Haus zu Haus, um Heilkräuter zu verkaufen und sich etwas Geld zu verdienen. Dies und die Tatsache, dass sie eine heilkundige Kräuterfrau war, schien sie verdächtig zu machen. Die Nachbarn wussten ja nichts von dem Geld, das Geneva vom Medicus erhalten hatte.

Behutsam griff Margaretha nach der Hand der Freundin. »Kümmere dich gut um deine Tante. Lass dich nicht entmutigen, und wenn sie wieder besser auf den Beinen ist, soll sie dich weiter in ihre Heilkünste einweisen ... Apropos Kräuter. Eine Bitte habe ich noch. Meine Vorräte gehen zu Ende. Ich hatte gehofft, du könntest mir zeigen, wo du deine Pflanzen pflückst.«

»Das würde ich gerne, aber du wirst mit meinen eigenen Vorräten vorliebnehmen müssen. Der Sommer ist bald vorbei und es bleiben uns dann nur Herbstkräuter und Pilze. Jetzt gibt es nur noch ein paar wenige Kräuter in der Umgebung. Im nächsten Frühling gehe ich mit dir in den Wald und zeige dir meine Schätze.«

Elisabetha und Margaretha verließen gemeinsam das Haus, um den Kräutergarten der Tante aufzusuchen. Die frühe Sonne schien in ihre Gesichter. Die wohltuende Wärme der noch kräftigen Strahlen strömte durch ihre Körper und ließ sie ein Gefühl der Geborgenheit spüren. Elisabetha lief voraus durch ein schmales Gässchen zwischen Genevas Haus und dem Nachbarn zur rechten Seite. Sie kamen in den kleinen Garten hinter dem Haus. Direkt am Haus wuchsen in wildem Durcheinander Kamille, Gänseblümchen und Goldrute. Daneben lag ein kleines Beet, in dem Geneva ihre eigenen Kräuter zog. Darauf folgte ein Gemüsebeet. Hier wuchsen Kohl, Rüben und Erbsen. Ein winziger Schuppen stand am Grenzstein zum Nachbargrundstück im Schatten des Hauses. Elisabetha öffnete die Holztür. Fahles Tageslicht drang durch die Ritzen und zeigte den beiden Frauen Körbe, Säcke und Flaschen, die auf Regalen und auf dem Boden standen. Von der Decke hingen getrocknete Büschel Thymian und Rosmarin.

»Meine Vorräte!«, sagte Elisabetha stolz. Sie trat an einen der Körbe heran, griff hinein und ließ eine Handvoll Kamillenblüten durch ihre Finger rieseln. »Sieh her, Margaretha, hier habe ich auch Salbei, Mohn und Arnika. Die gelb blühende Arnika sammle ich in Ochsenau bei Althütte. Eine wunderbare Heidegegend, reich bewachsene trockene Kalkböden.

»Was haben wir denn hier?«, rief Margaretha erstaunt. Laut las sie die Etikettenaufschrift: »Tollkirsche/Belladonna.«

»Ja, das finde ich an Bachufern. Fingerhut habe ich auch. Aber das Beste ist hier!« Vorsichtig nahm Elisabetha ein Körbchen vom Regal. »Diese Wurzeln sind etwas ganz Besonderes, sie wirken kräftigend und appetitanregend. In geringen Mengen genossen, als Pulver zerrieben, helfen sie bei Magenschmerzen. Deswegen heißen die Wurzeln auch Magenwurz. Diese Kalmuswurzeln werden bei uns auch ›Deutscher Ingwer‹ genannt. Aber das Besondere ist …« Elisabetha machte eine bedeutungsvolle Pause. »Meine Tante hat mir nach Monaten endlich eines ihrer Geheimnisse verraten. Sie kandiert die Wurzel! Sie hat mir anvertraut, dass man durch das Kauen der Wurzel verstörende Bilder sieht.«

»Verstörende Bilder?« Margaretha schüttelte den Kopf. »Das verstehe ich nicht.«

»Farbenprächtige Bilder vor dem inneren Auge«, erklärte Elisabetha. »Ähnlich wie bei einem Traum, aber schrecklicher und irgendwie in falscher Reihenfolge und viel zu schnell. Manchmal sind die Menschen, die davon gekostet haben, glücklich, andere wiederum bekommen Angst. Angstträume mit schweren Beklemmungsgefühlen. Furcht und Entsetzen packen sie, ein Gefühl des Bedrohtseins. Diese Angst in sich zu bekämpfen und sich daraus zu befreien, dauert.« Elisabetha atmete geräuschvoll aus. »Meine Tante hat es selber zweimal versucht. Sie glaubt, es könne an der Menge der gegessenen Wurzel liegen. Einmal hat sie nur ein winziges Stückchen davon probiert und sie fühlte sich gut. Beim nächsten Mal war es ein größeres Stück und sie empfand entsetzliche Angst.«

»Ihr seid verrückt!«, entfuhr es Margaretha. »Das ist gefährlich! Wenn das herauskommt und euch jemand anzeigt, landet ihr mit Sicherheit auf dem Scheiterhaufen. Da hilft euch niemand mehr!«

»Beruhige dich. Du bist die Einzige, der ich davon erzählt habe. Ich vertraue dir.«

»Also, von deiner nicht wohlschmeckenden Wurzel möchte ich nichts. Das Misstrauen dagegen sitzt zu tief in mir. Aber deine getrockneten Kamillenblüten, davon kann ich nie genug bekommen. Und wenn ich etwas von deinem Mohn haben könnte, das wäre schön. Außerdem Thymian und Schafgarbe«, zählte Margaretha auf.

»Kannst du bekommen. Nur von der Schafgarbe habe ich selbst nur noch einen kleinen Rest. Wenn wir uns jetzt auf den

Weg machen, könnten wir an Wegrändern, Wiesen und im Wald wenigstens noch etwas davon pflücken. Vielleicht auch noch Beifuß und Erdrauch.« Elisabetha lachte. »Ich könnte auch noch Brennesseln gebrauchen. Daraus gibt es einen schönen, heißen Sud und ein stärkendes Gemüse zum Abendbrot, dazu ein paar leckere Waldpilze. Es wird meiner Tante guttun.«

Schnell wurden sie sich über den Preis für die Kräuter einig. Margaretha zahlte zufrieden das geforderte Geld, in der Gewissheit, ein gutes Geschäft gemacht zu haben.

Kurze Zeit später hängten sich beide Frauen Weidekörbe über die Schultern und gingen schwatzend entlang der Murr zum Wald. Am Waldrand standen dichte Büsche mit Beeren. Elisabetha und Margaretha pflückten alle Beeren, die sie durch die Stacheln erreichen konnten. Dabei vergaßen sie auch nicht, eifrig ihre Münder zu füllen. Sie streiften durch die Fläche mit dichtem Baumwuchs, sahen kleine, rote Eichhörnchen mit langem, buschigem Schwanz lautlos vorbeihuschen und gingen in die Pilze. Für einen Augenblick genossen sie die Ruhe und den Frieden des Waldes.

Zur Mittagszeit kehrten die Freundinnen mit von Beeren, Pilzen und Kräutern gut gefüllten Körben zurück in die Stadt. Auf dem Marktplatz herrschte ein riesiges Gedränge. Die Bürger schoben sich Richtung Rathaus. Margaretha und Elisabetha wurden von der Woge drängender Menschen mitgerissen.

Margaretha schrie Elisabetha zu: »Halt dich an mir fest, damit wir uns nicht verlieren!« Mit der linken Hand umklammerte sie krampfhaft den Henkel ihres vollen Korbes.

»Was ist denn los?«, fragte sie die Umstehenden.

Eine Bäuerin vor ihnen drehte sich um und antwortete erstaunt: »Herzog Friedrich ist von seiner Grafschaft Mömpelgard bei unserem Vogt eingetroffen. Habt Ihr das nicht gewusst?«

»Doch, doch, schon«, stotterte Margaretha. »Es war mir entfallen.«

»Er hat Baumeister Schickhardt mitgebracht«, fiel ein gut gekleideter Herr ein.

»Wie man hört, sind die Pläne für den Bau des Schlosses fertiggestellt«, hakte Elisabetha nach.

Schon mischte sich eine weitere Frau aus den Reihen der umstehenden Leute mit ein. »Und wie will er das bezahlen? Will er die ehrbaren Handwerker und Bürger der Stadt noch mehr ausnehmen?«, keifte sie.

»Würde Euch das wundern?«, warf der gut gekleidete Herr abermals ein.

»Was kümmert Euch das, Meister?«

»Ich bin zwar Zunftmeister«, erklärte der Herr und rückte seinen Pelzkragen zurecht, »aber auch wir müssen deutlich mehr Steuern zahlen.«

»Ha! Unser hochwohlgeborener Landesvater wird wieder Heerscharen von Goldmachern ins Land holen.« Verächtlich lachte Margaretha laut auf.

»Warum Goldmacher? Erklärt mir das bitte«, bat die Bäuerin.

»Unser Herzog glaubt, wie viele andere sogenannten Alchimisten auch, aus verschiedenen Metallen wie Eisen, Kupfer, Zinn und vor allem Blei müsse man Gold herstellen können. Dutzende Forscher und Freiwillige haben sich schon daran versucht. Allerdings hat noch keiner der Scharlatane es geschafft, irgendetwas in Gold zu verwandeln«, erklärte Margaretha missmutig.

»Jeden Narren, der es versucht und ihn übers Ohr haut, lässt der Herzog am Galgen baumeln«, ergänzte Elisabetha.

»Aber der Herzog hat einen Narren an der Alchimie gefressen«, kicherte Margaretha.

Plötzlich vernahmen Margaretha und die umstehenden Zuschauer leisen Applaus und auch einige Buhrufe. Die Menschenmenge teilte sich und Margaretha und Elisabetha konnten einen Blick auf den Herzog und sein vornehmes Gefolge erhaschen.

Am Anfang des Zuges ritt Herzog Friedrich auf einem prachtvollen Rappen. Neben ihm saß, auf einem ebenso prächtigen Braunen, ein stattlicher Herr.

»Das ist Heinrich Schickhardt, der berühmte Baumeister«, raunte Margaretha ihrer Freundin zu.

Ein junger Mann schritt neben dem Pferd des Herzogs und hielt die Zügel fest in der Hand. Auf ein Zeichen des Herzogs brachte er das Tier zum Stehen, worauf der ganze prächtige Zug des Gefolges ebenfalls verharrte.

Der Herzog erhob seine kraftvolle Stimme; »Liebe Mitbürger! Heute ist ein besonderer Tag für diese württembergische Stadt. Unser Baumeister Heinrich Schickhardt hat den Platz für unser wundervolles Bauvorhaben auserkoren. Ein großzügiges Schloss wird auf dem Stiftshofgelände neben unserer Stiftskirche erbaut. Im Frühjahr des Jahres 1606 wird mit dem Bau begonnen werden.«

Erneut applaudierten einige Leute in der Menge. Aber auch eine Woge lauter Stimmen und missgünstiger Laute brandete auf. Lautes Gejohle und Gelächter waren zu hören.

»Was wird mit den alten Pfründehäusern, die dort stehen?«, fragte Margaretha leise.

»Die müssen abgerissen werden«, antwortete Elisabetha.

Der Herzog erhob die Hand und bat somit um Ruhe. »Bedenkt den wirtschaftlichen Wohlstand, den viele von euch erwarten können. Ich spreche insbesondere die Zimmermannsleute, Steinmetze und Ziegler der Stadt an. Ich werde persönlich dafür Sorge tragen, dass keine Handwerker dieser Zünfte von außerhalb beschäftigt werden.«

Nun brandete donnernder Applaus auf und die Bevölkerung jubelte ihm zu.

»Er hat erreicht, was er wollte. Die Zustimmung des Volkes für sein teures und ehrgeiziges Bauvorhaben«, wisperte Elisabetha.

Margaretha klopfte ihrer Freundin auf die Schulter. »Du hast den Nagel wieder auf den Kopf getroffen. Aber es hilft alles nichts. Ich muss nach Hause. Die Familie wird schon auf mich warten.«

»Sehen wir uns morgen auf dem Jahrmarkt?«, fragte Elisabetha.

»Ja, sicher. Den Jahrmarkt an Michaeli möchte ich mir nicht entgehen lassen. Ich werde Barbara mitbringen. Ich habe es ihr versprochen. Vielleicht nehme ich auch Anna-Maria und Caspar mit.«

Elisabetha umarmte Margaretha. »Gut, dann sehen wir uns morgen.«

Eiligen Schrittes lief Margaretha durch die sich auflösende Menschenmenge zurück nach Hause. Im Haus brachte sie ihren Korb in die Stube. Sie wies Anna-Maria an, die Pilze mit etwas Gänseschmalz und Zwiebeln anzubraten. Dann ging sie daran, ihre neuen Kräuter zu Salben und Tinkturen zu verarbeiten.

Auf einmal spürte Margaretha eine leichte Übelkeit in sich aufsteigen. Mit blassem Gesicht setzte sie sich an den Tisch.

»Geht es Euch nicht gut, Herrin?«, fragte Anna-Maria besorgt.

»Oh, es geht schon wieder. Ich brauche nur einen kleinen Moment Ruhe. Es war doch etwas viel Aufregung heute.«

Mit mulmigem Gefühl gestand sich Margaretha ein, was sie seit mehreren Tagen vermutete. Sie trug wieder ein Kind unter dem Herzen. Einerseits freute sie sich über die Schwangerschaft. Andererseits befürchtete sie aufgrund ihres Unwohlseins und aufkommender Beschwerden, ihrem Beruf nicht wie gewohnt nachgehen zu können. Aber sie hatte ja gewusst, worauf sie sich einließ, als sie auf Veits Zärtlichkeiten eingegangen war. Margaretha selbst benutzte keine Verhütungsmittel, da ihr christlicher Glaube ihr das untersagte.

Oft wurde sie hinter vorgehaltener Hand von Patientinnen nach einem wirkungsvollen Mittel gefragt. Viele Frauen erzählten ihr von möglichen Mitteln, die sie schon ausprobiert hatten. Darunter war geschmolzenes Bienenwachs, getrocknete Wurzeln, Eigelb und sogar Gras.

Margaretha glaubte nur an das Bienenwachs. Aber alle diese Mittel verfehlten ihren eigentlichen Zweck und boten keinen ausreichenden Schutz. Wenige von den Frauen trauten sich, ihren Ehemann um einen Coitus interruptus zu bitten, aber die meisten Männer nahmen darauf keine Rücksicht. Sie wollten nur ihr Vergnügen.

Diejenigen Frauen aber, die mit ihren Männern diese Verhütungstechnik anwendeten, litten oft große Seelenqualen. Denn die Kirche predigte ihnen, dass es eine außergewöhnliche und abscheuliche Sünde sei.

Bei der Beichte verdammte Pfarrer Bauhof diese Sünde auf das Ärgste. Er war sowieso gegen Frauen und war überzeugt, alles sei nur von Gott gegeben. Aber er vergab ihnen im Namen des Dreieinigen Gottes und unter Handauflegung. Er predigte: »Tut Buße und betet.«

Für die Seelenqual der armen Frauen und der kleinen Leute gab es keine andere Erleichterung. Die Religion war für sie so natürlich wie der Himmel und der Regen. So beteten die Bauern und einfachen Bürger bei jeder Pein und jedem körperlichen Leiden, im festen Glauben, der liebe Herrgott würde sie von aller Not befreien. Gott war der strenge Richter und der Pfarrer predigte von der Kanzel: »Außerhalb der Kirche gibt es kein Heil. Befreit euch von euren Sünden, sonst landet ihr in der Hölle.«

Es wurde gebetet und gebeichtet, der eine oder andere verschaffte sich aber auch Erleichterung, indem er einen Ablass zahlte, oder wenn er es sich leisten konnte, machte er der Kirche eine großzügige Schenkung, in der Gewissheit, dadurch der ewigen Verdammnis zu entgehen.

5. Kapitel

Als die Dämmerung heraufzog, klopfte es zaghaft an der Eingangstür. Anna-Maria öffnete und ein junger Mann mit vor Schreck geweiteten Augen stand vor ihr.

»Bitte, ist das hier das Haus von Margaretha Goldtner, der Hebamme?«, fragte er sorgenvoll.

»Ja, da seid Ihr richtig«, antwortete die Magd.

»Bitte, ich brauche ihre Hilfe! Meine Frau …« Er schluckte.

»Wer ist denn da?«, rief Margaretha.

»Für Euch, Herrin. Ein Herr bittet um Eure Hilfe.«

»Ein Herr?«, fragte Margaretha.

Rasch trat sie in den Flur und bat den jungen Mann herein.

»Meine Frau bekommt unser Kind und sie braucht dringend Eure Hilfe. Wir sind ganz alleine.«

»Da habt Ihr Eure Frau im Schmerz alleine gelassen?«, empörte sich Margaretha.

»Es ist ihr erstes Kind und sie hat Angst. Sie hat mich angefleht, Euch zu holen«, jammerte er.

»Dann lasst uns sofort aufbrechen.«

Margaretha griff nach der Tasche mit ihren für sie so wertvollen Geburtsutensilien, mit allem, was sie benötigen könnte. Für alle möglichen Notfälle gerüstet sein, das war ihr wichtig.

Als sie bei der jungen Erstgebärenden eintrafen, lag diese schweißgebadet auf ihrem Strohbett. Mit angstvollen Augen blickte sie der Hebamme entgegen. Margaretha setzte sich ruhig neben sie und schob fachkundig ihren Rock hoch. Beruhigend sprach sie auf die verängstige Frau ein.

»Seien Sie ohne Sorge, jetzt bin ich ja da.«

Sie tastete vorsichtig den prallen Bauch ab.

»Alles in Ordnung, seien Sie ganz beruhigt. Das Kind liegt mit dem Köpfchen nach unten. Es wird alles gutgehen.«

Anschließend bat sie um heißes Wasser und ein Stück Leinen. Als das Gewünschte vor ihr lag, schickte sie den werdenden Vater hinaus.

Bis spät in die Nacht half Margaretha bei der Geburt. Mit sicherem Gespür leitete sie die Gebärende durch die schmerzhaften Wehen. Lange nach Mitternacht legte sie der erschöpften Mutter ein gesundes Mädchen in die Arme.

Der junge Vater begleitete sie auf ihrem Heimweg. Er drückte der Hebamme ein paar Kreuzer in die Hand. »Mehr habe ich leider nicht.«

»Danke! Ich bin über jede Münze froh«, meinte Margaretha. Sie merkte dem Mann an, wie erleichtert er war.

Freimütig begann er zu erzählen. »Ich bin Georg Gscheidlin der Jüngere. Mein Vater, der Küfer, war anfangs gar nicht glücklich über Annas Schwangerschaft.« Er räusperte sich. »Wir haben erst im Januar geheiratet«, brachte er verlegen hervor. »Vater wollte nicht, dass die Leute glauben, die Hochzeit sei vonnöten gewesen. Aber wir waren schon getraut. Ihr müsst wissen, die Verhandlungen über unseren Hochzeitsvertrag dauerten so lange. Ich soll in ein paar Jahren die Küferei meines Vaters übernehmen. Er wollte eine anständige Mitgift von den Eltern meiner Frau. Er wollte sich sicher sein, dass sie mich nicht nur wegen meines Besitzes heiratet.« Erbost fuhr er fort: »So ein Unsinn! Der Stadtpfarrer war bei den Verhandlungen dabei. Er sprach ein ausführliches Wort mit Anna und konnte meinen Vater schließlich von ihren guten Absichten überzeugen.« Plötzlich lachte er erfreut auf. »Gleich in der Frühe gehe ich zum Helferhaus und spreche mit dem Pfarrer Jacob Bauhof und bitte ihn um die Taufe. Der liebe Gott soll so schnell wie möglich seine schützende Hand über unser Mädchen legen. Da wird auch Vater zufrieden sein.«

Kurz bevor sie in ihre Gasse einbogen, glaubte Margaretha eine große Gestalt um die Ecke huschen zu sehen.

»Habt Ihr das auch gesehen, Herr Gscheidlin?«

»Ja!«, antwortete er erstaunt. »Was treibt sich denn der Gehilfe des Medicus des Nachts hier herum?«

»Der Gehilfe des Medicus. Glaubt Ihr wirklich?«

»Ich bin mir sicher, dass er es war. Heute Mittag traf ich ihn noch im Wirtshaus.«

»Äußerst merkwürdig!«, murmelte Margaretha. »Aber es geht uns ja nichts an.«

Am nächsten Morgen herrschte große Aufregung im Hause Goldtner. Margaretha hatte ihr Vorhaben wahr gemacht und mit Anna-Maria und Caspar vereinbart, sie zum kleinen Jahrmarkt mitzunehmen.

Zuerst putzten sie allerdings die gute Stube und die Magd fegte gründlich Haus und Hof. Hinterher versorgte sie die Gänse. Im Stall sah sie eine dicke, graubraune Ratte, die mit ihrer spitzen Schnauze gierig nach Samen, Körnern und Eiern suchte. Angewidert warf sie einen großen Stein in ihre Richtung.

»Verschwinde, du ekliges Vieh!«, schimpfte sie laut. »Caspar!«, schrie sie.

Eilig kam der junge Bursche angerannt.

»Hilf mir bitte! Ich geh heute nicht mehr in diesen Stall. Da klettert so eine widerliche Ratte herum. Gewiss sind ihre Kameraden nicht allzu weit. Sei so gut, geh du dort rein, schnapp dir eine Gans und bring sie zu Herrn Goldtner. Such dir eine besonders fette aus, das wird unser heutiges Festmahl.«

Caspar hatte nun die unangenehme Aufgabe, eine Gans zu packen und zu Veit zu bringen. Dieser erledigte ohne langes Zögern und Überlegen seine Aufgabe und drehte der Gans den Hals um. Kurze Zeit später baumelte sie gerupft und bratfertig am Haken über dem gusseisernen Bräter. Kaum stand der Bräter im Ofen, verließen sie zu fünft das Haus.

Caspar trug Barbara auf seinen Schultern und sie spielten »Pferd und Reiter« auf dem Weg zum Marktplatz. Ein fröhliches Summen von lachenden, musizierenden und feiernden Menschen schlug ihnen entgegen. Auch der liebe Herrgott war wohlgestimmt und bedachte sie mit mildem Sonnenschein. Nach der dürren Hitze im August hatte es in den letzten drei Wochen häufig geregnet, aber dennoch würde es keine Ernteausfälle geben wie vergangenes Jahr, als der ganze Sommer zu nass war.

Gut gelaunt und mit ihrer Magd scherzend, gingen Margaretha und Veit die Marktstraße hinauf. Staunend gingen sie über den Jahrmarkt und erfreuten sich an den vielen bunten Buden. Überall roch es verlockend nach Kuchen und Gebäck. Es gab Buden mit Lederwaren, andere mit feinen Stoffen und Borten. Der Hafner bot Töpfe und Tiegel an. Nebenan stand ein alter Mann in seinem leichten Bretterhäuschen und verkaufte Holzschnitzereien. Seine kleinen Kunstwerke waren verzierte hölzerne Gegenstände, an denen Ornamente und Figuren herausgeschnitten waren. Überdies lagen bei ihm verschiedene Holzspielzeuge in der Auslage.

Veit brachte es nicht über sich, Barbara einen Wunsch abzuschlagen. Er kaufte ihr einen Holzkreisel. Immer und immer wieder ließ Barbara eine kleine Peitsche auf den Kreisel niedersausen. Der sprang und drehte sich in immer schneller werdendem Rhythmus. Barbara juchzte vor Freude.

Bald lachten sie über das Marionettentheater mit seinen lustigen Figuren, dann bestaunten sie das flinke Spiel der Würfelspieler. Die Kinder rannten und riefen sich fröhliche Abzählreime zu.

Die kleine Gruppe bahnte sich einen Weg vorbei an einer Vielzahl von leckeren Köstlichkeiten. Durstig geworden durch das fröhliche Treiben, stärkten sie sich mit Dünnbier und Kuchen. Später sangen sie gemeinsam mit den Stadtmusikanten Weisen zum Festtag des heiligen Michael:

»Unüberwindlich starker Held, Sankt Michael!
komm uns zu Hilf, zieh mit zu Feld!
Hilf uns im Streite, zum Sieg uns leite,
Sankt Michael.
Die Kirch dir anbefohlen ist, Sankt Michael!
du unser Schutz- und Schirmherr bist.
Hilf uns im Streite, zum Sieg uns leite,
Sankt Michael.
Du bist der himmlisch Bannerherr, Sankt Michael!
die Engel sind dein Königsheer.
Hilf uns im Streite, zum Sieg uns leite,
Sankt Michael.
Den Drachen du ergriffen hast, Sankt Michael!
und unter deinen Fuß gefasst.
Hilf uns im Streite, zum Sieg uns leite,
Sankt Michael.
Beschütz mit deinem Schild und Schwert, Sankt Michael!
die Kirch, den Hirten und die Herd'.
Hilf uns im Streite, zum Sieg uns leite,
Sankt Michael.«

Immer ausgelassener musizierten die Musikanten auf ihren Leiern und Fideln. Plötzlich sprang ein streunender Hund an ihnen vorbei. Er sprang hoch und schnappte sich eine geräucherte Wurst vom Stand des Schlachters. Der stieß ein wütendes Gebrüll aus. Zu Margarethas Überraschung jagte eine Schar schnatternder Gänse hinter dem Hund her. Mit wildem Gekläffe und lautem Gekreische ging es durch die sich schnell teilende Menschenmenge. Der Schlachter, ein jähzorniger Mensch, rannte mit hochrotem Kopf brüllend hinterher.

Hier und da erschollen johlendes Gelächter und anfeuernde Worte aus der Menge: »Schneller, Meister! Schneller!«

Doch ehe der Schlachter sich versah, war der Hund verschwunden.

Anna-Maria und Caspar verließen kurz darauf auf Weisung Veits das Fest. Margaretha gab ihrer Magd genaue Anweisungen, wie sie die Gans im Bräter beträufeln musste und wies sie streng an, sie nicht anbrennen zu lassen.

Familie Goldtner ging langsam weiter in die Richtung, in der auch der Hund verschwunden war. Ihr eigentliches Ziel war der Marktbrunnen, Treffpunkt ihrer Verabredung mit Elisabetha.

Als Margaretha den Brunnen fast erreicht hatte, hörte sie hinter sich eine Stimme, die ihren Namen rief, und drehte sich um. Elisabetha stand nur wenige Meter von ihr entfernt. Margaretha rannte auf sie zu und umarmte die Freundin. Zusammen kehrten sie zu Veit und Barbara zurück. Elisabetha schüttelte freundlich Veits dargebotene Hand, bevor sie Barbara ungestüm hochhob und die Kleine schwungvoll in die Höhe stemmte. Barbara lachte laut auf.

»Stürzen wir uns wieder ins Getümmel?«, fragte Margaretha.

»Ich habe schon alles gesehen auf dem Weg hierher. Es gab nichts Neues, alles so wie die letzten Jahre«, entgegnete Elisabetha. »Der große Jahrmarkt am einundzwanzigsten Mai zum heiligen Pancratius ist unterhaltsamer. Da kommen auch Händler aus dem Umkreis, da ist mehr los.«

»Das stimmt«, warf Veit ein. »Wie wäre es, lasst uns die neue Wirkungsstätte unseres Herzogs bewundern.«

»Ja, das machen wir«, sagten die beiden Frauen wie aus einem Mund.

Zu viert gingen sie vom Brunnen an der Vogtei vorbei und die Stufen hinauf zur Michaelskirche mit ihrem einfachen Turm und dem dazugehörigen Schiff. Sie passierten das Helferhaus, gingen am Refektorium des Augustiner-Chorherrenstifts vorbei und durch den Kreuzgang zur Stiftskirche. Weiter ging es, bis sie die zukünftige Baustelle für das herzogliche Schloss erreichten. Noch waren nur wenige Besucher hier, die den großen Platz besuchten. Bald würde es jedoch von Konstrukteuren, Bauleuten und Zimmermännern nur so wimmeln.

Die Pläne von Baumeister Schickhardt waren fertiggestellt. Er hatte erste Modelle angefertigt, die ein dreigeschossiges Steinhaus mit zwei Flügeln zeigten. Vorgesehen war der Bau aus guten Sandsteinquadern, mit Sprossenfenstern und einem Kranzgesims. An der Südseite sollten schöne rundbogige Eingänge ins Haus führen. In der Nähe der Südostecke würde ein stattliches Portal hervortreten. Zudem war eine prächtige Wendeltreppe mit 72 Stufen geplant, die an der Südwestecke hinaufführte.

Die Gruppe umrundete die Baustelle und stellte sich in den Schatten von Nussbäumen auf der Südseite des großen Platzes.

»Wie man hört, soll das Schloss für des Herzogs Frau gebaut werden«, erzählte Veit.

»Nun ja, wenigstens möchte er sie versorgt wissen und schafft ihr einen Altersruhesitz«, sagte Elisabetha.

»Das ist wohl das Mindeste, was er für die arme Frau tun kann. Mich wundert es sowieso, wie gelassen sie seine ständigen Geliebten erträgt«, entgegnete Margaretha.

Elisabetha wandte sich rasch ab, damit Margaretha nicht die verräterische Röte bemerkte, die ihr ins Gesicht stieg.

Veit warf ein: »Vorerst wird der Herzog das Schloss aber als standesgemäße Unterkunft für seine Jagdgesellschaften nutzen.«

Langsam gingen sie zurück, am Stiftsbrunnen und Refektorium vorbei, bis zum unteren Stadttor. Freundlich grüßten sie den Torwärter Kleinknecht. Dessen Familie war ursprünglich aus Sulzbach gekommen und seine Eltern lebten noch dort. Aber Jerg Kleinknecht der Ältere war nach dem Tod seiner Frau, die im Kindbett gestorben war, mit seinem kleinen Sohn Jerg in die Stadt gezogen. Hier fand er eine Amme für das Kind. Erst als der Kleine laufen konnte, brachte er ihn zurück zu den Großeltern.

Durch seine Nachtwache konnte sich Kleinknecht nicht mehr ausreichend um den Jungen kümmern. Jede zweite Nacht verbrachte er im Wächterhäuschen. Tagsüber half er zudem immer wieder im Stift aus. Die gute Bezahlung ermöglichte ihm, die Eltern und seinen Sohn in Sulzbach zu unterstützen. Als Jerg der Jüngere vierzehn Jahre alt war und eine Stelle als Lehrbub bei einem Tuchmacher in Backnang fand, wohnte er wieder bei seinem Vater.

Veit hatte Jerg Kleinknecht einmal einen großen Gefallen getan. Bei einer Schlägerei im Wirtshaus, in die der Torwärter unversehens hineingeraten war, hatte Veit, weil er den Vorgang beobachtet hatte, zu seinen Gunsten ausgesagt. Es hätte den Torwärter ansonsten seine Arbeit im Stift kosten können.

»Ihr seid meiner Dankbarkeit auf ewig gewiss! Wenn ich Euch mal einen Gefallen tun kann«, sagte Jerg Kleinknecht, »dann wendet Euch beruhigt an mich.«

Jeder Bürger mit einem Stiftsamt war darauf erpicht, es nicht wieder zu verlieren. Es bedeutete eine gesicherte Existenz. Das reiche Stift war ein beliebter Arbeitgeber. Die ehemalige Pfarrkirche war im 12. Jahrhundert durch Markgraf Hermann von Baden und seine Gemahlin Judith mit Stiftungen und Zehnterträgen versehen und in ein Augustiner-Chorherrenstift umgestaltet worden. Geleitet vom Probst und einem Kollegium von Geistlichen mit Priesterweihe, die zu gemeinsamen Chorgebeten und Zusammenkünften verpflichtet waren, lebten diese Regularkanoniker nach einer Ordensregel des heiligen Augustinus und hatten ein Gelübde abgelegt, ohne Mönche zu sein, lasen Stundengebete und übernahmen die Seelsorge für die Bevölkerung. Aber auch eine Reihe Männer, die keine geistliche Weihe besaßen, traten in das Stift ein.

Später wurde zur Entlastung der Augustiner-Chorherren ein Weltgeistlicher eingestellt. Er unterstand direkt dem Bischof und war für die Seelsorge und das Abhalten der Tauffeierlichkeiten und des Abendmahles zuständig. Die Chorherren waren damit von ihren seelsorgerischen Pflichten entlastet.

Im Jahr 1477 wurde das Chorherrenstift in ein Säkularstift umgewandelt. Die kirchlichen Güter wurden zu weltlichem Besitz. Der Grundbesitz des Stiftes war enorm, viele wichtige Gebäude wie die Mühlen, die Schmiede und die Badstuben gehörten ihm. Ein Großteil der Backnanger Familien wirtschaftete für das Stift und war ihm zur Zahlung von Zins verpflichtet. Das Stift war für die Bürger zwar keine geistliche Stütze mehr, aber dafür um so wichtiger bei ihren Einnahmen und Ausgaben. Der Letzte der Chorherren war im Jahr 1593 gestorben.

Wieder war sich Margaretha sicher, den Gehilfen des Medicus zu sehen, als sie sich mit dem Torwärter unterhielten. Entlang der Stiftsmauer lief ein dunkel gekleideter Mann. Margaretha wurde übel. Sie spürte, dass von ihm eine Bedrohung ausging. Ihr war nur nicht klar, warum sie sich vor ihm fürchtete. Sie kannte ihn ja kaum, nur vom Sehen, und dennoch kündigte sich Unheil durch ihn an, das fühlte sie.

Lange stand sie reglos da, ehe sie ihren Mann erregt am Ärmel zog und fragte: »Hast du ihn gesehen? Kennst du nicht auch den …?« Sie musste schlucken.

»Nun mal langsam! Wen meinst du?«

»Den Gehilfen von Horstius aus Ulm, sein Begleitschutz oder was immer er auch ist«, brachte Margaretha mühsam hervor.

»Was macht der denn hier?«, fragte Veit erstaunt. »Ist wieder Prüfungszeit?«

»Aber nein!«, flüsterte Margaretha halblaut. »Erst im Frühjahr wieder.«

Veit wandte sich dem Torwärter zu. Er beugte den Kopf dicht zu ihm und fragte: »Sagt mir, ist der Medicus aus Ulm wieder in Backnang?«

Nervös blickte sich Jerg Kleinknecht zu seinem Kameraden, dem zweiten Torwärter, um, bevor er antwortete: »Eigentlich darf ich Euch darüber keine Auskunft geben. Aber weil Ihr es seid, will ich eine Ausnahme machen.« Er nickte und fügte bekräftigend hinzu: »Ja, der Anatom befindet sich in Backnang. Er wurde vom Heiligenpfleger Bäderlin gerufen.«

»Nun, wisst ihr, warum Bäderlin ihn hat rufen lassen?«, fragte Veit neugierig.

Der Torwärter setzte gerade zu einer Antwort an, als er bemerkte, wie sein Kamerad aufmerksam zu ihm herüberblickte. Er nahm seine Stoßwaffe aufgeregt von einer Hand in die andere.

Dann setzte er die Hellebarde energisch auf und schrie: »Darüber darf ich Euch keine Auskunft geben.« Schon fuchtelte er mit der langen Stoßklingenspitze seiner Hellebarde vor Veits Gesicht herum.

Veit wich erschrocken zurück.

»Fort mit Euch!«, rief der Torwärter brummig. Aber nach einem Seitenblick zum Wachhäuschen zischte er zwischen den Zähnen durch: »Es wurde wieder eine Leiche gefunden.«

Veit erstarrte kurz, erst nach ein paar Sekunden rief er laut: »Schon in Ordnung, wir gehen.«

Er winkte seiner Frau, Barbara und Elisabetha und schnellen Schrittes entfernten sie sich vom Stiftstor.

Nach einigen Metern, in denen sie schweigsam waren, blieb Veit stehen und wandte sich an Margaretha. »Hast du gehört? Wieder ein Leichenfund.«

Margaretha war für einen Moment ganz blass geworden, dann hatte sie sich wieder gefasst. »Ja, ich habe es gehört.« Sie schwieg einen Augenblick, bevor sie mit ruhiger, gefasster Stimme weitersprach. »Es ist unglaublich! Das ist der vierte Todesfall, seitdem Gregor Horstius regelmäßig in Backnang ist. Das kann doch kein Zufall sein!«

»Was willst du damit sagen? Du kannst doch nicht den Medicus verantwortlich machen!«, warf Veit ein.

»Konnte Herr Kleinknecht etwas über die Todesart verraten?«, fragte Margaretha.

»Nein, der zweite Torwärter war schon misstrauisch. Er konnte mir nichts mehr zuflüstern«, antwortete Veit.

»Ich werde mich umhören, vielleicht finde ich etwas heraus.«

»Aber sei vorsichtig, Margaretha«, ermahnte Elisabetha.

Margaretha beruhigte ihre Freundin: »Ich passe auf mich auf, ich verspreche es dir.«

Nach all dem Trubel verabschiedeten sich Veit und Margaretha herzlich von Elisabetha. Als Familie Goldtner endlich nach Hause ging, war die spätsommerliche Septembersonne bereits verschwunden. Nur noch die Fackeln der Straßenbeleuchtung erhellten ihren Weg.

Im Haus duftete es verlockend nach Gänsebraten und Kohl. Sie begaben sich zu Tisch, nahmen sich bei den Händen und sprachen ein kurzes Gebet: »Wir reichen uns die Hände nach guter alter Sitt' und wünschen uns zum Essen guten Appetit!«

Dann aßen sie den Festschmaus.

6. Kapitel

»Mein Freund, was kannst du nun über die Todesart sagen, ist der Mann erschossen worden?«, wollte Jeremias neugierig wissen.

»Der Tote, den man mir gebracht hat, hat zwar ein passendes Wundmal an der rechten Schläfe. Aber ich finde keine Austrittswunde, wie es oft bei einem Schuss zu finden ist. Wenn ich außerdem mit meinem Finger in die Wunde taste, kann ich keine Bleikugel fühlen. Daher erscheint es mir zweifelhaft, dass er erschossen worden sein soll. Merkwürdig erscheint auch, dass sein Hosenlatz geöffnet war. Sein Hemd ist mit Flecken übersät und er riecht penetrant nach Alkohol. Ich habe da so eine Idee, dafür müsste ich aber die Stelle, an der er gefunden wurde, ansehen.«

»Nun, das wird kein Problem sein«, sagte Jeremias mit erregter Stimme. »Diesmal bist du auf meinen Wunsch hin gekommen, dieser Tote hat nichts mit deinen eigenartigen Untersuchungen zu tun. Ich werde dich begleiten und dir persönlich die Fundstelle zeigen.«

Auf dem unbefestigten Weg vor der Bürgermühle war der in Richtung des Flusses Murr auf dem Bauch liegende tote Mann gefunden worden. Unweit davon fingen die wild wuchernden Sträucher an, die bis zur Böschung der Murr hinabreichten. Gregor Horstius wanderte die um die Fundstelle herum wachsenden Sträucher sorgfältig ab. Hier und da bückte er sich, um einen Ast gezielt in Augenschein zu nehmen. Prüfend fuhren seine Finger über die Kuppen der sich verjüngenden Äste.

»Nein, das ist alles nicht das Richtige«, murmelte er vor sich hin.

Suchend ging er von Strauch zu Strauch.

»Das ist es!« Er seufzte zufrieden.

Ein daumenbreit abgebrochener, nach unten zugespitzter Ast mit bräunlichen Flecken stach ihm ins Auge.

»Genau danach habe ich gesucht. Das ist der Übeltäter!«

»Was ist damit, warum bist du dir so sicher?«, fragte Jeremias überrascht.

»Nun, ich glaube, dass der betrunkene Tölpel in die Büsche gegangen ist, um sich zu erleichtern. Dabei muss er gestrauchelt sein. Vermutlich ist er vornüber gefallen und der Ast hat sich ihm in den Kopf gebohrt. Der peinigende Schmerz, den er noch verspürt haben muss, hat ihn veranlasst, den Ast herauszuziehen. Er konnte noch sechs, sieben Schritte weitertorkeln, bevor er zusammengebrochen ist.« Der Medicus nickte überzeugt. »Ich bin mir sicher, dass die braunen Flecken getrocknetes Blut sind.«

»Also ist ihm ein Ast zum Verhängnis geworden und kein Schuss. Das ist allerdings sehr ungewöhnlich. Du setzt mich mit deinen Kenntnissen in maßloses Staunen.«

Gregor Horstius marschierte selbstbewusst umher. »Die Brust schwillt mir vor Stolz, du machst mich mit deinem Lob richtig glücklich.«

Jeremias nickte ergeben. Dann klopfte er seinem Freund kameradschaftlich auf den Rücken. »Trinken wir noch etwas? Ich möchte auf dein Wohl ein Gläschen zu mir nehmen. Dein Erfolg und dein Können müssen gefeiert werden.«

»Gewiss! Das können wir machen.« Horstius lachte sich eins. »Er ist nicht eines natürlichen Todes gestorben, aber Gott sei Dank nicht durch Mord. Das sollte wahrlich gefeiert werden!«

Die eisigen Temperaturen, die im November 1605 Einzug gehalten hatten, brachten viel Schnee. Die Menschen litten sehr unter der Kälte. Veit hatte ihr Haus rechtzeitig mit reichlich Feuerholz versorgt. Er spaltete das Holz in kleine Scheite und lagerte es ein. Jeden Morgen in aller Frühe war es Caspars erste Aufgabe, trockenes Holz aus dem Lager unter dem vorspringenden Dach zu holen und den Ofen in der Stube ordentlich einzuheizen. Er schichtete die Holzscheite in den Ofen und obenauf warf er eine Handvoll Reisig. Wenn das Feuer richtig brannte, musste Anna-Maria aufpassen, dass es den Tag über nicht ausging.

Während des Winters hatten Margaretha und Elisabetha viel Arbeit. Sie wurden zu mehr Geburten gerufen als im Sommer oder zur Erntezeit. Dann stapften sie durch den dichten Schnee zu ihren Patientinnen, bei jedem Schritt knirschte es unter ihren Füßen.

Gerade für Margaretha war der Weg oft recht beschwerlich. Ihr langes Wollkleid und der schwere Mantel waren sehr hinderlich. Der kalte, feuchte Schnee klebte am Saum und machte die Kleidung zentnerschwer. Abends war sie oft müde und ausgelaugt. Ihre Schwangerschaft machte sich zunehmend bemerkbar. Anna-Maria führte sie dann hilfsbereit zu ihrem Bett und half ihr, die geschwollenen Beine hochzulegen. Anschließend bereitete sie einen heißen Sud aus dem blühenden Kraut des Petrusstabes, auch Goldrute genannt. Diese Blüten hatte Margaretha in ihrem Vorrat. Drei Becher davon linderten Margarethas Beschwerden. Sie musste oft zur Latrine rennen, aber es vertrieb die Wasseransammlungen aus ihrem geplagten Körper.

Als Margaretha entspannt dalag, wanderten ihre Gedanken zu den vergangenen Wochen. Die Lage der Backnanger Frauen und ihrer Gänse hatte sich ein wenig entspannt. Im kniehohen Schnee fanden die Gänse kein Futter, daher blieben sie im Winter im Stall. Die Beschwerden um abgefressene Gärten und Felder blieben daher vorerst aus. Auch gab es keine Klagen über den üblen Gänsedreck mehr.

Die Latrinen waren zugefroren und mussten von den Knechten in harter Knochenarbeit vom Eis befreit werden. Dafür hatte der Gestank nachgelassen. Die Abfälle und Exkremente, die zusammen mit dem schmutzigen Wasser sonst in den Rinnsteinen auf der Straße für ekelerregende Zustände sorgten, waren schnell eingefroren oder mit Schnee bedeckt. Im Sommer dagegen gab es Anordnungen der Stadtherren, den Dreck zu beseitigen. Wenn die Bürger nicht innerhalb einer festgelegten Zeit dafür sorgten, gab es drastische Strafen. Die Strafen des Vogts waren gefürchtet, da er nicht nur hohe Geldstrafen verteilte, sondern gerne auch ein Wirtshausverbot verhängte.

Dieses Verbot hatte schon zu einer schändlichen Tat eines stadtbekannten Säufers geführt. Er war auf dem Wochenmarkt auf eine liegengebliebene Holzkiste gestiegen, und ehe sich die umstehenden Leute versahen, hatte er eine Schlaufe eines dicken Seiles über das eiserne Wirtshausschild geworfen. Schnell schlüpfte er mit dem Kopf durch die Schlinge. Lallend schrie er, er wolle lieber gleich sterben, als einen Monat nicht ins Wirtshaus zu dürfen. Schreiend stieß er sich ab und baumelte im nächsten Moment in der Luft. Die Schlinge zog sich zu. Ein paar Männer eilten noch zur Hilfe und versuchten ihn herunterzuholen, aber es war zu spät. Er hatte sich das Genick gebrochen und war tot.

Zu Margarethas Schrecken hatte es einen weiteren Toten gegeben. Beim Jahresanfangsschießen, einer alten Tradition, war ein alter Mann im Stift von einer Flinte tödlich getroffen worden. Die umgehend stattgefundenen Untersuchungen ergaben aber eindeutig einen Unglücksfall. Diesmal war der Medicus von Ulm nicht in Backnang gewesen. Es schien ihn nicht zu interessieren. Margaretha ahnte, warum. Es war keine Wasserleiche. Sie wusste nicht, warum sie für Horstius von so großem Interesse waren, glaubte aber, dass es dabei einen Zusammenhang geben müsse.

Ihre Befürchtungen im Herbst des letzten Jahres hatten sich bestätigt. Die Leiche, von der Torwärter Kleinknecht damals gesprochen hatte, war auch an der Murr aufgefunden worden. Natürlich hielt Margaretha ihre verschrobenen Gedanken für sich. Solange sie keinen Beweis für ihre Theorie fand, würden die Ratsherren und allen voran der Vogt ihr keinen Glauben schenken. Was konnte sie ihnen schon erzählen? Es waren nur Vermutungen, bisher war niemand außer ihr auf die Idee gekommen, drei Tote, alle im Wasser zu Tode gekommen oder zumindest dort aufgefunden, mit dem Medicus in Zusammenhang zu bringen. Sie waren alle Horstius überlassen worden, also gab es eine Verbindung. Aber wer würde Margaretha Goldtner, einer einfachen Hebamme, glauben, vor allem, wenn es dabei um den bekannten und angesehenen Gregor Horstius, Medicus aus Ulm, ging.

Margaretha war so in Gedanken versunken, dass sie gar nicht bemerkte, wie Barbara zu ihr ins Bett kletterte. Erst als ein dünner Arm sich auf ihren gewölbten Bauch legte und sich das kleine Mädchen in ihre Armbeuge kuschelte, kehrte sie in die Gegenwart zurück. Zärtlich umschloss sie ihre Tochter und streichelte mit der anderen Hand sanft über ihr weiches Haar.

Im März des Jahres 1606 brachte Margaretha ein gesundes Mädchen zur Welt. Es war eine leichte Geburt. Ihre Magd und Elisabetha als Freundin und Hebamme standen ihr zur Seite.

Als sich Elisabetha über Margaretha beugte, um ihr das Kind in die Arme zu legen, rutschte ein kleines, goldenes Medaillon hervor und schwebte vor Margarethas Nase. Elisabetha ergriff es hastig und schob es wieder unter den Spitzenbesatz ihres Mieders. Zwischen ihren Brüsten verbarg sie es sorgsam vor neugierigen Blicken.

Margaretha hatte ein Blick genügt, um es zu erkennen. Auf der Vorderseite war ein Bildnis des Herzogs Friedrich. Auf der Rückseite prangten seine Initialen. Sie hatte schon einmal ein derartiges Schmuckstück bei einer jungen Frau gesehen und wusste, was es zu bedeuten hatte.

»Elisabetha, wie konntest du nur!«, stieß Margaretha erregt hervor.

Mit einer raschen Handbewegung schickte sie Anna-Maria aus dem Zimmer.

Elisabetha spürte, wie ihr heiße Schamesröte ins Gesicht stieg. Mit einem schiefen Lächeln sagte sie: »Ich weiß, es war falsch, aber ich war dumm und habe mich verführen lassen.«

»Du hast dich einreihen lassen in die Sammlung seiner zahlreichen Geliebten!«, rief ihre Freundin aufgebracht.

Tränen liefen über Elisabethas Gesicht, als sie erklärte: »Es war bei Herzog Friedrichs Besuch zusammen mit Heinrich Schickhardt, am Abend vor Michaeli. Erinnerst du dich noch?«

Margaretha nickte.

»Nachdem wir uns damals verabschiedetet hatten, lief ich wieder in Richtung Rathaus. Die Leute auf der Straße und vor dem Rathaus hatten sich weitestgehend zerstreut. Ich war neugierig und wollte noch einen einzigen Blick auf den Herzog erhaschen. Er war gerade im Begriff ins Rathaus einzutreten. In diesem Moment drehte er sich um und unsere Blicke trafen sich. Ich fühlte mich wie magisch angezogen von diesen Augen. Er nickte mir freundlich zu. Aber ich ging hoch erhobenen Hauptes davon.« Elisabetha stockte kurz. Mit rotem Gesicht sprach sie schließlich weiter. »Ich denke, der Herzog betrachtete mich als Herausforderung. Er muss einen Boten hinter mir hergeschickt haben, der mir bis zum Haus meiner Tante folgte. Ich bemerkte ihn nicht.« Verlegen strich sie sich über die Haare. »Jedenfalls stand am Abend ein Diener des Herzogs in seiner Livree vor unserer Tür und überbrachte mir die Aufforderung oder ich muss eher sagen, den Befehl, mich im Haus seines Gastgebers einzufinden.«

»Gütiger Gott!«, stöhnte Margaretha. »Und du bist seinem Befehl natürlich gefolgt.« Unwillig schüttelte sie den Kopf.

»Versteh mich doch! Ich war eingeschüchtert. Aber auch ein wenig neugierig und geschmeichelt.«

»Was passierte dann?«, fragte Margaretha.

»Der Diener wartete nur so lange, bis ich mich ein wenig erfrischt hatte. Ich fand nur noch Zeit, einen Schleier über den Kopf zu streifen. Dann geleitete er mich bis zum Haus und vor die Schlafkammer des Herzogs. Bevor ich noch einen Rückzieher machen konnte, öffnete der Kammerdiener und zog mich ins Zimmer. Er reichte mir einen Becher, gefüllt mit dunkelrotem, starken Wein. Ich war so nervös und aufgeregt und fragte mich gerade, ob ich da jemals wieder herauskäme, als der Diener mich anhielt, den Wein zu trinken, und erklärte, der Herzog sei jeden Moment da. Kurz darauf trat der Herzog ins Zimmer und schickte seinen Kammerdiener hinaus.« Elisabetha schüttelte sich in der Erinnerung. »Der Herzog verschlang mich mit seinen Blicken. Ohne zu zögern nahm er meine Hand und führte mich zum Bett.« Elisabetha schluckte, bevor sie leise weitersprach. »Ob mit Absicht oder nicht, vermag ich nicht zu sagen, aber der Wein hatte seine Wirkung entfaltet und mich berauscht. Und ich ließ es geschehen.«

Margaretha richtete sich im Kissen auf und streichelte ihrer Freundin über den Arm.

»Erst als er anschließend das Medaillon hervorholte, wurde mir bewusst, was ich zugelassen hatte. Er hat mich benutzt!«

Betroffen schwieg Margaretha.

»Ich trage das Medaillon nicht in Verehrung seiner Hochwohlgeboren«, schnaubte Elisabetha plötzlich mit verächtlicher Miene, »sondern als Warnung, damit mir das nicht noch einmal passiert.«

Margaretha bemitleidete ihre Freundin, wusste aber nicht so recht, wie sie Elisabetha trösten konnte.

Doch Elisabetha stellte auf ihre ganz eigene nüchterne Art fest: »Zum Glück blieb das Erlebte ohne Folgen.«

Veit hatte von der Geschichte nichts mitbekommen. Als er ins Zimmer trat, um seiner Frau überglücklich einen dicken Kuss zu geben, war die belastende Stimmung schon wieder verflogen. Er bestimmte mit Margarethas Zustimmung den Namen Ursula für ihre Tochter.

Margaretha erholte sich schnell und konnte die Führung des Haushaltes und ihre Arbeit zeitig wieder aufnehmen.

Die Backnanger Bürger freuten sich, als die frohe Kunde die Runde machte, dass der beliebte Baumeister Schickhardt im April erneut in die Stadt kommen würde. Er sollte den Baubeginn des herzoglichen Schlosses beaufsichtigen.

Heinrich Schickhardt war Herzog Friedrichs engster Berater und Architekt bei seinen ausgedehnten Bauvorhaben. Außerdem verband ihn mit diesem eine über die Zeit gewachsene persönliche Freundschaft. Das war insofern ungewöhnlich, da der Baumeister nicht seinem Stand entsprach, aber der Herzog achtete in besonderem Maße seine Leistungen. Er zollte ihm dafür hohen Respekt und Anerkennung.

Der Baumeister reiste ständig zwischen seinen verschiedenen Bauprojekten hin und her. In Stuttgart besaß Schickhardt ein Haus, welches ihm vom Herzog bezahlt worden war. Aber auf Wunsch des Herzogs lebte er normalerweise von April bis November in der Grafschaft Mömpelgard, und dies schon seit mittlerweile fünf Jahren. Seine Familie war im Jahre 1600 auch dorthingezogen, als sich abzuzeichnen begann, dass dort sein ständiger Wohnsitz sein würde. Im gleichen Jahr ernannte ihn der Herzog auch zu seinem Baumeister. Aufgrund seiner hervorragenden Entwürfe, Planungen und Fertigstellungen in Mömpelgard, unter anderem die Kirche St. Martin, bekam er für sich und seine Familie die Bürgerrechte der Stadt verliehen. Dieses Vorrecht zu erhalten, war ein sehr großer Erfolg für Heinrich Schickhardt, da er lediglich aus einer Handwerker- und Künstlerfamilie stammte. Sein Vater Lucas war Kunstschreiner und der Großvater ein gelernter Bildschnitzer gewesen. Es war durchaus nicht üblich, dass einem Arbeiter aus einer einfachen Handwerkerfamilie dieses Privileg zuteil wurde.

Ein weiterer ungewöhnlicher gesellschaftlicher Aufstieg gelang Heinrich Schickhardt durch die Heirat mit Barbara Grüninger, der Tochter des späteren Bürgermeisters von Herrenberg. Barbara unterstützte Heinrich bei seinen Projekten, reiste mit ihm und residierte gemeinsam mit ihm dort, wohin ihn seine Arbeit führte. Sie pendelten zwischen seinen Bauvorhaben in Stuttgart, dem Prinzenbau des dortigen Schlosses, und Freudenstadt im Schwarzwald, wo er nach der Planung und Errichtung der Stadtanlage noch weitere Bauten überwachte.

Doch auf den ganz besonderen Wunsch des Herzogs war das vorrangige Ziel die Errichtung des Schlosses in Backnang. Durch seinen Auftrag in der Stadt wurde der Baumeister unter den Bürgern wohlbekannt. Heinrich Schickhardt war fleißig und da er trotz seiner Gunst beim Herzog bescheiden blieb, auch sehr beliebt. Er galt, obwohl er viele Schicksalsschläge erlitten hatte, als treuer und gläubiger Mensch.

Einen dieser Schicksalsschläge hatte auch Margaretha miterlebt. Durch ihre Arbeit als Hebamme lernte sie Barbara Schickhardt kennen, die ihren Mann auf eine seiner Reisen ins Herzogtum Württemberg begleitete. Margaretha war von Christina Ludewig, einer vornehmen Stiftsmüllerin, um Hilfe gebeten worden. In deren Haus traf sie Barbara Schickhardt, die im Haus des Stiftmüllers zu Gast war. Die Hebamme brauchte nur einen Blick auf Barbara zu werfen, um zu erkennen, in welch schlechtem Zustand sie war. Deutlich zeichnete sich eine Schwangerschaft unter ihren Kleidern ab. Doch ihr war die anstrengende Reise nicht gut bekommen. Die Fahrt im Reisewagen, die mit ständigem Durcheinandergerütteltwerden verbunden war, hatte die Kraft der werdenden Mutter gekostet.

Kaum waren sie im Hause Ludewig eingetroffen, setzten bei Barbara vorzeitige Wehen ein. Margaretha fürchtete sich davor, sich eingestehen zu müssen, dass dieses Kind nicht zu retten war. Bei dem mitleidigen Blick, den Christina Ludewig der Schwangeren zuwarf, erkannte sie, dass die Stiftsmüllerin es ebenso wusste. Dadurch würde ihre Pflicht nicht leichter werden, aber Margaretha straffte ihre Schultern, fasste ihren ganzen Mut zusammen und machte sich an die Arbeit.

Nach qualvollen Stunden kam ein winziges Bündel Mensch zur Welt, das viel zu klein und schwach war, um in diesem irdischen Leben zu bestehen. Und wieder einmal musste die Hebamme hilflos mit ansehen, wie ein kleines Lebenslicht erlosch, bevor es überhaupt in der Lage war, den Kampf ums Leben aufzunehmen. Verzweifelt hatte sie versucht, den kleinen Mund an die Brust der Mutter zu legen, aber das Kind fand nicht die Kraft zu saugen.

Christina Ludewig sprach die Nottaufe, als sie der Lebensgefahr ansichtig wurde. Jeder Laie durfte die Nottaufe sprechen. Also nahm die Stiftsmüllerin Wasser, tupfte das dreieckige Symbol des Dreieinigen Gottes auf die Stirn und Brust des Kindes und sprach: »Ich taufe dich im Namen des Vaters, des Sohnes und des Heiligen Geistes.«

Das Kind starb innerhalb weniger Minuten in den Händen der Mutter. Margaretha war traurig und konnte der geplagten Frau kaum helfen. Sie versuchte ihr Trost zu spenden, aber alle Worte stießen auf taube Ohren. Barbara Schickhardt starrte nur voller Trauer auf die gegenüberliegende Wand. In ihren Augen schimmerten Tränen. Die Hebamme trat zu ihr und flößte ihr etwas Melissensud ein. Damit wollte sie die strapazierten Nerven der schwermütigen Frau und ihre Unruhe ein wenig lindern.

Nach einer durchwachten Nacht, die sie als Stütze bei Barbara blieb, erfuhr Margaretha ihr ganzes Leid. Der Kummer hatte sich in einer Flut von verzweifelten Tränen gelöst. Nach einer kleinen Ewigkeit wischte sie sich erschöpft über die tränennassen Wangen. Ein tiefer Seufzer drang aus ihrer Brust, als sie flüsternd zu erzählen begann.

»Das Kleine war unser achtes Kind. Wir haben vier Söhne, alle anderen Kinder starben kurz nach der Geburt.«

Es war vollkommen still im Zimmer, als sie weitersprach: »Egal was wir auch versucht haben, das Schicksal meinte es nicht gut mit uns. Wir sind nicht gemacht fürs Glück. Unsere

Töchter waren allesamt schwächlich oder krank. Der Herr ließ für uns kein Wunder zu, alle starben viel zu früh.«

Margaretha fehlten die Worte des Trostes. Niemand konnte dieser Frau helfen. Gott im Himmel ließ es nicht zu, dass diesem Ehepaar eine gesunde Tochter beschieden war.

In ihrer Not besprach sich Margaretha mit Elisabetha. Beide Hebammen rieten Barbara nach dieser erneuten Frühgeburt eindringlich von einer weiteren Schwangerschaft ab. Barbara Schickhardt stimmte ihnen voll und ganz zu. Sie selbst spürte, wie sehr ihr Körper geschwächt war, und wollte ihm eine Zeit der Erholung gönnen.

Christina Ludewig kümmerte sich in dieser Zeit rührend um sie. Unnachgiebig lehnte sie es ab, wenn die Frau des Baumeisters von Aufbruch sprach. Für den Augenblick reichte es ihr, dass Barbara ihre Schwermut besiegte und ab und zu ein kleines Lächeln hervorzauberte. Nach einem mehrwöchigen Aufenthalt im Haus der Stiftsmüllerin verabschiedete sich Barbara Schickhardt von Christina Ludewig und versprach ihr, den Ratschlag der Hebammen zu beherzigen. Dann reiste sie allein nach Mömpelgard, nur in Begleitung ihrer Magd und ihrer Dienstboten.

Margaretha kam die Bekanntschaft zur ehrbaren Stiftsmüllerin zugute. Der Gatte von Christina Ludewig war aufgrund seiner Stellung im Backnanger Stift hoch angesehen. Seit der Geburt des Schickhardt-Kindes lobte die Stiftsmüllerin Margaretha als hervorragende Hebamme, die sie mit souveränen Handgriffen und Einfühlungsvermögen beeindruckt hatte. So empfahl die Stiftsmüllerin Margaretha ihrer schwangeren Freundin Sara Priemwies. Diese war die Ehefrau des Bürgermüllers in Backnang. Der Bürgermüller, der für die einfachen Backnanger Bürger die Mühle betrieb, war auch ohne Anstellung im Stift eine geachtete Persönlichkeit, da er über einen beträchtlichen Besitz verfügte und sich daraus besondere Rechte für ihn ergaben.

Christina Ludewig verschwieg ihrer Freundin wohlweislich ihre eigenen schweißfeuchten Hände und die tausend Ängste, die sie ausgestanden hatte, als sie bei der Geburt von Barabara Schickhardts Kind und dessen Tod zugegen gewesen war.

Unterhalb Saras geschnürten, grünen Samtmieders trat der dunkle Rock deutlich hervor und ließ ein rundes Bäuchlein erahnen. Wenn sie außer Haus ging, trug sie einen Mantel aus feiner Wolle, vorne mit einer besonders schönen Brosche geschlossen. Der Mantel fiel weich fließend bis zu ihren Füßen und verbarg züchtig, was die Natur hervorgebracht hatte. Sara Priemwies eilte zum Haus der Hebamme Goldtner und bat um eine Unterredung.

Margaretha war sichtlich überrascht. Die sonst so hochnäsige Bürgermüllerin stattete ihr einen Besuch ab? Das war schon ungewöhnlich, denn normalerweise wurde sie von den vornehmeren Bürgerinnen in deren Haus zitiert.

»Hebamme Goldtner«, sagte Sara Priemwies, »ich wäre Euch dankbar, wenn ich Eure Dienste in wenigen Wochen in Anspruch nehmen könnte.«

Margaretha nickte erfreut.

»Doch Ihr müsst zu meiner Verfügung stehen, sobald ich nach Euch rufen lasse. Ungeachtet, welche andere Frau ihr gerade behandelt.«

»Oh, das ist mir gar nicht recht!«, meinte Margaretha.

Im Stillen fügte sie hinzu: »Ich mache keine Standesunterschiede, egal wer meine Hilfe braucht, ob reich oder arm, aus der Burg oder aus der Gosse, bekommt diese auch.« Deshalb fiel es ihr sehr schwer, gleich eine Zusage zu machen.

Erst als Sara Priemwies ein leises »Bitte!« anfügte, wurde ihr klar, dass sie nicht nein sagen konnte. Margaretha sah der jungen Frau in die Augen und erkannte nackte Angst darin. Dieser Blick aus den dunkel schimmernden Augen hatte ihr das wahre Wesen der Bürgermüllerin offenbart. Eine junge Frau, die nur oberflächlich hochnäsig erschien, aber ihre schüchterne Art und die blanke Verzweiflung dahinter verbarg. Das gab den Ausschlag für die erfahrene Hebamme. Sie blickte noch einmal kurz in ihre Augen, bevor sie mit »Natürlich gerne« zustimmte.

Zunächst überschlugen sich die Ereignisse. Die Gänse, im Frühjahr wieder in Scharen freigelassen, verwüsteten erneut Gärten und Felder auf dem Weg zur Murr, wo sie den Tag verbrachten. Da fast jede Familie in der Stadt immer noch eine stattliche Anzahl Gänse besaß und sie sich auch ständig vermehrten, nahm deren Verwilderung überhand. Die reichen Bürger der Stadt wollten die Zustände nicht länger hinnehmen. Ebendiese, unter denen sich auch der Bürgermeister und die Ratsherren befanden, beschlossen daraufhin, die Gänsehaltung zu verbieten.

Ein Sturm der Empörung ging durch die Reihen der Backnanger Frauen, als sie von diesem Vorstoß erfuhren. Die Frauen kämpften erbittert um ihre Gänse, stießen aber auf erheblichen Widerstand der Räte, die hartnäckig bei ihrem Entschluss blieben. Die Backnanger Bürger, vor allem die ärmeren unter ihnen, bekamen schon bald Entbehrungen zu spüren, da die Gänse überall zur Aufbesserung der Lebensqualität fehlten.

»Stell dir vor, Anna-Maria, sogar die Damen aus dem Frauenstift St. Johannes des Täufers aus Oberstenfeld haben von unserer Misere mit den Gänsen gehört!«

»Wie das?« Mit großen, kugelrunden Augen sah die Magd Margaretha an.

»Der Stiftsprediger von St. Johannes hat es von unserem Stadtpfarrer Bauhof erfahren. Daraufhin predigte er es den adeligen Damen von der Kanzel. Die Fräulein waren ehrlich empört.«

»Aber was haben die Damen mit uns zu tun?«

»Nun, mit uns beiden direkt nichts, aber auch sie waren hin und wieder Abnehmer der Backnanger Daunenkissen. Ich weiß von der Frau des Weißgerbers Fischer, die in Backnang den Ruf hat, die besten Kissen anzufertigen, dass eine der Stiftsdamen eine gute Kundin von ihr war.«

»Aber ich dachte, sie würden in tiefster Armut leben.«

»Oh nein.«

Margaretha konnte Anna-Maria ihre Unwissenheit nicht vorwerfen. Die junge Magd war in einer Weißgerberfamilie mit acht Kindern groß geworden. Sie hatten alle nicht die Schule besucht, so wie Margarethas Tochter Barbara das regelmäßig tat. Auch Ursula würde selbstverständlich einmal die Schule besuchen, wenn sie alt genug war.

Anna-Maria dagegen hatte in ihrer Kindheit nur die Arbeit des Vaters kennengelernt, bei der sie immer helfen musste. Wenn ihr Vater die rohen Tierhäute mit einem scharfen Putzmesser von den Haaren befreit und sie gekalkt hatte, mussten sie in einer Beize aus Wasser, Kleie und Sauerteig gären. Danach musste Anna-Maria mit ihren Geschwistern dafür sorgen, dass der große Kessel mit Wasser, Alaun und Salz angeheizt wurde. Nach dem Abkühlen musste Anna-Maria mit ihren bloßen Händen die Häute im Kessel lange kräftig stoßen und zusammendrücken. Anschließend hievte sie das Leder zusammen mit ihren Geschwistern aus dem Bottich und sie hängten es auf Stangen zum Trocknen auf. Das jüngste Kind musste das Leder immer wieder mit Wasser benetzen, um es geschmeidig zu machen. Zum Schluss kam das Leder auf die Reckbank und wurde gedehnt.

Anna-Maria war überaus dankbar, dass sie mit Margarethas Hilfe dieser trostlosen Umgebung entkommen war. Unendlich froh war sie über das Abheilen ihrer wunden Hände. Die trockene, aufgebrochene Haut an den Händen brauchte sehr lange dazu. Und sobald sie wieder mit Wasser oder Kälte in Kontakt kam, waren die Hände wieder rau und rissig.

Doch das war nichts gegen die Wunden, die in ihrem Inneren heilen mussten. Nie im Leben würde sie vergessen, dass sie miterleben musste, wie ihre kleine dreijährige Schwester wegen der Alaunbrühe gestorben war. Die Kleine war eines Tages in den großen Bottich gefallen. Zwar hatte der herbeieilende Gerber sie rechtzeitig herausgezogen, aber sie hatte zu viel von der Alaunbrühe geschluckt. Als sie heulend und jammernd über Brennen im Mund und Übelkeit klagte, hatten sie händeringend den Medicus hinzugezogen. Bis dieser eintraf, musste sich die Kleine ständig übergeben. Der Brechreiz, Schwindel und Schwäche ließen ihren kleinen Körper kraftlos werden, bis sie zusammenbrach. Danach war Anna-Marias Vater nicht mehr derselbe gewesen, mürrisch und wortkarg verichtete er seine Arbeit. So hatte es ihn kaum interessiert, als seine drittälteste Tochter bat, gehen zu dürfen, um sich im Haus des Schuhmachers als Magd zu verdingen.

Margaretha war dankbar über jede Hilfe gewesen, die sie bekommen konnte. Und das Mädchen war fleißig, willig und wissbegierig.

So setzte sie also ihre Erklärung fort: »Die Fräulein sind alle Töchter reicher Eltern, die durch deren Pfründe in dieses Stift gekommen sind. Sie führen kein Leben als Nonne. Wohl ein religiöses mit Beten, in Keuschheit und in Gehorsam gegenüber der Kirche, aber sie haben kein Gelübde abgelegt. Sie haben keinen Mangel am Notwendigsten und brauchen keine Entbehrungen zu fürchten.«

Anna-Maria erwiderte so leise etwas, dass Margaretha sie nicht verstand.

»Was hast du gesagt?«

»Wäre ich nicht verdammt dazu, eine Magd zu sein, wäre ich auch gern eine Stiftsdame.«

»Hab ich also doch richtig gehört.« Margaretha schüttelte verwundert den Kopf. »Dass du dich da mal nicht täuschst. Natürlich leben sie ein verhältnismäßig angenehmes und sorgenfreies Leben, aber sie sind niemals frei. Sie sind eingesperrt in ein Kloster, ein Stiftsgut oder eine angrenzende beheizte Kemenate. Sie sind in ihrer Familie immer nur zweites oder gar drittes Kind, das kein Anrecht auf die Güter und Titel der Familie hat.«

Anna-Maria nickte kaum merklich. »Gefangen in ihrer Welt«, murmelte sie leise.

»Zweifelsfrei richtig. Ob das so erstrebenswert ist, möchte ich bestreiten. Dann lieber ein rechtschaffenes Handwerk betreiben, das auch etwas einbringt. Glücklich und nur dem Lehnsherr unterstellt sein.«

7. Kapitel

Im Sommer des Jahres 1606 traten merkwürdige Erkrankungen bei den Bürgern der Stadt auf. Als Erstes erkrankte der Müller Martin Beltz. Er klagte anfangs über eine Überempfindlichkeit seiner Hände und Füße, durch das taube Gefühl konnte er nichts ertasten. Kurze Zeit darauf war er schon nicht mehr fähig, einen Sack Mehl zu tragen, da er unter brennenden Schmerzen und heftigen Krämpfen litt. Dann fingen seine Zehen an, sich schwarz zu verfärben. Die feuchte Fäulnis zog weiter über seine Füße, Finger und Hände.

Keiner der Anwohner hatte so etwas schon einmal gesehen. Der Medicus, der Bader und sogar die Hebamme Margaretha wurden zu Rate gezogen. Aber niemand fand eine Erklärung für diese rätselhaft absterbenden Gliedmaßen. Auch die Familie des Müllers erkrankte nach und nach an dieser Krankheit. Die Familienmitlieder litten jedoch nicht an so starken Erscheinungen. Kribbeln und Unempfindlichkeiten spürten auch sie, aber dann war der Spuk vorbei und Frau und Kinder erholten sich wieder. Doch fast jede Familie in Backnang hatte eine oder mehrere Erkrankungen zu beklagen. Noch nie waren so viele Familien betroffen wie jetzt. Leute am Backhäuschen, die ihr Brot in den Ofen schoben, und auch arme Schlucker, die nur Brot und Getreidebreie aßen, waren schmerzhaft betroffen. Wenn es auch niemand zu erklären vermochte, auch Tiere erkrankten und verendeten. Sogar viele der unverwüstlichen und allesfressenden Ratten lagen tot in der Gosse und ihrer verkommenen Umgebung.

Obwohl die heilenden Helfer alle zur Stelle waren, konnte niemand den zuerst betroffenen Müller von seinen Wunden befreien. Der Schaden, der angerichtet war, war nicht mehr zu heilen, er starb.

Leider war ein Dutzend der Erkrankten ebenso gestorben.

Jeder Bürger forschte nach den Ursachen, keiner konnte jedoch etwas herausfinden. So bemächtigte sich ihrer eine große Ratlosigkeit. Dann bemerkte ein aufmerksamer Sauhirte, dass viele Tiere starben, die Weidegras fraßen. Er trug seine Entdeckung aufgeregt dem Rat vor. Daraufhin richteten die Menschen ihr Augenmerk auf die Pflanzen. Ein Bauer aus Sulzbach entdeckte purpurschwarze, längliche, gebogene, harte Gebilde auf dem Boden seiner Roggenfelder. Die Felder erschienen braun und schienen wie durch Sonne und lange Trockenheit ausgedörrt und verbrannt.

Die Schlussfolgerung, die die Bauern daraus zogen, war, das Unheil mit Feuer zu bekämpfen. Folglich brannten sie die Felder und Wiesen nieder.

Der Bader, der viel gereist war, konnte sich auch keinen Reim auf die merkwürdigen Erkrankungen machen, doch aufgrund des Feuers erinnerte er sich, schon vom Sankt-Antonius-Feuer gehört zu haben. Antonius der Große, Schutzheiliger gegen Feuer, Pest und Seuchen, war der Namensgeber.

Der Getreideschädling war jetzt, wo man wusste, wonach man suchen musste, leicht vom Rest des Getreides zu unterscheiden und hatte, wie vermutet wurde, diese verherenden Erkrankungen ausgelöst. Auf Drängen des Rates wurden nun die gesamten Roggenvorräte des Müllers verbrannt. Nach und nach kamen die Erkrankungen und Sterbefälle zum Stillstand. Aber damit war das Leid noch nicht zu Ende. Durch das Vernichten des Roggens herrschte eine Zeit großer Brotknappheit, alle Bewohner hatten nicht genügend zu essen, ein Hungerjahr folgte und alle hatten zu leiden.

Margarethas Unterhalt war zwar gesichert, denn die Zahl der Geburten nahm nur unwesentlich ab, aber der mäßige Wohlstand war dahin. Es folgte eine Zeit der Verleumdungen, Anfeindungen und auch Zwiegespräche mit Gott. Manch ein Bürger fand Halt im Kirchenbesuch, der Glaube half durchzuhalten, aber das brachte auch nicht Brot oder Grütze ein. Die Suppen wurden mit Wasser gestreckt und immer dünner. Der

Brei war schon lange nicht mehr sämig und fiel auch nicht mehr schwer vom Löffel.

Einzig in der Walpurgisnacht rückte die Aufregung um die Gänse, die Mehlknappheit und die daraus resultierende erbärmliche Armut ein wenig in den Hintergrund. In dieser Nacht wurde Margaretha zu Sara Priemwies gerufen. Als sie vor ihrem Haus eintraf, sprangen zwei junge Burschen mit Peitschen in den Händen auf der Straße auf und ab. Sie jagten die Peitschen schnalzend durch die Luft und grölten »Walpurgisnacht wird heute gefeiert!«

Das Haus war hell erleuchtet. Das Brauchtum der Walpurgisnacht, die vorgeschriebenen Rituale der Dämonenabwehr auszuführen, wurde streng eingehalten. In jedem Fenster standen Talgkerzen. Im Ofen loderte ein kräftiges Feuer. Alle Fackeln in den eisernen Hängeleuchtern an den Wänden waren angesteckt.

Die Magd ging Margaretha voran, zuerst die Treppe hinauf und dann zur Schlafkammer. Trotz der Fackeln trug sie einen mit Werg umwickelten und mit Harz getränkten Kienspan, um ihnen den Weg auszuleuchten. Sara lag im Bett. An jede Ecke des Bettes hatte man Kerzen gestellt und entzündet. Ein junges Mädchen saß im Zimmer und läutete ein kleines Glöckchen. Margaretha, die über den Aberglauben der Backnanger Bescheid wusste, sagte nichts gegen die Festbeleuchtung und den Lärm. Wenn es half, Ängste vor Hexen und deren Schadenszauber zu vertreiben, sollte es ihr egal sein. Die unheimliche Stimmung, die sie bei den gruseligen Liedern und Schauergeschichten auf dem Weg hierher empfunden hatte, verflog sofort. Mit dem Feuer versuchte die Familie Priemwies die Hexen von ihrem Haus fernzuhalten, um sich vor Unheil, das diese den Menschen, dem Vieh und den Äckern zufügen könnten, zu schützen. Nach altem Volksglauben ritten die Hexen auf den Brocken im Harz, den sagenumwobenen Blocksberg, um dort ihr Hexenfest zu feiern. Außerdem hieß es, die Feuer, die die Menschen entfachten, würden, so weit ihr Schein reiche oder ihr Rauch ziehe, Gedeihen und Gesundheit bringen. Genau dies wünschte sich die Familie für den neuen Erdenbürger.

»Wie lange haben sie jetzt die starken Wehen, Bürgermüllerin?«, fragte die Hebamme.

Keuchend sagte Sara: »Wehen habe ich schon seit der Mittagszeit, aber seitdem das Stundenglas einmal durchgerieselt ist, sind sie sehr stark.«

Margaretha schob die Decke weg und bewegte ihre Hand vorsichtig prüfend zwischen ihre Beine. Unwillkürlich begann Sara zu pressen.

»Ich kann das Köpfchen schon spüren!«, rief Margaretha.

Sara sank stöhnend in die Kissen zurück. Bei einer erneuten Wehe krallten sich ihre Hände in die Decke.

»Habt Ihr bemerkt, ob Wasser aus Eurem Bauch abgegangen ist?«, fragte Margaretha.

»Oh ja, heute Nachmittag lief Wasser im Schwall aus mir heraus und meine Beine hinunter. Danach habe ich mich ins Bett gelegt, da ich Angst bekam. Dann schickte ich meine Magd zu Euch.«

Die Wehen kamen nun in immer kürzeren Abständen. Sara keuchte und stöhnte. Sie war schon ganz erschöpft. Auf Margarethas Anweisung presste sie, dann holte sie wieder tief Luft, erholte sich kurz und presste wieder. Minutenlang wiederholte sich dieser Rhythmus.

»Ich kann nicht mehr!«, schrie sie.

Margaretha legte ihre Hand wieder zwischen die Beine und rief aufmunternd: »Drücken Sie, wir haben es gleich geschafft!«

Als Sara bei der nächsten Wehe presste, war wieder das Köpfchen zu sehen. Margaretha spreizte ihre Hand, griff zu und zog den Kopf sanft heraus.

»So Gott will, haben Sie es gleich geschafft. Noch ein letztes Mal pressen!«, forderte Margaretha.

Sara schrie vor Schmerz und der kleine Körper glitt aus ihr heraus.

Margaretha ergriff den Säugling und gab ihm einen Klaps auf den Po. Als das Kleine kräftig zu krähen anfing, legte sie es in Saras linke Armbeuge.

»Gratuliere, ein strammer, kleiner Junge!«

Sara Priemwies wandte ihr Gesicht ihrem Kind zu und staunend suchte der Kleine ihren Blick. Mutter und Kind konnten sich endlich von den Anstrengungen der Geburt erholen.

Margaretha wusch sich wie schon zuvor ihre Hände. Anschließend nahm sie ein sauberes Tuch und tauchte es in das nunmehr lauwarme Wasser. Damit säuberte sie zart das Gesicht und den Körper des Kindes. Erst danach nabelte sie es mit einem sauberen Schnitt von der Mutter ab. Kurz darauf machte das Neugeborene Saugbewegungen mit dem Mund und suchte Saras Brust. Margaretha half ihr, den Kleinen anzulegen.

»Liebe Hebamme Goldtner, ich möchte Euch zusätzlich zu Eurem Lohn noch etwas schenken. Mein Mann gab mir einst ein Stundenglas. Ich denke, Ihr könnt es bei Euren Patientinnen besser verwenden. Ich kann nur zusehen, wie die Zeit verrinnt.«

»Oh, meint Ihr eine Eieruhr?«

»Nun, man kann es auch Eieruhr nennen, da es mit fein gemahlenen Eierschalen gefüllt ist, aber manche Leute nennen es auch Sanduhr, wenn der Glaskolben mit feingesiebtem Bleisand gefüllt wurde.«

»Das ist wunderbar!«, brach es aus Margareta hervor. »Damit kann ich prüfen, wie lange die Wehen dauern.«

»Ihr könntet die Anzahl der Körnchen reduzieren, damit Ihr die kurzen Abstände der Wehen berechnen könnt.«

»Eine gute Idee!« Die Hebamme freute sich. »Wie soll ich das machen?«

»Schaut Euch das Stundenglas näher an. Wenn Ihr genau hinseht, dann entdeckt ihr einen kleinen Wachspfropfen am Boden des Glaskolbens auf einer Seite. Sobald Ihr das Wachs wegkratzt, findet ihr ein Löchlein, wo Ihr den Kolben beliebig füllen könnt. Anschließend müsst Ihr die ausgesparte Stelle wieder mit Wachs verschließen.« Sara Priemwies lächelte, immer noch erschöpft. »Ich war sehr neugierig und habe es selbst schon ausprobiert, daher kann ich Euch sagen, wie es geht.«

Durch die gut verlaufene Geburt von Sara Priemwies' Sohn hatte sich Margaretha einen ausgezeichneten Ruf erworben. Auch die angeseheneren Bürgerinnen Backnangs und Umgebung ließen sich von nun an gerne von ihr helfen. Sie verstand es aber geschickt, auch ihrer Freundin Elisabetha einige Aufträge zukommen zu lassen.

Sara Priemwies, die sich nun doch eine Amme für ihr Kind besorgt hatte, bat um hilfreiche Ratschläge.

Margarethas Anordnung für die Amme lautete: »Esst keine scharfen oder sauren Speisen. Verzichtet auf eingesäuertes Kraut. Auch gepökelter Fisch sollte nicht auf Eurem Speiseplan stehen. Dann werdet Ihr eine ausgezeichnete Milch haben, die das Kind gut vertragen wird.«

Eine weitere Amme, Catharina Bechthold, die nach dem Tod ihres einjährigen Sohnes Georg schon fast zwei Jahre die Tochter des Forstmeisters auf Reichenberg betreute, suchte Margarethas Rat: »Wie kann ich die Kleine von der Brust entwöhnen?«

»Reibt Eure Brust mit Wermut ein. Die bitter schmeckende Flüssigkeit der Pflanze wird das Kind schnell daran erinnern, dass es nicht mehr an der Brust trinken möchte. Danach nehmt kleine Stückchen Brot und weicht es in Milch ein, so gewöhnt ihr es langsam an feste Kost«, riet ihr die Hebamme.

Ein paar Wochen später kam Margaretha auf ihrem Heimweg am Haus der Familie Binder vorbei. Anna Binder sprach die Hebamme auf der Straße an: »Mein dicker Bauch macht mir schwer zu schaffen.«

»Noch etwa drei Wochen bis zur Geburt, wenn ich mich recht erinnere«, meinte Margaretha.

»Richtig! Aber das Treppensteigen macht mir jetzt schon Schwierigkeiten«, stöhnte Anna. »Das ist jedoch nicht das Schlimmste. Seitdem ich für den Unterhalt der Familie auf dem Feld mitarbeiten muss, geht es mir gar nicht gut«, jammerte sie. »Früher, als wir noch unsere fünfzig Gänse hatten, gab es für mich genug Arbeit mit dem Vieh. Die Eier einsammeln, Federn rupfen, Gänsekiele spalten und zuschneiden. Und dann kamen natürlich noch die Kinder dazu, das Spinnen, Weben und Nähen der Kleidung. Und ich war von Sonnenaufgang bis Sonnenuntergang mit Arbeit eingedeckt.«

»Ich verstehe Euch nur zu gut«, meinte Margaretha einfühlsam. »Wir vermissen unsere Gänse auch.«

Anna Binder wandte ein: »Die Ratsherren können uns doch nicht alles verbieten! Nur zwei Gänse sind uns für unseren eigenen Bedarf geblieben. Andere Familien haben sogar gar keine Gans mehr im Stall.« Sie schneuzte sich und klagte weiter: »Heute muss ich aufs Feld, meinem Mann helfen. Im Frühjahr hat er das Sommerfeld umgepflügt. Es lag den ganzen Juni brach und muss jetzt bearbeitet werden, damit er es im Herbst beackern und die Wintersaat aussäen kann. Jeder in der Familie muss mit anpacken, damit wir unsere Abgaben an den Herzog bezahlen können. Uns fehlen die zusätzlichen Einnahmen durch die Gänse.«

Zu Margaretha und Anna Binder hatten sich derweil zwei Nachbarinnen gesellt und verfolgten das Gespräch aufmerksam.

»Ihr habt recht!«, stieß die Jüngere der beiden aufgeregt hervor. »Jeder von uns hat seine Schwierigkeiten, seit sie uns die Gänse verboten haben.«

»Sogar unsere Männer haben gespürt, dass es uns schlechter geht«, wusste eine andere zu berichten.

»Ha, was werden die Männer erst sagen, wenn es in diesem Jahr an Michaeli keine Festtagsgans mehr gibt!«, schimpfte Anna.

»Was sollen wir dagegen machen?«, fragte Margaretha.

»Wir müssen etwas unternehmen. Wir Frauen können uns das nicht weiter gefallen lassen!«, rief die junge Nachbarin.

»Gegen den Vogt und seine Herren kommen wir nicht an«, erklärte Margaretha ruhig.

»Was haben wir nur getan, dass sie uns so bestrafen«, schluchzte eine Alte.

Unterdessen hatten sich noch mehr Frauen vor Binders Haus eingefunden. In kleinen Grüppchen standen sie beieinander und redeten aufgebracht über dieses Unrecht.

»Der Vogt und seine Herren haben in ihren Sitzungen das Verbot der Gänsehaltung beschlossen, und damit nicht genug, unsere Männer waren so dumm, dafür zu stimmen«, ereiferten sich die Backnager Frauen.

»Unserem Leonhard Korn geht es doch viel zu gut«, mischte sich Anna Binder wieder ein. »Er muss sich keine Sorgen machen, ob seine Schüssel noch mit Brei gefüllt ist. Bei ihm wird Fleisch aufgetischt.«

»Wie wäre es, wenn wir Frauen uns gemeinsam an Herrn Korn wenden und ein Bittschreiben verfassen. Vielleicht lässt er sich dann erweichen«, schlug Margaretha vor.

Die Frauen waren einverstanden. »Ich weiß nicht, ob ich das schaffe«, warf Anna schnell ein. »Meinen Namen kann ich gut schreiben und vielleicht noch eine Liste für den Schlachter, aber zu mehr reicht es bei mir nicht. Ich hab noch nie einen so wichtigen Brief geschrieben.«

Die junge Nachbarin errötete. Peinlich berührt gab sie zu, dass sie gar nicht schreiben konnte.

Die Alte jammerte: »Och, bei mir sind es die Augen, ich sehe nicht mehr genug.«

»Ich merke schon, da bleibe nur ich übrig«, schmunzelte Margaretha.

Sie übernahm die verantwortungsvolle Aufgabe und verfasste ein kurzes Schreiben im Namen der Backnanger Frauen an Vogt Leonhard Korn.

Sehr verehrter, ehrwürdiger Herr Vogt Korn!

Mit der Bitte um Aufhebung des Verbotes zur Gänsehaltung wenden wir uns ergebenst an Sie. Lassen Sie die Gänse wieder zu! Helfen Sie bitte den Backnanger Familien, wieder eine hinreichende Zahl an Gänsen zu halten. Beseitigen Sie damit die Missstände in der Stadt und gefährden Sie kein Menschenleben. In demütiger Erwartung verbleiben Ihre Backnanger Frauen

gezeichnet: Margaretha Goldtner

Fünf Tage nach diesem Brief, es war sieben Uhr morgens und Margaretha wollte gerade ihren Rundgang bei ihren Patientinnen antreten, erhielt sie stellvertretend für die Bürgerinnen Backnangs das Antwortschreiben. Ein Diener des Vogts trat auf sie zu und überreichte ihr den Brief.

Mit zitternden Händen öffnete sie und las. Kurz und bündig wurde die Bitte der Frauen abgelehnt:

Das Verbot wird nicht aufgehoben!
Gezeichnet: Leonhard Korn, Vogt des Herzogs von Württemberg

Wütend zerknüllte Margaretha den Brief. Doch dann überlegte sie, kehrte ins Haus zurück und strich den Brief auf dem Stubentisch wieder glatt. Anschließend holte sie eine Mappe und legte das Dokument sorgfältig hinein. Sie musste den Brief den anderen Frauen zeigen. Margaretha seufzte. Was konnten sie noch tun, damit der Vogt seine ablehnende Haltung änderte?

Sie packte die Mappe in ihre Tasche zu der Hebammenausrüstung und verließ eilig das Haus. Als Erstes wollte sie bei Sara Priemwies vorbeischauen. Die Bürgermüllerin war eine verständige Frau, wie Margaretha festgestellt hatte. Vielleicht konnte sie diese für ihre Sache im Kampf gegen den Vogt und für das Recht zur Haltung der Gänse gewinnen.

Wie schon bei ihren früheren Untersuchungen von Saras Kind war Margaretha sehr zufrieden. Die Amme hielt sich strikt an die Anweisungen der Hebamme und der Kleine entwickelte sich prächtig. Zu ihrer Überraschung bot ihr Saras Magd nach der Untersuchung einen Becher Dünnbier an. Kurze Zeit darauf gesellte sich die Bürgermüllerin zu ihnen ins Kinderzimmer.

»Meine liebe Hebamme Goldtner!«, begrüßte sie Margaretha freundlich. »Ich bin so glücklich, dass wir Euch haben. Es ist mir immer wieder eine Freude, meinen Sohn bei seinen Fortschritten zu beobachten. Das haben wir Ihnen zu verdanken!«

Die Hebamme bedankte sich verdutzt.

Sara Priemwies sah Margaretha mit unverhohlener Bewunderung an. »Kann ich denn auch einmal etwas für Sie tun? Es wäre mir eine Freude, Sie zu unterstützen.«

»Nun, da Sie es erwähnen …«, erwiderte Margaretha seufzend. »Es gäbe da ein Anliegen, das ich gerne erläutern würde. Aber um ehrlich zu sein, weiß ich nicht, ob Ihr die Lage der Backnanger Frauen verstehen könnt.«

»Wie meint Ihr das?« Forschend sah Sara Margaretha in die Augen.

»Es ist ganz einfach. Wir einfachen Backnanger Landfrauen möchten erreichen, dass wir unsere Gänse zurückbekommen. Und zwar nicht nur zwei Tiere für die eigene Familie, sondern eine stattliche Anzahl Tiere. Damit wir unser karges Dasein aufbessern können.«

Sara Priemwies sah Margaretha nachdenklich an, dann nickte sie. »Ich verstehe Euch sehr wohl.«

Margaretha hob plötzlich erregt die Hände. »Wir müssen uns gegen unsere eigenen Männer stellen! Unser Vogt und seine Ratsherren sind unerbittlich und möchten das Verbot nicht rückgängig machen. Und unsere Ehemänner geben ihnen Recht.«

»Ah ja! So habe ich mir das schon gedacht.« Ein Schmunzeln zuckte um Saras Mund. »Dem muss man natürlich Einhalt gebieten!«

Margaretha fragte sich, ob sie das ernst meinte.

Doch schon fuhr die Bürgermüllerin fort: »Auch wenn uns Bürgermüller die Notwendigkeit der Gänsehaltung nicht so sehr betrifft, so stehe ich doch auf der Seite der Backnanger Frauen. Und ich werde auch Christina Ludewig überzeugen, für die Haltung der Gänse einzustehen.«

Margaretha strahlte. Sie hatte insgeheim gehofft, Sara Priemwies von ihrer Meinung zu überzeugen, doch mit dieser günstigen Entwicklung der Dinge hatte sie nicht gerechnet. Sie hätte es nicht einmal zu träumen gewagt! Mit der Stifts- und Bürgermüllerin auf ihrer Seite, die doch einen gewissen Einfluss und hochgeschätzte Freunde in Backnang besaßen, würde es vielleicht einfacher werden, ihre Forderung durchzusetzen.

Doch so einfach, wie Margaretha hoffte, wurde es nicht. Der Vogt blieb hartnäckig und ließ sich durch kein Bitten und Betteln erweichen. Jeder weitere Versuch, auch durch das Bemühen der beiden einflussreichen Frauen, brachte nicht den erhofften Erfolg.

8. Kapitel

Der Heiligenpfleger Jeremias Bäderlin freute sich, dass sein Freund Horstius nach so vielen Wochen wieder einmal in Backnang weilte.

»Glaub mir, es gefällt mir hier so gut«, erzählte der Medicus gut gelaunt, »dass ich hier gerne länger verweilen würde. Dazu bräuchte ich aber einen eigenen Haushalt. Diesen zu unterhalten fehlen mir allerdings die Mittel, muss ich zugeben, da ich in Ulm einen eigenen Hausstand mit Dienerschaft habe, den ich vorerst auch behalten möchte. Ich habe ein Angebot für einen Lehrstuhl in Gießen für Anatomie und Botanik bekommen und erwäge ihn anzunehmen. Dann muss ich mein Haus in Ulm sowieso aufgeben und dorthin ziehen.«

»Du weißt, du bist bei mir hier jederzeit willkommen.«

Horstius hob beschwichtigend die Hand. »Na hör mal! Das ist mir klar. Aber selbstverständlich möchte ich deine Gastfreundschaft nicht über Gebühr beanspruchen. Ich suche einen geeigneten Raum für meine Forschungen. Am liebsten wäre mir eine Gruft oder ein Gewölbekeller.«

»Nun gut! Ich werde mich für dich umhören.« Jeremias kratzte sich nachdenklich hinter dem Ohr. »Stell dir vor, der Vogt versucht mir meine Stellung streitig zu machen. Wie du weißt, verwalte ich die kirchlichen Stiftungen. Durch dieses Amt genieße ich hohes Ansehen. Als Anerkennung sitze ich im Rat der Stadt und genieße außerdem das Vorrecht, in der Kirche in der Nähe des Altars zu sitzen. Nun möchte der Vogt die Stiftsgeschäfte als zusätzliche Arbeit übernehmen. Das werde ich mir nicht gefallen lassen. Es hat schon einmal eine Zeit gegeben, in der durch unrechtmäßige Rechnungsführung die Verwaltung der Finanzen in die Hände des Vogtes gelegt wurde, aber auch das wurde immer wieder rückgängig gemacht. Ich brauche mir nichts vorwerfen zu lassen, das Gut der Kirchenstiftung verwalte ich einwandfrei. Und wenn ich mich an den Herzog persönlich wenden muss, dieses Amt lasse ich mir nicht entreißen!«

»Ja, das machst du! Übrigens, mein Gehilfe Johann Sigismund ist im Gasthaus untergekommen. Doch die Unterkunft bei dir ist mir wesentlich lieber.«

»Dein Gehilfe ist mir nicht ganz geheuer. Ich kann's nicht genau benennen, aber wenn ich ihm begegne, wird mir ein wenig unheimlich.«

»Ach nein, er hilft mir ausgezeichnet bei meiner Arbeit. Ich kann nichts Nachteiliges gegen ihn sagen. Das Einzige, was ich einzuwenden habe, ist, dass er keine Kenntnisse durch das Lesen erwerben mag. Ich habe mir damals von der Backnanger Hebamme Goldtner ein sehr gutes Nachschlagewerk über Geburtshilfe geliehen. Da er mich hin und wieder schon bei meiner Tätigkeit als Hebammenprüfer begleitet hat, wollte ich ihn dieses Buch auch studieren lassen, aber er zeigte keinerlei Interesse daran.«

Im Zwielicht der hellen Nacht kam Caspar mit bleichem Gesicht zu Veit in die Werkstatt gerannt. »Meister Goldtner …« Er versuchte weiterzusprechen, brachte aber kein Wort heraus.

»Caspar, was ist los mit dir?«

»Ich habe etwas Schreckliches beobachtet«, flüsterte Caspar schließlich entsetzt.

Veit trat auf ihn zu und legte seine Hände auf Caspars Schultern. Er sah im fest ins Gesicht. »Beruhige dich erst mal.«

Mühsam versuchte Caspar in Worte zu fassen, was er gesehen hatte. »Unten am Fluss liegt mein Freund Simon. Ich glaube, er ist tot.« Er schloss die Augen.

Während Veit zuhörte, runzelte er zweifelnd die Stirn. »Bist du sicher, Caspar?«

Caspars Stimme zitterte: »Nein, aber er rührte sich nicht mehr. Da bin ich gleich nach Hause gerannt.«

»Was habt ihr gemacht? Was ist passiert?«, fragte Veit.

Caspar starrte ihn an. »Wir waren an der Sulzbacher Brücke und haben versucht, mit ein paar Brotkrumen, einer Schnur und einem Haken zu angeln. In der Murr wimmelt es nur so von Bachforellen und Döbeln. Es war ganz ruhig, keine Menschenseele außer uns war mehr da. Simon stand nur ein paar Meter von mir entfernt. Wie aus dem Nichts tauchte eine dunkle Gestalt in der frühen Abenddämmerung auf. Ich erschrak, weil er so plötzlich am Ufer stand, ich hatte ihn nicht kommen sehen. Der Fremde war mir nicht geheuer, deswegen drückte ich mich tief in den Schatten an die dunkle Brückenwand. Aus meinem Versteck beobachtete ich, wie der Fremde meinen Freund ansprach. Simon lächelte. Der Mann gab ihm etwas, das wie Kuchen aussah. Gemeinsam gingen sie dann in Richtung Stiftsmühle davon.« Verstohlen wischte er sich über die Augen.

»Erzähl weiter«, forderte Veit ihn ruhig auf.

Caspar räusperte sich. »Simon drehte sich nochmal um und winkte mir. Aber in diesem Moment zappelte ein Fisch an meiner Angel. Ich holte die Schnur ein, der dicke Fisch schlug heftig mit den Flossen. Da packte ich ihn und schlug ihn auf einen Stein. Als ich wieder aufblickte, war Simon mit dem Fremden schon fast an der Stiftsmühle. Und dann …« Mühsam schluckte Caspar die aufkommenden Tränen herunter, bevor Veit den Rest erfuhr.

Einem plötzlichen Impuls folgend war Caspar aus seinem Versteck gekommen und hatte die beiden unauffällig verfolgt. Im nächsten Moment jedoch waren der Fremde und Simon hinter der Mühle verschwunden. Normalerweise ging niemand gern zur abseits vor der Stadtmauer gelegenen Stiftsmühle und seinem mürrischen Besitzer. Aus diesem Grund neugierig geworden, lief Caspar hastig weiter.

»Es waren wirklich nur ein paar Minuten vergangen«, schluchzte er, »aber als ich ihn fand, lag er auf dem Rücken an der Uferböschung. Nur drei, vier Meter vom Wasserrad der Mühle entfernt. Er rührte sich nicht mehr.«

»War niemand in der Nähe?«, fragte Veit.

»Ich hab mich nur kurz umgedreht, aber niemand gesehen.«

»Der Fremde könnte trotzdem noch in der Umgebung gewesen sein.«

»Das war mir egal. Ich hatte keine Angst, ich wollte nur sehen, was mit Simon los war. Ich rannte zu ihm und habe ihn fest geschüttelt. Aber da war nichts. Er rührte sich nicht mehr.« Caspar verzog das Gesicht.

»Ist dir irgendetwas aufgefallen?« Veit musterte Caspar aufmerksam.

»Er war nass, seine Haare und seine Kleidung waren ganz nass.«

»Also gut.« Veit zögerte einen Moment. »Am besten gehen wir direkt los und schauen nach ihm. Ich sage nur noch kurz Margaretha Bescheid. Sie soll den Amtmann verständigen.«

Veit und Caspar verließen das Haus, mittlerweile war es vollständig dunkel. Sie rannten durch die düsteren Gassen. Durch nachtfeuchte Wiesen führte sie ihr Weg entlang der Murr, bis sie schließlich den Ort erreichten, wo Caspar den toten Simon gefunden hatte. In der Stiftsmühle brannte kein Licht. Es war alles dunkel. Caspar glaubte erst, Veit an die falsche Stelle geführt zu haben, denn Simon war nicht mehr da. Gemeinsam suchten sie die ganze Umgebung um die Mühle herum ab, soweit es die Dunkelheit zuließ. Sie wagten sich sogar bis ans Wasser heran und suchten an der Böschung. Aber Simon war und blieb verschwunden. Caspar war verzweifelt.

Seinen Gehrock hastig übergeworfen und falsch zugeknöpft, eilte keine zehn Minuten später der Amtmann zum Ort des Geschehens.

»Kann mir mal jemand erklären, was hier los ist? Was gibt es denn so Wichtiges, um mich beim Gespräch mit Ratsherrn Baur zu stören?«

»Tja, Herr Amtmann«, erklärte Veit, »wir stören Sie nur ungern, aber mein junger Freund hier ist überzeugt, seinen Kameraden Simon tot aufgefunden zu haben.«

»Und wo soll derselbige sein? Ich sehe hier keine Leiche«, sagte der Amtmann barsch.

»Das ist ja eben das Merkwürdige.«

»Er ist nicht mehr da«, schluchzte Caspar. »Aber ich schwöre, bei allem, was mir heilig ist, er lag hier und er war tot!«

Mit kurzen Worten schilderte Veit dem Amtmann den Vorfall, den Caspar mit dem Fremden beobachtet hatte.

»Nun, wenn das so ist, werde ich zum Haus der Eltern gehen und schauen, ob er sich nicht doch dort herumtreibt. Wenn nicht, werde ich erst einmal eine Vermisstenmeldung aufnehmen.« Der Amtmann trat einen Schritt vor und fuchtelte mit seinem Zeigefinger vor Caspars Nase herum. »Und von dir, junger Mann, brauche ich eine Beschreibung des merkwürdigen Fremden.«

Veit und Caspar warfen sich einen Blick zu. Es war ihnen klar, dass der Amtmann ihrer Geschichte keinen Glauben schenkte. Vermutlich ärgerte er sich insgeheim wegen seines verpassten gemütlichen Plauderstündchens mit den Ratsherren. Die allabendlichen Treffen im Gasthof *Löwen* mit Ratsherrn Baur, Vogt Korn oder ab und an mit dem einen oder anderen hochgestellten Bürger waren weithin bekannt.

»Nun denn, geht nach Hause, überlasst alles weitere mir, ich kümmere mich darum«, sagte der Amtmann.

Veit schob Caspar die Böschung hinauf. Er legte dem Jungen den Arm um die Schulter und sprach tröstend auf ihn ein.

»Warte es nur ab, sie werden Simon schon finden. Vermutlich liegt er längst schlafend in seinem Bett und ahnt nicht, was für ein Wirbel um ihn veranstaltet wurde.«

Caspar ließ den Kopf hängen. »Das glaube ich nicht«, flüsterte er kaum hörbar.

»Ins Bett gehörst auch du. Ich werde Margaretha bitten, dir einen heißen Sud zu kochen, das ist ihre Spezialität, damit du gut schlafen kannst. Und morgen sieht alles schon wieder anders aus.«

»Das glauben Sie doch selbst nicht!«, beharrte Caspar.

»Sieh nur die großen Leuchtkäfer, die überall um uns in den Büschen herumschwirren«, versuchte Veit abzulenken. »Die Weibchen leuchten und locken die Männchen zur Vereinigung an.«

»Ja, genau, das gibt es sogar in der Tierwelt, dass ein Unschuldiger angelockt wird. Gerade so ist Simon in Versuchung und dann in einen Hinterhalt gelockt worden«, murmelte Caspar.

»Bitte, sei ganz ruhig«, beschwichtigte Veit.

»Wie kann ich beruhigt und ohne Sorge sein, wenn es um meinen besten Freund geht?«, fragte er.

»Morgen sehen wir noch einmal nach, damit du unbesorgt bist.«

Daheim angekommen bereitete Margaretha ihm einen starken Melissensud zu.

»Trink das, Caspar! Es wird dir helfen. Im Volksmund sagt man zu Recht Herztrost dazu. Ich weiß, er lässt dich gut schlafen. Du brauchst Ruhe.«

Am nächsten Morgen in aller Herrgottsfrühe stand der Amtmann bei ihnen vor der Tür. »Leider scheint es sich zu bestätigen, dass der Junge verschwunden ist. Wir wissen natürlich nicht, ob er nicht wieder auftaucht. Aber laut der Aussage seiner Eltern war er kein Herumtreiber.«

Caspar fiel sofort auf, dass der Amtmann »war« gesagt hatte.

»Ihr glaubt mir also jetzt?«, rief er.

Der Amtmann sagte nichts dazu.

Caspar hakte nach. »Was wollen Sie unternehmen?«

»Wir werden einen Suchtrupp aus freiwilligen Bürgern bilden und rund um die Stiftsmühle die Gegend nochmal absuchen.«

Doch trotz intensiver Suche blieb Simon verschwunden.

Völlig überraschend wurde jedoch die Leiche eines anderen Burschen gefunden. Gut unter Zweigen und Steinen versteckt, war er nur durch Zufall entdeckt worden. Ein aufmerksamer Bauer, der sich an der Suche beteiligte, wunderte sich über das

Verhalten von ein paar Enten und Gänsen. Ein paar hundert Meter weiter von der Mühle entfernt, stob das Federvieh aufgeregt schnatternd auseinander. Hier fand er den unbekannten Toten. Schreiend rief er den restlichen Suchtrupp zusammen.

Im morgendlichen Sonnenschein besahen sich der Amtmann und die anderen Männer den Leichnam oder das, was von ihm übrig geblieben war. Unruhig tuschelten die Männer miteinander.

»Eines ist jedenfalls klar«, sprach der Amtmann aus, was auch die anderen dachten. »Hier geht es nicht mit rechten Dingen zu. Schaut Euch den Schädel des Toten an. Diese Wunde kann er sich nicht selbst zugefügt haben. Ich glaube, wir suchen nicht nur nach einem weiteren vermissten Jungen, sondern wir müssen auch nach einem Mörder suchen.«

»Ja, da habt Ihr Recht«, erwiderte der Bauer.

Hilflos beratschlagten die Bürger, was nun zu tun sei, so etwas hatte es in Backnang noch nicht gegeben.

»Ich werde den Vogt und die Ratsherren informieren. Aber ansonsten muss Stillschweigen bewahrt werden, sonst bricht Panik unter den Bürgern der Stadt aus«, sagte der Amtmann.

Margaretha, die Magd und Caspar erfuhren dennoch davon. Veit, der an der Suche beteiligt gewesen war, erzählte ihnen vom Leichenfund. Er wollte seine Familie warnen und um Vorsicht bitten, da gerade Margaretha viel in der Stadt unterwegs war.

»Ist das nicht furchtbar?«, fragte Anna-Maria, als sie den Eintopf an den Tisch brachte, wo die Familie versammelt war. »Man kann sich in der Stadt nicht mehr sicher fühlen.«

»Wieso?«, fragte Barbara.

»Nichts, nichts, meine Kleine. Es ist alles gut.«

Barbara war vor dem Essen so in ihr Spiel mit Caspar vertieft gewesen, dass sie von der Geschichte nichts mitbekommen hatte. Caspar hatte für sie kleine, runde Steine gesammelt, die sie mit ihm munter aneinanderklicken ließ. Ganz stolz hatte sie der Familie die Murmeln gezeigt, die sie gegen Caspar gewonnen hatte. Doch Caspar war mit seinen Gedanken bei seinem Freund Simon gewesen und hatte sich nicht auf das Spiel konzentriert.

Eines stellte sich jedoch schnell heraus. Der Bursche, der tot aufgefunden worden war, war niemand aus Backnang und es wurde keine weitere Person vermisst. Da er ein kragenloses weißes Hemd, ein schwarzes Jackett mit glänzenden Knöpfen und schwarze Hosen sowie festes Schuhwerk trug, ließ das den Schluss zu, dass es sich um einen Dachdecker oder Zimmermann auf der Walz handelte. Der goldene Ohrring war ein weiteres Anzeichen dafür. In der Nähe des Toten wurde ein Tornister aus Fell gefunden. Darin befand sich ein Wanderbuch. Anscheinend war der Geselle auf der Suche nach Unterkunft und Arbeit nach Backnang gekommen.

Indes ging das Leben in der Kleinstadt unverändert weiter. Der Herbst zog ein und die Frauen droschen mit ihren hölzernen Flegeln das Getreide. Anschließend trennten sie die Spreu vom Weizen, indem sie das Korn hoch in die Luft warfen. Der Wind tat sein Übriges und trug die Spreu davon. In Körben fingen die Frauen das Korn auf. Hinterher brachten sie das Korn zur Bürgermühle, wo es gemahlen wurde. Die leeren Halme wurden zu Bündeln gebunden, mit Seilen auf Lasttieren festgemacht und in die Scheunen zur Lagerung gebracht, um später dem Vieh als Futter zu dienen.

Die Kinder wurden zum Holzsammeln in den Wald geschickt, da es für den Winter eingelagert werden sollte. Sie mussten immer zu zweit zu gehen, da es erneut Gerüchte über verschwundene Kinder gegeben hatte.

Die Bürger bereiteten sich auf den anstehenden Winter vor. Sie schlachteten einen Teil ihrer Tiere, für die das Futter im Winter nicht reichte, und pökelten oder räucherten das Fleisch, um es haltbar zu machen.

Die Frauen übernahmen die langwierige Flachsbereitung. Die Flachsfasern wurden in den langen, dunklen Wintermonaten auf dem Spinnrad zu Garn gesponnen, welches dann vom Seiler oder Leinenweber weiterverarbeitet wurde.

Caspar dagegen hatte eine eigene kleine Erfindung gemacht, um Garn und Wollreste zu verarbeiten. Beim Aufräumen in der

Werkstatt waren ihm zwei große leere Holz-Garnrollen in die Hände gefallen. Er überlegte, ob er Barbara vielleicht ein Spielzeug zusammenbauen könnte.

Er nahm vier Nägel und schlug sie in gleichmäßigem Abstand oben in den Kopf der Garnrolle ein. Dann nahm er ein Stück Restfaden von dem kleinen Haufen mit Garn, der sich in den letzten Wochen aufgetürmt hatte, führte den Faden durch das mittige Loch in der Garnrolle, hielt es mit der linken Hand fest und hantierte damit herum. Es brauchte etliche Versuche, bis er die richtige Idee hatte, wie er den Faden am geschicktesten mit der Garnrolle und den Nägeln verbinden konnte. Mit der rechten Hand führte er den Faden von links nach rechts um den ersten Nagel, weiter von rechts nach links um den nächsten Nagel, bis er alle vier umschlungen hatte. Nun führte er den Faden wieder an den ersten Nagel mit der nun vorhandenen Schlaufe, hob die Schlaufe mit einer Nadel an und zog sie über den neuen Faden. Er drehte die Garnrolle ein kleines Stück bis zum zweiten Nagel, legte den Faden vor diese Schlaufe, zog sie darüber und hatte erneut eine neue Schlaufe. Er wiederholte diesen Vorgang, bis unten eine dicke Kordel aus der Garnrolle hervorlugte.

Strahlend rannte Caspar zu Barbara. »Sieh her, was ich mir für dich ausgedacht und gebastelt habe! Mit dieser Garnrolle, ein paar Nägeln, alten Fäden und Wollresten kannst du schöne dicke Kordeln schnüren. Frag deine Mutter, die hat bestimmt einen guten Einfall, wofür diese zu verwenden sind.«

Stürmisch umarmte ihn Barbara. Dann machte sie sich von ihm los und bedankte sich gehorsam.

Caspar strich ihr über die Haare und sagte: »Ist schon gut, nun lauf zu deiner Mutter.«

Das ließ sich Barbara nicht zweimal sagen und lief jubelnd nach draußen.

»Oh, wie schön!«, rief Margaretha überrascht aus, als ihr Barbara die neuartige Garnrolle zeigte. »Dafür haben wir viele Verwendungsmöglichkeiten. Aus ganz dünnem Garn können wir Dochte anfertigen, dicke Kordeln eignen sich als Gürtel, aber auch für dich selbst habe ich eine Idee. Wie wäre es mit besonders langen Kordeln zum Seilspringen?«

Das Mädchen hopste begeistert in die Höhe.

»Ich wusste, dass Sie den richtigen Einfall haben würden«, sagte Caspar, der gerade ins Zimmer trat und die letzten Sätze noch gehört hatte.

9. Kapitel

Im Juli 1607 machte Elisabetha endlich wieder einmal einen Besuch in Backnang bei ihrer Tante. Am frühen Abend kam sie auch bei Margaretha vorbei.

»Schön, dich wiederzusehen, Elisabetha!«, rief Margaretha. Sie schloss ihre Freundin in die Arme. »Ich habe ja schon ewig nichts mehr von dir gehört. Fast ein halbes Jahr warst du nicht mehr bei mir. Was war denn los? Ich habe mir schon große Sorgen um dich gemacht.«

»Ich war über Wochen schwer erkrankt«, sagte Elisabetha ernst. Die Erinnerung quälte sie noch immer. »Ein Fieber hielt mich gefangen. Ich wurde von Husten geplagt und meine ganze Brust hat geschmerzt beim Atmen. Ich fühlte mich völlig abgeschlagen. Zum Glück hat mich die Wirtin des Hauses, in dem ich wohne, gepflegt. Doch auch als ich wieder aus dem Bett aufstehen konnte, war ich noch schwach und wackelig auf den Beinen.«

»Da hat dir deine Wirtin vermutlich das Leben gerettet.«

»Das glaube ich auch. Sie war dankbar, weil ich bei einer ihrer Geburten ihr Kind gerettet habe, und dies hat sie mir jetzt vergolten.«

»Dem Himmel sei Dank!«, sagte Margaretha mit einem schnellen Blick nach oben.

»Weißt du, was mir auf dem Weg zu euch aufgefallen ist?«, fragte Elisabetha.

»Nein, was denn?«, wollte Margaretha sogleich wissen.

»Bei euch in Backnang laufen keine Gänse mehr durch die Gassen. Es ist so ruhig, kein Geschnatter ist mehr zu hören.«

»Ja, das stimmt. Aber nachdem unser lieber Herr Vogt der Ehefrau des Weißgerbers Fischer und der ledigen Catharina Bechthold eine harte Geldstrafe wegen unerlaubter Gänsehaltung aufgebrummt hat, traut sich niemand mehr, heimlich ein paar Gänse zu halten. Der Schreiner Abel hat sich aus lauter Verzweiflung über seine hohe Geldstrafe sogar erhängt.«

»Gott sei seiner Seele gnädig!«, erwiderte Elisabetha ganz entsetzt.

»Da wäre ich mir nicht so sicher. Bei Freitod wird der Verstorbene ja nicht in geweihter Erde bestattet, wie du weißt.«

»Dadurch hat er sich und seiner Familie selbst am meisten geschadet. Wobei seine Familie jetzt einen Esser weniger zu versorgen hat.«

»So kann man das nicht sehen, da jetzt derjenige fehlt, der für die Familie das Geld verdient hat. In den Gassen gibt es schon immer mehr Hungernde, die betteln gehen müssen.«

»Schrecklich! Die vielen flehentlich um Almosen bittenden verwahrlosten Kinder sind mir auch aufgefallen.«

»Die Armut bei den Backnanger Bürgern, die keine Gänse mehr haben, wird immer größer. Das Getreide ist knapp und kaum einer kann sich noch Gemüse kaufen«, erzählte Margaretha bitter. »Ich habe schon lange kein Gänseschmalz mehr. Wenn ich meine Salben zubereiten will, muss ich teuren Talg dazukaufen. So kann ich nur noch geringe Mengen an Salben herstellen, das lohnt sich sonst für mich nicht.« Sie schüttelte bedauernd den Kopf. »Aber der Vogt beharrt weiterhin auf seinem Verbot der Gänsehaltung.«

»Das ist wirklich schlimm. Aber du weißt ja, wenn die Not am größten ist, ist Gottes Hilfe am nächsten.«

»Ach Elisabetha, ich wünsche mir, dass du Recht hast«, erwiderte Margaretha seufzend. »Doch nun lass uns von etwas anderem reden. Ich möchte dir noch eine frohe Kunde mitteilen. Ich bin wieder in anderen Umständen!«

»Das ist ja wunderbar!« Elisabeth umarmte Margaretha herzlich. »Ein wunderbares Glück für dich, nicht wahr?«

»Du sagst es. Die Hälfte der Schwangerschaft habe ich schon hinter mir.« Margaretha drückte auf die bauschigen Falten ihres langen Rockes und Elisabetha konnte das runde Bäuchlein bewundern.

»Nun, was wünscht du dir?«, fragte Elisabetha neugierig.

»Das ist mir gleichgültig. Doch ich weiß, dass sich Veit einen Jungen wünscht, wie alle Männer.«

Margaretha hatte wieder einmal ein Treffen mit dem Bader Heinrich Albrecht. Es war wohl sein letzter Besuch in Backnang in diesem Jahr. Auch diesmal konnte er ihre ungewöhnliche Wissbegier befriedigen. Durch seine Reiselust und Bereitschaft, auch weit entfernte Städte und Dörfer mit ihren zahlreichen Märkten anzufahren, erfuhr er überall von allen möglichen Neuerungen und hatte immer etwas zu erzählen.

Margaretha bewunderte den Bader aufrichtig und sah anerkennend zu ihm auf. »Erfahrung ist die Mutter der Weisheit«, das hatte ihr die eigene Mutter beigebracht, und: »Aus dem, was man selbst erlebt, lernt man am meisten«.

Heinrich Albrecht war weit gereist, er war schon in vielen Gegenden Württembergs gewesen und besaß einen großen Erfahrungsschatz. Sie dagegen war noch nicht einmal aus Backnang herausgekommen und würde es auch nie schaffen, da machte sie sich nichts vor.

Die Hebamme interessierte sich nicht nur für ihre Patientinnen und deren Anliegen, sondern war für eine Frau ungewöhnlich wissensdurstig. Ihr war bewusst, dass viele Frauen gerade mal ihren Namen lesen und schreiben konnten. Margaretha aber war von ihrem Vater Daniel Käs aus Waiblingen im Lesen und Schreiben unterrichtet worden. Seitdem sie entdeckt hatte, was ihr diese Fähigkeit an Erfahrungen und Freude brachte, las Margaretha, sobald sie ihre Arbeit erledigt hatte und irgendwie noch ein paar Minuten erübrigen konnte. Die alten Schriften und Bücher, die ihr der Bader verkaufte, wurden von ihr schonend behandelt und mit großem Eifer gelesen. Immer wenn Heinrich Albrecht wieder auf dem Markt erschien, brachte sie ihm die Bücher unversehrt zurück und dann wurden sie für gutes Geld erneut verkauft.

Heinrich mochte ihre frische, neugierige Art. Da ihm selbst eine Familie verwehrt geblieben war, betrachtete er sie ein wenig als Tochter. Die Freude, die sie ausstrahlte, wenn sie sich mit ihm über eine Entdeckung austauschte, ließen ihm warme Wellen ums Herz fließen. Auf dem Weg nach Backnang war die Vorfreude jedesmal groß, wenn er wieder eine Überraschung für sie bereithielt.

Diesmal beschrieb er die Abbildung des ersten sogenannten ›Mikroskopes‹. Es sei sechs Fuß lang, einen Zoll weit und von vergoldetem Kupfer gewesen und habe mittels dreier messingner Delphine auf einem Würfel von Ebenholz geruht. Von der Erfindung des Holländers Hans Janssen hatte Margaretha noch nichts gehört. Janssen und sein Sohn Zacharias hatten das Mikroskop entwickelt, um kleinere Gegenstände mit Hilfe von Licht, Lupe und lichtbrechender Flüssigkeit, wie zum Beispiel Wasser, vergrößert betrachten und untersuchen zu können. Beeindruckt lauschte Margaretha Heinrichs Ausführungen.

»Stellt Euch vor, der Brillenschleifer Janssen hat das Prinzip der Vergrößerung nur zufällig entdeckt. Beim Schleifvorgang an einem Brillenglas benutzte er eine Lupe. Wisst Ihr, was das ist?« Fragend blickte der Bader Margaretha an.

»Ja, er betrachtete also eine Linse durch eine andere hindurch.«

»Genau. Janssen setzte diese Idee um, indem er ein einfaches zusammengesetztes Mikroskop mit einer nach außen gewölbten und einer nach innen gewölbten Linse baute. Es bestand aus drei gegeneinander verschiebbaren Röhren, der ausziehbare Teil war dann fast eine Elle lang.«

»Wie stark war demnach die Vergrößerung?«, fragte Margaretha.

»Nun, je nach Auszugslänge konnte er die drei- bis neunfache Vergrößerung eines Gegenstandes erreichen.«

Heinrich erinnerte sich, dazu eine Geschichte gehört zu haben.

»Ein Nachbar Janssens aus Middelburg in Holland beansprucht ebenso, der Erfinder der Vergrößerung zu sein. Er allerdings nennt es ›Fernrohr‹. Hans Lipperhey hat, was man so hört, sogar ein Patent in diesem Jahr bei der holländischen Regierung darauf angemeldet. Aber der arme Kerl hat Pech, denn die Patentkomission hat das Patent abgelehnt, da nun sogar ein dritter Bursche, ein gewisser Jacob Adrainszoon Metius, unabhängig davon behauptet, das Fernrohr erfunden zu haben. Dennoch hat die holländische Regierung die Rechte gekauft und Lipperhey mit weiteren Forschungen darüber beauftragt.« Der Bader lachte. »Ich würde mir zu gern auch so ein Mikroskop kaufen. Denn ich habe gehört, wie ein paar Gaukler erzählten, dass sie als Attraktion ihre Zuschauer durch ein Mikroskop schauen ließen. Sie zupften demjenigen, der als Nächstes dastand, einen Floh aus den Haaren und bestaunten das kleine Ungeheuer mehrfach vergrößert. Damit ließe sich gut Geld verdienen, sagten sie.«

»Das ist allerdings lustig«, erwiderte Margaretha lachend.

»Der Nachteil ist leider, dass das vergrößerte Bild nicht ganz scharf ist. Außerdem ist das betrachtete Objekt von Farbringen umgeben.«

»Aber das macht doch nichts«, sagte Margaretha.

Aus Stuttgart war die Nachricht zu den Backnanger Bürgern vorgedrungen, dass Friedrich I., Herzog von Württemberg, am 29.1.1608 völlig überraschend an den Folgen eines Schlaganfalls gestorben war. Die Backnanger Bauern und Bürger wussten nicht, was sie davon halten sollten. Einerseits war der energische, hochstrebende Herrscher, dem viele Mittel recht waren, um den armen Untertanen noch mehr Steuern abzupressen, nicht sehr beliebt, andererseits hatten gerade die Backnanger Frauen gehofft, von ihm Unterstützung im Kampf gegen den Vogt und die Stadtherren zu bekommen.

Margaretha war traurig. Natürlich war auch sie gegen neue Steuern, unter denen auch ihre Familie sehr zu leiden hatte, aber dennoch ging der Tod des Herzogs ihr zu Herzen. Irgendwie hatte sie ihn sogar heimlich bewundert. Der Herzog, Träger des französischen Michaelsordens, war ein ehrgeiziger Mann gewesen. 1603 hatte er endlich von Jacob I. den ersehnten, sehr bedeutenden englischen Hosenbandorden verliehen bekommen, nachdem Königin Elisabeth ihm diesen schon früher versprochen hatte. Man erzählte sich, er sei auf den Hosenbandorden, den er unterhalb des linken Knies trug, so kindlich stolz gewesen, dass er die Insignien, Degen, Dolch und Statuten mit der Losung »Honi soit qui mal y pense« in das Portal von Schloss Hohentübingen einmeißeln ließ. Zudem wurde er bei seinem Volk als »Fürst ohne Grenzen« bekannt, da er eine Vielzahl von großen Reisen quer durch Europa gemacht hatte. Da er sprachlich gut ausgebildet war, Latein und Französisch beherrschte, bereitete ihm das keinerlei Schwierigkeiten.

Er war nur fünfzig Jahre alt geworden. Seinen Regierungssitz im Stuttgarter Schloss sollte nun sein Sohn und Nachfolger Johann Friedrich übernehmen. Die Witwe Friedrichs, Sibylla von Anhalt, zog sich nach Leonberg auf das dortige Schloss zurück. Ob der Sohn genauso machtgierig, launisch und unzuverlässig war wie sein Vater? Er beabsichtigte, die von Herzog Friedrich eingeführte großartige Hofkultur mit Musik, Kunst und Theater weiterzuführen, die natürlich ebensolche Unsummen verschlang wie seine Kunstkammer oder die aufwendigen Bauten, die sein Vater immer wieder vorangetrieben hatte.

Es war eigenartig, aber die Frauen hatten so viel Hoffnung in den Herzog gesetzt, da unter ihnen die Idee aufgekommen war, sich im Kampf um die Gänse direkt an ihn zu wenden. Margaretha fragte sich verzweifelt, wie es nun mit den Backnanger Gänsestreitereien weitergehen sollte. Würde der siebte Herzog von Württemberg bereit sein, sich die Klage der Frauen anzuhören?

Dem neuen Herzog stand der Sinn erst einmal nicht nach Streitereien, er hatte jetzt wichtigere Aufgaben. Nur sechs Tage nach dem Ableben seines Vaters musste er die Regierungsgeschäfte übernehmen. Im Mai führte er die von seinem Vater angefangenen Verhandlungen zur evangelischen Union mit anderen evangelischen Fürsten in Anhausen bei Nördlingen fort. Laut dem Augsburger Religionsfrieden sollten in Städten mit gemischten Konfessionen beide Bevölkerungsgruppen ihre Religion ausleben dürfen. Aber in Donauwörth versuchte die protestantische Mehrheit die Rechte der katholischen Minderheit einzuschränken. Die Meinungsverschiedenheiten wurden erbittert geführt, der folgende Reichstag löste sich unter der Last der Verantwortung ohne Beschlüsse wieder auf. Nach den Streitigkeiten in Donauwörth und auf dem Reichstag in Regensburg bildeten die Protestanten eine Union. Dieser evangelischen Union gehörten zunächst die Kurpfalz, Württemberg, Baden-Durlach, Ansbach und Bayreuth an. Im gleichen Jahr entstand auch das Gegenstück, die Katholische Liga. Die Bündnisse waren durch die Verschärfung des Religionsstreites während der Gegenreformation sowie durch politische Gegensätze unter den Reichsständen entstanden.

Die Hochzeit des neuen Herzogs, geplant für den 1. Mai 1609, mit Barbara Sophia von Brandenburg, Tochter des Kurfürsten Joachim Friedrich von Brandenburg, verzögerte sich. Sein Vater Friedrich I. hatte diese Verbindung 1607 beschlossen, um die gerade gegründete evangelische Union dadurch zu festigen. Eine Eheschließung war schon seit einigen Jahren im Gespräch gewesen, aber bislang hatte Johann Friedrich um Aufschub gebeten und erklärt, er könne noch nicht heiraten, da er noch keine angesehene und einflussreiche Stellung bei Hofe einnehme. Stattdessen reiste er lieber nach Österreich, besuchte Wien, unterhielt sich mit Tanzveranstaltungen, suchte dort den Erzherzog Matthias auf, bevor er sich endlich entschloss, zu seiner Verabredung mit Barbara Sophia zu reisen. Da ihm Herzog Friedrich inzwischen Güter zugesichert hatte, konnte er sich nicht mehr aus der Verantwortung stehlen. Zusätzlich zu allen anderen Verzögerungen musste Johann Friedrich auch noch einen Umweg in Kauf nehmen auf seinem Weg nach Berlin, da in Brandenburg und Sachsen die Pest wütete.

Herzog Johann Friedrich war den Damen sehr zugetan, weswegen er Barbara Sophia noch einmal besuchen wollte, bevor er die Ehe endgültig einging. Es kostete ihn einige Überwindung, sich mit Barbara Sophia von Brandenburg zu vermählen. Der unerwartete Tod ihres Vaters, des Kurfürsten Joachim Friedrich, im Juli 1608 machte die Sache nicht einfacher.

Mitten in der Nacht erwachte Margaretha durch einen rasenden Schmerz in ihrem Unterleib. Sie setzte sich vorsichtig im Bett auf, als mit einem plötzlichen Schwall das Fruchtwasser aus ihrem Bauch floss. Zaghaft stieg sie aus dem Bett, schlüpfte in ihre Holzschuhe und streifte sich ihren wollenen Umhang über. Dann verließ sie das Zimmer, ging die Treppe hinunter und hinaus in den Hof zur Latrine. Kaum angekommen, spürte sie die nächste Wehe.

»Oh Gott!«, dachte sie, »das geht viel zu schnell und es ist noch zu früh! Ich muss so schnell wie möglich wieder zurück ins Haus.«

Bei der Rückkehr, unterbrochen durch eine Wehe, die sie kurz in die Knie zwang, weckte sie Anna-Maria, deren Zimmer am nächsten lag.

»Hilf mir bitte, das Kind kommt!«

Mit vor Entsetzen geweiteten Augen sah die junge Magd sie an. Plötzlich krümmte sich Margaretha wieder vor Schmerzen und sank in die Knie. Das rüttelte Anna-Maria auf und sie sprang schnell aus dem Bett.

»Ist gut, Herrin! Was soll ich machen?«

»Geh hinauf und sage Veit Bescheid. Dann komm in die Stube und setz einen Kessel Wasser auf den Ofen.«

Margaretha krabbelte auf allen Vieren in die Stube. Hier zog sie sich am Schrank hoch, hielt sich krampfhaft fest, öffnete eine Schranktür und entnahm einen Stapel Leintücher. Wieder wogte eine Wehe durch ihren Körper. Margaretha stöhnte vor Schmerz. In so kurzem Abstand schon wieder eine Wehe! Sie spürte, dass es nicht mehr lange dauern würde, bis das Kind zur Welt kam.

Die Magd und Veit kamen in die Stube. Veit trug ein Daunenkissen unter dem Arm. Er führte Margaretha zur Bank und drückte ihr das Kissen in den Rücken. Anna-Maria schürte das

Feuer und stellte einen Kessel Wasser auf. Ängstlich schaute die Magd zu Veit. Der nickte ihr aufmunternd zu.

Margaretha hatte den Blick gesehen. »Es ist schon gut, ihr zwei. Ich weiß, was zu tun ist. Und Veit, ich denke, es ist besser du verlässt den Raum.«

»Bist du sicher?«, fragte er zweifelnd.

»Aber ja!« Margaretha biss die Zähne zusammen. »Ich kann dich hier nicht gebrauchen. Mach dir keine Sorgen.«

»Gut, ich warte vor der Tür. Wenn du mich brauchst, ruf mich.«

Nachdem Veit die Stube verlassen hatte, rutschte Margaretha von der Bank auf den Boden und zog das Kissen mit sich. Sie tastete zwischen ihre Beine.

»Ich kann den Kopf schon fühlen.«

Anna-Maria brachte die Leintücher, anschließend half sie Margaretha, das Kissen unter Kopf und Rücken zu schieben. Margaretha ächzte laut auf und wälzte sich unruhig hin und her.

»Wasch dir bitte die Hände, bring das heiße Wasser her und mach ein Tuch nass«, befahl sie stöhnend.

Plötzlich musste Margaretha heftig pressen. Das Kind rutschte aus ihr heraus und mit ihm eine Menge Blut.

Anna-Maria nahm das Kleine hoch und hauchte mit schreckgeweiteten Augen: »Das ging aber schnell! Es ist ein Mädchen!«

Margaretha schlug enttäuscht die Augen nieder. Wie sehr sie sich einen Jungen für Veit gewünscht hatte, musste sie sich nun eingestehen.

Anna-Maria säuberte das Gesicht des Kindes und es begann zu schreien. Sie legte es der Mutter auf die Brust.

Veit stürmte in die Stube und strahlte glücklich. »Geht es dir gut?«

»Ja!« Margaretha atmete tief durch. »Wir haben noch ein Mädchen«, sagte sie dann niedergeschlagen.

»Ich freue mich!« Veit trat an sie heran und drückte ihr einen Kuss auf die Stirn. »Es ist gut so und Gottes Wille!«

Dann forderte er die Magd auf mitzukommen. Veit stopfte Margarethas Matratze mit frischem Stroh aus und Anna-Maria holte frische Wäsche.

Margaretha betrachtete ihr kleines Mädchen. Es war sehr zartgliedrig und schmächtig. Keines ihrer Kinder war bisher so klein gewesen. Sie legte es an die Brust und die Kleine begann sofort zu saugen. Margaretha selbst fühlte sich plötzlich schwach und kraftlos.

Tage später war das kleine Mädchen, das den Namen Anna bekommen hatte, schon gut gediehen. Margaretha dagegen erholte sich nur langsam. Immer wieder hatte sie Blut verloren. Sie war sehr blass und still. Anna-Maria umsorgte sie aufopfernd und flößte ihr abwechselnd einen stärkenden und einen blutstillenden Sud aus Taubnessel ein. Auch Veit wich kaum von ihrer Seite.

Eine weitere Woche später war die junge Mutter auf dem Weg der Besserung und konnte das erste Mal für kurze Zeit das Bett verlassen.

Das Unglück kam mit einer der vielen Besucherinnen, die das Neugeborene bewundern wollten, in das Haus des Schuhmachers. In Backnang wütete zur Zeit eine Krankheit, von der überwiegend Kinder betroffen waren. Sie litten an einem Hautausschlag mit hellroten kleinen Flecken, verbunden mit hohem Fieber.

Margarethas drei Töchter waren auch krank gewesen. Während die beiden älteren sich erholt hatten, schien Anna die Krankheit zwar zunächst ebenso überstanden zu haben, jedoch bemerkte Margaretha, dass der Blick des Mädchens getrübt erschien. Anna sah sie nicht mehr richtig an und reagierte auch kaum mehr auf ihre Mutter, wie es für ihr Alter richtig gewesen wäre. Im Mai des Jahres 1608 starb sie, ebenso wie viele andere Kinder.

Die Familie des Schmiedes Hans Haag hatte es am schlimmsten getroffen. Innerhalb von sechs Wochen verloren sie fünf Kinder, drei Mädchen und zwei Jungen. Das jüngste Mädchen war erst vier, das Älteste sechzehn Jahre alt gewesen.

Margaretha ergriff tiefe Niedergeschlagenheit. Tagelang verrichtete sie ihre Arbeit müde und überdrüssig. Alles erschien ihr unwichtig und nebensächlich.

Es wurde so schlimm, dass Veit in seiner Ratlosigkeit nach Elisabetha schicken ließ. Elisabetha erschien mit einem Korb voller Kräuter und bereitete als Erstes einen Trank aus Frauenmantel zu, den sie Margaretha aufzwang. Dann versuchte sie Margarethas Kampfgeist zu wecken.

»Das Leben muss weitergehen. Du wirst nicht aufgeben. Ich weiß das! Du bist eine Kämpferin! Und du hast noch zwei lebende Kinder!«

Durch Elisabethas regelmäßig verabreichten Kräutertrank und ihren Zuspruch ging es Margaretha immer besser. Sie konnte sich nach und nach wieder an kleinen Dingen erfreuen und schöpfte langsam neuen Lebensmut.

Im Oktober 1608 kam Herzog Johann Friedrich nach langer Verzögerung in Berlin an. Die weiteren Hochzeitsverhandlungen ließ er durch seine Gesandten führen, wobei das feierliche Beilager und das Vermählungsfest nach dem tragischen Aufschub auf den 5. November 1609 festgelegt wurde. Nun stand der Hochzeit mit Barbara Sophia von Brandenburg nichts mehr im Wege.

Die Auswirkungen des Gänseverbotes nahmen im Herbst und Winter drastische Züge an. Viele Bürger konnten nur noch eine karge Mahlzeit pro Tag zu sich nehmen und hatten niemals genügend zu essen. Auch Margaretha und Veit gingen an manchen Tagen hungrig zu Bett, wenn Margaretha kein zusätzliches Wurzelgemüse sammeln konnte. Doch die beiden ließen lieber ihren Kindern noch einen Kanten Brot oder eine Schüssel Brei zukommen, als dass sie selbst satt waren.

Manchmal überfielen Margaretha trübe Erinnerungen. Vielleicht wäre die kleine Anna ja nicht an den Folgen der Krankheit gestorben, wenn sie kräftiger gewesen wäre, dachte sie dann. Und wie jedesmal verbot sie sich diese Gedanken wieder. Sie musste an ihre anderen Kinder denken.

Auch der diesjährigen Hebammenprüfung hatte Margaretha bange entgegengesehen. Nicht wegen ihrer Leistungen, daran zweifelte sie nicht, aber sie hatte kein Geld, die Prüfung zu bezahlen. Viele Patientinnen konnten der Hebamme ihre Arbeit nicht mehr entlohnen. Wenn sie Glück hatte, bekam sie mal ein Stück Stoff oder ein paar Pergamentseiten oder andere Dinge, die sie wiederum auf dem Markt gegen Lebensmittel eintauschen konnte. Dies brachte sie auf die rettende Idee, wie sie ihre Prüfung bezahlen konnte. Schweren Herzens verkaufte sie dem Medicus ihren wertvollsten Besitz, das Werk der berühmten Hebamme Bourgeois.

Immer wieder gingen Männer im Morgengrauen in den Wald, um Wild zu erlegen, ohne dazu berechtigt zu sein. Dies geschah jedoch aus purer Verzweiflung, um ihre Familien vor dem Hungertod bewahren zu können. Sie nahmen dabei in Kauf, dass sie mit dem Tod bestraft werden würden, falls sie erwischt wurden.

Andere Bürger überlegten, ob sie sich den Auswanderern anschließen sollten. Im Jahr 1607 waren die ersten britischen Einwanderer an der Ostküste Amerikas gelandet. Ein Jahr später folgten die ersten deutschen Schreiner, Tischler und Glasbläser ins neue »gelobte Land«. Doch die Schiffsüberfahrt galt als sehr gefährlich. Viele Alte und vor allem Kleinkinder überlebten die entbehrungsreiche Reise nicht. Daher scheuten die Backnanger Bürger noch davor zurück, ihre Heimatstadt für immer zu verlassen. Zu groß war das Schreckensbild, das geschildert worden war. Außerdem besaßen sie nicht die nötigen Gulden, um die Fahrt zu bezahlen.

Im November 1609 wurde in Stuttgart die Hochzeit des Herzogs mit Barbara Sophia ein Dutzend Tage lang gefeiert. Zum Turnier anlässlich der Hochzeit zog Johann Friedrich von Württemberg mit einem Aufzug von über einhundert Teilnehmern, die das Vorhaben der Union verkündeten, auf den Turnierplatz. Auf einem Festwagen saßen kostümierte Musiker und auch die Leibwächter und Fußsoldaten waren verkleidet. Der Aufzug schlängelte sich durch die ganze Stadt bis zum Turnierplatz, so dass die Bevölkerung an dem farbenprächtigen Ereignis teilnehmen konnte.

Die Abordnung des Markgrafen Christian von Brandenburg hatte sich die Türkei als Vorbild genommen, da diese gerade sehr in Mode war. So erschienen die Musiker als Türken verkleidet. Doch die Bürger lachten sie aus, denn sie spielten keine türkische Musik, sondern laute europäische Blasinstrumente.

Für die geladenen Hochzeitsgäste, Fürsten und Abgesandte befreundeter Herrschaftshäuser, gab es Ritterspiele, Ringrennen und ein großes Feuerwerk.

Die Aufwendungen für die Hochzeit und die ganzen Feierlichkeiten kosteten eine stattliche Summe. Die bettelarme Bevölkerung freute sich zwar an den Belustigungen, nahm aber gleichzeitig die Verschwendung wahr und wurde wütend. Hatte man je so eine Prunksucht gesehen? Durch Köche, Stallmeister und sonstige Bedienstete erfuhren die Menschen von den riesigen Mengen an Fleisch, Brot, Bier und Wein, die benötigt worden waren. Sie konnten nur staunen über so viel Völlerei.

Margaretha und ihre Nachbarn verstanden die Welt nicht mehr. Da mussten sie sich abbuckeln, um über die Runden zu kommen, sie hatten gehungert und gedarbt, mussten Frondienste für ihren Lehnsherrn leisten und sich nun ungläubig anhören, wie ihr Herzog mitsamt seinen Gästen und seinem Gefolge sich unmäßigem Essen und Trinken hingaben. Margaretha fragte sich, wie es einen Gott für alle Menschen dieser Welt geben konnte, der es zuließ, dass die Schafe von den Böcken, die Guten von den Bösen getrennt wurden? Es fragte sich nur, wer der Gute und wer der Böse war. Hatte das einfache Volk es verdient, derart ausgenutzt zu werden, nur damit die Obrigkeit schlemmen konnte?

Margaretha beschloss nun, umso mehr um ihre paar Gänse zu kämpfen. Sie hatte es schwer genug, ihren Lebensunterhalt zu bestreiten und für die lebensnotwendigen Dinge wie Nahrung, Kleidung und Haus zu sorgen. Da konnte man ihr und den anderen Frauen doch nicht einfach die Gänse wegnehmen! Margaretha hatte inzwischen einen weiteren Grund, für die Gänse zu kämpfen. Sie hatte vor einem Monat wieder ein kleines Mädchen bekommen, das ebenfalls Anna hieß.

10. Kapitel

Heinrich Albrecht, der Bader, hatte erschreckende Neuigkeiten von seiner letzten Reise für Margaretha, als er im Frühjahr 1610 unverhofft bei Goldtners Station machte. Nach mehreren Wochen beschwerlicher Reise stand er bleich, abgezehrt und schwankend im Hof. Er schien um Jahre gealtert zu sein.

Anna-Maria schrie bei seinem Anblick entsetzt auf. Sie hatte sich furchtbar erschreckt. Fast wäre ihr der Korb mit den Eiern aus der Hand gerutscht. Wer war das? Sie brauchte einen Moment, um den Bader zu erkennen.

»Bring mich zu Frau Goldtner«, bat Heinrich schwach.

Die Magd sprang an seine Seite. »Legt den Arm um mich, ich stütze Euch.«

Sie führte den erschöpften Bader in die Stube und schob ihn auf die Bank. Schwer stützte er seinen Kopf auf seine Hände und schaute mit glasigen Augen ins Nichts.

Mit einem letzten furchtsamen Blick verließ Anna-Maria ihn und machte sich auf die Suche nach ihrer Herrin. Sie fand sie am Bett ihrer schlafenden Tochter. Anna-Maria hatte von dem unruhigen Schlaf des Kindes berichtet, als sie im Morgengrauen auf Margaretha traf. Diese war besorgt ins Zimmer der Schlafenden gegangen, aber ihre Befürchtungen hatten sich nicht bestätigt. Sanft strich sie über den Kopf ihrer kleinen Tochter Ursula. Für einen kurzen Moment verweilten ihre Finger auf der Stirn des Kindes.

»Gott sei Dank, kein Fieber!«, flüsterte sie leise.

Diesmal war das Mädchen nicht krank. Kühl und nun tief schlafend lag das Kind in seinem Bett. Leise stand Margaretha auf, vorsichtig zog sie die Tür hinter sich zu und begleitete die Magd hinunter.

»Herr Albrecht, was ist passiert?«, fragte Margaretha bestürzt, als sie ihn sah.

Der Bader blickte auf und seine Züge verdunkelten sich. »Eine gehörige Tracht Prügel habe ich bezogen, das ist passiert.« Mit grimmiger Miene fuhr er fort: »Wie gewohnt habe ich auf dem Ellwanger Markt meine Dienste angeboten, als eine Horde grölender Knaben mich angriff und als Hexer beschimpfte. Einer der angriffslustigen Kerle schwang einen Knüppel. Als ich mich vor ihm aufbaute und fragte, was er wolle, schlug er sofort zu. Das Blut stürzte sofort in Strömen über mein Gesicht. Aber anstatt von mir abzulassen, ergriff einer der Buben einen Stein und warf nach mir. Daraufhin schlossen sich die anderen an und die Steine prasselten nur so auf mich ein.« Seine letzten Worte verloren sich im Raum.

Betreten schwieg Margaretha einen kurzen Moment, dann trat sie auf den Alten zu und nahm ihn ruhig in den Arm.

»Was war der Grund für ihre Besessenheit?«, fragte Anna-Maria.

»Besessen ist der richtige Ausdruck«, erwiderte Heinrich. »Man könnte meinen, der Teufel sei in die Kinder gefahren. In Ellwangen herrscht ein heilloses Durcheinander. Jeder darf jeden beschuldigen. Die Menschen dort laufen wirr durch die Stadt und beschuldigen wahllos Nachbarn, Freunde und Fremde der Hexerei. Die Anschuldigungen sind natürlich völlig haltlos.« Er schüttelte ratlos den Kopf. »Die Bevölkerung dort glaubt doch tatsächlich, der Teufel könne in ihre Körper fahren. Aber wenn ich es mir so recht überlege, dann reagieren manche wirklich merkwürdig, als wären Dämonen in ihnen. Sie haben Anfälle, in denen ihr Körper, ihre Hände und Füße durcheinandergeschüttelt werden. So etwas habe ich noch nicht gesehen.«

»Sie sind also tatsächlich besessen?«, fragte Margaretha.

»Ich kann es mir nicht erklären, hätte ich es nicht mit eigenen Augen gesehen, ich würde es nicht glauben. Sie ziehen durch den Ort und werfen auf gut Glück bei vermeintlichen Hexen Steine in die Fenster. Sie machen bei ihren Anschuldigungen auch vor Fremden nicht halt. So bin ich zu ihrer Zielscheibe geworden.«

»Wie seid Ihr den gewalttätigen Besessenen entkommen?«, erkundigte sich Anna-Maria atemlos.

»Mein Glück war, dass ich unter Aufbietung aller meiner Kräfte unter meinen Karren kriechen konnte. In diesem Moment kamen vom Lärm angelockt ein paar Wachsoldaten angerannt. Sie verscheuchten die Kerle mit ihren Hellebarden und die Besessenen rannten johlend fort.«

»Und Ihr, was passierte mit Euch?«

Stockend berichtete Heinrich weiter: »Ein paar Tage hielt ich mich bei einem befreundeten Kaufmann versteckt. Durch ihn erfuhr ich von der aufgeheizten Lage in Ellwangen. Er erzählte mir, dass schon fünf Frauen und ein Mann wegen Hexerei angeklagt worden seien. Man hatte sie in Gewahrsam genommen und in der Probstei festgesetzt. Johann Christoph von Westerstetten, der Probst, setzte ein Verfahren gegen sie in Gang. Im Rechtssinn wurden sie verhört, natürlich mit den üblichen Foltermethoden wie Daumen- und Beinschrauben. Wie man munkelt, ist der Probst nicht zimperlich mit seinen Anschuldigungen. Er verdient auch ordentlich daran, die Angehörigen müssen ein stattliches Vergeltungsgeld für die Angeklagten zahlen. Oft belaufen sich die Summen auf mehrere hundert Gulden. Das können die kleinen Leute nur schwer aufbringen, also sind sie gezwungen, etwas von ihrem Grund und Boden zu verkaufen. Jeder Richter, Scharfrichter, Henker erhält etwas davon und am meisten natürlich der Probst.«

»Das ist ja furchtbar!«, stöhnte Margaretha.

»Nun, die Frauen gaben zu, auf dem Blocksberg getanzt zu haben und außerdem mit dem Teufel im Bunde zu stehen. Das Schlimme ist aber, dass sie noch weitere Bürger als Hexen benannten.«

»Und der Mann, blieb er standhaft?«, fragte Anna-Maria ängstlich.

»Der Mann leugnete beharrlich weiter, bat aber aufgrund der entsetzlichen Folter nur noch um seinen baldigen Tod. Der Probst selbst leitete die Vernehmungen, wurde aber von einer Reihe bischöflicher Räte unterstützt. Im Laufe der Hexenverfolgung wurden so in verschiedenen Orten schon ein Dutzend Angeklagter hingerichtet. Zeigte sich aber einer von ihnen reumütig und als frommer Christ, dann wurde er verschont.« Der Bader schnaubte verächtlich. »Er wurde dann nicht auf dem Scheiterhaufen verbrannt, sondern bekam eine gnädige Art des Todes, die Enthauptung durch den Henker. Natürlich habe ich mich dann auf dem schnellsten Weg aus dem Staub gemacht. Mein Weg wird mich nicht mehr so schnell nach Ellwangen führen. Auch wenn ich dem Kalten Markt, dem dortigen Pferdemarkt, gerne treu geblieben wäre. Dort hat sich mein Geschäft in den letzten Jahrzehnten immer reichlich ausgezahlt.

Danach bin ich, vorbei am Kloster Comburg, über Crailsheim und mit einem großen Umweg nach Schwäbisch Hall über den alten Handelsweg durch den Mainhardter Wald und dann nach Backnang gereist. Der alte Handelsweg war für mich bisher immer interessant, da ich an dem an der Steige von Cröffelbach gelegenen Gasthaus *Ochsen* oft auf kauffreudige Mitreisende traf. Manchmal habe ich auch schon den einen oder anderen guten Tausch gemacht. Ganz selten wurde mir wertloser Tand angeboten.« Heinrich schüttelte, nun schon wieder schmunzelnd, den Kopf.

»Bitte erzähl weiter!«, forderte Margaretha den Bader auf.

»Das Gefälle von Wolpertshausen hinunter nach Cröffelbach kann ich allein mit meinem Karren nur schwer bewältigen. Das Flüsschen Bühler ist einfacher zu überwinden, da es eine alte Steinbrücke für die Überquerung gibt, doch dann führt nur eine enge und steile Steige weiter, die sich durch den Wald in Richtung Bühlerzimmern hochzieht. Die Wirtsleute des *Ochsen* machten ein gutes Geschäft mit mir, indem sie Ochsen vor meinen vollbepackten Karren spannten, damit ich den schmalen, steilen Weg bewältigen konnte. Mein alter Klepper ist nicht mehr stark genug dafür.« Der Bader schnaufte schwer. »Hier traf ich einen alten Bekannten aus Schwäbisch Hall wieder, der mit seinem Salzfuhrwerk den Handelsweg nach Stuttgart ebenfalls nutzt. Er war in Begleitung weiterer Handelsreisender mit ihren Gespannen und so schloss ich mich ihnen gerne an. Im Mainhardter Wald treiben nämlich Räuber ihr Unwesen, wie der Ochsenwirt uns erzählte. Ein Überfall am hellichten Tag hat mir gereicht!

In diesem sicheren Geleit reiste ich weiter über Großerlach und Sulzbach nach Oppenweiler. Hier trennten sich unsere Wege, denn mein Bekannter und die übrigen Handelsreisenden wollten weiter auf den Bergrücken hinüber nach Reichenberg. Dort oben befindet sich am westlichen Ende des Ortes die Burg desselben Namens. Mein Bekannter plante einen kurzen Abstecher zum Forstmeister Johann Endriß. Übrigens auch ein guter Kunde von mir.«

»Oh, den kenn ich auch gut. Für seine kleine Tochter Maria habe ich eine Amme besorgt.«

»Die anderen Reisenden wollten mich noch überreden, mit in einen Besen zu gehen, aber ich fühlte mich nach der Prügelei und der anstrengenden Fahrt zu zerschlagen. So führte mich mein weiterer Weg von Oppenweiler über den steilen Staigacker, vorbei am Seehof, durch das Sulzbacher Tor in die Stadt.«

»Ist das überall so, dass diese kleinen Besenwirtschaften, die sich in den Wohnstuben der ortsansässigen Weinbauern befinden, durch einen Kranz aus Tannenreisig oder Stroh an den Haustüren zu erkennen sind?«, fragte Anna-Maria.

»So ist es. Normalerweise bin ich immer gerne in einen Besen gegangen. Egal, wann und wo ich einkehrte, war es immer fröhlich und gesellig. In der Gesellschaft von Bauern und Handwerkern und ab und zu einem weit gereisten Fremden habe ich bei so manchem Becher Wein und einer einfachen Mahlzeit immer die besten Gerüchte und Neuigkeiten gehört. Je weniger Platz es gab und je dichter wir auf einer schmalen Bank beisammensaßen, desto mehr habe ich erfahren. Aber nun laufen die Geschäfte schlecht und wegen meiner Erfahrungen mit Ellwangen bin ich erst einmal vorsichtig geworden. Die Gefahr für Leib und Seele ist mir zu groß. So habe ich mich bis nach Backnang durchgeschlagen, denn bei Ihnen fühle ich mich sicher.«

»Wie soll es jetzt nur weitergehen?« Margaretha zuckte ratlos mit den Schultern.

»Ich werde mich jetzt wohl auf die Gebiete im Nordwesten des Landes beschränken, dort sind die Hexenverfolgungen nicht so ausgeprägt wie im Süden und die Bevölkerung ist weniger aufgewühlt. Wie ich gehört habe, ist unser Fürstlich Gnaden Herzog Johann Friedrich leider auch ein Verfechter der Hexenverbrennung.« Heinrich Albrecht seufzte tief. »Das ist mir alles viel zu heiß!«

Anna-Maria schauderte: »Mir ist die Angst in die Glieder gefahren. Ein unbesonnenes Wort und ein Nachbar, Freund oder Feind kann dich der Hexenverfolgung aussetzen!«

»Nun«, entgegnete Margaretha, »es kann jedenfalls nicht schaden, darauf zu achten, was man zu wem sagt. Ich werde meiner Freundin Elisabetha raten, nach Murrhardt zurückzugehen. Dort hat sie einen ausgezeichneten Ruf in der Bürgerschaft. Ich weiß zwar, dass auch hochgestellte Persönlichkeiten durchaus nicht von der Willkür der Verfolger verschont bleiben, aber dennoch wird sie dort einen besseren Schutz haben als hier. Ihre Tante steht bei der Nachbarschaft in Verruf, eine Hexe zu sein. Als Verwandte ist Elisabetha leider auch gefährdet, zumal sie eine hervorragende Heilkundige ist und sich sehr gut mit Kräutern auskennt. Und jetzt lasst mich nach Eurem Kopf sehen, der Verband sieht schrecklich aus.«

Die heilende und hilfsbereite Natur in Margarethas Wesen regte sich. Eifrig wickelte sie den verkrusteten, dünnen Verband ab, wischte Heinrich Albrecht mit einem feuchten, mit Kamille getränkten Lappen behutsam das vertrocknete Blut von der Schläfe und betupfte vorsichtig die kleine Platzwunde.

»Da habt Ihr aber Glück gehabt, dass das nicht genäht werden musste. Euer Dickschädel hält eine ganze Menge aus, scheint mir.«

»Ja, danke, das ist richtig. Er hat mir vermutlich mein Leben gerettet. Es hätte auch schlimmer ausgehen können.«

»Ich würde Euch gerne mehr helfen, aber viel kann ich Euch nicht bieten, außer einem Dach über dem Kopf für die nächsten Tage. Wie wäre es damit?«

»Oh, da wäre ich Euch sehr dankbar. Nachdem ich so unverhofft noch mal in diese Gegend gekommen bin, brauche ich einen Unterschlupf am nötigsten«, freute sich der Bader.

»Aber jetzt zu etwas anderem: Erinnert ihr Euch noch an die Geschichte, die ich euch über die Erfindung des Fernrohres und seiner verschiedenen Erfinder erzählt habe?«

»Aber ja, was ist damit?«, fragte Margaretha.

»Bereits ein Jahr nach der Patentanmeldung im Jahr 1608 wurden die Fernrohre Lipperheys in Paris verkauft«, erzählte der Bader.

»Oh, in Paris«, hauchte Anna-Maria ehrfürchtig.

»Ja, Paris. Aber viel interessanter ist, dass in dem weit entfernten Italien ebenfalls im letzten Jahr ein Astronom namens Galileo Galilei auch von den holländischen Fernrohren hörte und sie nachbaute. Doch er war mit den Erfolgen und der mehrmaligen Vergrößerung noch nicht zufrieden, deshalb probierte er weiter. Galilei kaufte sich Linsen und schliff sie selbst nach seinen Vorstellungen, dadurch erreichte er inzwischen eine 20-fache Vergrößerung!«

»Das ist enorm!«

»Genau und er war der Erste, der damit den Himmel beobachtete. Durch die Erforschung der Himmelskörper entdeckte er zum Beispiel, dass das mattleuchtende Band am Himmel, welches wir Milchstraße nennen, aus unzähligen einzelnen Sternen besteht. Außerdem fertigte er mit seiner Gänsefeder Zeichnungen von der Mondoberfläche an und veröffentlichte seine Entdeckungen letztes Jahr im ›Sidereus Nuncius‹, dem Sternenboten. Das Buch war innerhalb kürzester Zeit schon vergriffen, so schnell konnte man gar nicht gucken, wie es ausverkauft war! Galileo Galilei erlangte weitreichenden Ruhm, der auch bis zu uns vorgedrungen ist. Seine völlig neuartige

Darstellung des Himmels hat unter den Gelehrten große Aufregung verursacht und nicht alle wollen ihm glauben. Vor allem in der Kirche hat man große Bedenken.«

Margaretha schaute in die Runde und atmete einmal tief. »Dagegen sind unsere Backnanger Sorgen doch eher klein. Im Vergleich zu Ellwangen geht es bei uns ja richtig friedlich zu. Die paar Querelen mit der Obrigkeit wegen der Gänse sind nichts gegen Scheiterhaufen und Prozesse gegen angebliche Hexen.«

»Wir sind friedliebende Bürger und wollen deshalb unseren Streit auf gütlichem Wege beilegen.« Die Magd Anna-Maria drückte mit ihren schlichten Worten all das aus, was auch die anderen dachten und empfanden.

Bereits vier Jahre waren seit dem Verbot der Gänsehaltung 1606 durch Vogt und Rat in Backnang vergangen und noch immer hatte es keine Veränderung gegeben. Mittlerweile gab es keine Gänse mehr in der Stadt. Aber die Frauen in Backnang hatten die Hoffnung noch nicht aufgegeben, dass die Zeiten sich wieder ändern könnten. Ein paar mutige Frauen, unter ihnen auch Margaretha, versuchten beharrlich, das Verbot rückgängig zu machen.

Margaretha erhielt im August 1610 eine Nachricht von der Stiftsmüllerin Christina Ludewig. Sie kam gerade müde und erschöpft von einer anstrengenden Geburtshilfe nach Hause, da brachte ihr Anna-Maria das Schreiben. Margaretha nahm am Stubentisch Platz und las die Nachricht. Die Stiftsmüllerin schrieb vom geplanten Besuch des Herzogs Johann Friedrich in Backnang. Hierauf war ihr die Idee gekommen, wiederum ein Bittschreiben zu verfassen, allerdings an den Herzog persönlich.

Margaretha war fasziniert von dieser Idee. Am frühen Morgen des nächsten Tages schickte sie Anna-Maria mit der Bitte um weitere Erläuterungen zur Stiftsmüllerin.

Die Magd kam strahlend zurück. Sie war ganz erhitzt, so schnell war sie nach Hause geeilt. Margaretha schenkte ihr einen Becher Wasser ein.

Durstig spülte Anna-Maria das Wasser hinunter, dann sprudelte sie freudig hervor: »Die Stiftsmüllerin bittet Euch um die Nachmittagszeit zu sich, da möchte sie mit Euch das weitere Vorgehen besprechen.«

Als Margaretha ins Haus der Stiftsmüllerin kam, fand sie dort auch Sara Priemwies in der Stube vor. Sie begrüßten sich freundlich.

Christina Ludewig ergriff das Wort: »Herzog Johann Friedrich kommt in der dritten Augustwoche mit seinem Gefolge in die Stadt. Mein Ehemann und Saras Gatte haben die Einladung zur Teilnahme an der Jagd des Herzogs bekommen.«

»Er möchte unsere vortrefflichen Wildschweine jagen!«, platzte Sara Priemwies heraus.

»Das ist sein gutes Recht«, wies Christina Sara nachdrücklich zurecht. »Weswegen sollte er wohl sonst Backnangs Wälder aufsuchen. Das Jagdgebiet ist groß und reich bestückt.«

»Ich weiß«, sagte Sara kleinlaut. »Unsere Männer können sich glücklich schätzen, eine Einladung bekommen zu haben, nachdem die Jagd nur der Obrigkeit vorbehalten ist.«

»Wie wäre es nun, wenn ich meinen Mann bitten würde, mich zum Empfang des Herzogs mitzunehmen. Dort könnte ich versuchen, bei ihm vorstellig zu werden und ihm unser Bittschreiben zu überreichen.«

Nach zaghaftem Klopfen öffnete sich die Tür und eine Magd kam mit einem Tablett beladen herein.

»Darf ich Ihnen eine Erfrischung anbieten?«

Die Frauen nahmen das Angebot dankbar an. Die Magd goss einen Becher voll Dünnbier und reichte ihn Sara Priemwies. Den nächsten Becher reichte sie Margaretha, danach erst bediente sie die Hausherrin. Anschließend blieb sie stehen und wartete auf weitere Anweisungen. Doch die vorsichtige Stiftsmüllerin schickte das junge Mädchen aus dem Raum.

Sara lächelte Margaretha an, als ob sie Verbündete wären. »Nun, meine Liebe, was haltet Ihr von dem Vorschlag, beim Herzog persönlich vorstellig zu werden?«

»Ein ausgezeichneter Plan, ich hoffe, der Herzog schenkt uns Gehör.«

Christina durchquerte den Raum und blieb vor einer kleinen Schreibkommode stehen. Sie öffnete ein Schubfach und nahm einen Bogen Pergamentapier heraus. Zusammen setzten sie ein Bittschreiben an Herzog Johann Friedrich auf.

Christina beugte sich verschwörerisch in Margarethas Richtung. »Hebamme Goldtner, Ihr kommt doch in der ganzen Stadt herum. Ich möchte Euch deshalb bitten, unsere Backnanger Bürgerinnen, Ihre Nachbarinnen und Patientinnen, aufzufordern, ihre Namen unter unser Bittschreiben zu setzen.«

»Liebend gerne.«

In großem Einvernehmen tranken sie ihr Bier. Plötzlich klopfte es heftig.

»Herein!«, rief die Stiftsmüllerin energisch.

»Euer Herr Gemahl wünscht Euch zu sprechen«, sprach die Magd.

Ohne Umschweife sprang Margaretha auf. »Ich möchte Euch nicht länger aufhalten und verabschiede mich. Ich habe noch genügend Besuche zu erledigen.«

Auf dem Heimweg schweiften Margarethas Gedanken zu Herzog Johann Friedrich. Warum sollte er den Backnanger Frauen helfen? Es war zwar bekannt, dass er wie sein Vater den Frauen sehr zugetan war. Sie hatte noch sehr gut in Erinnerung, was Elisabetha geschehen war. In ihren Augen hatte der alte Herzog die Freundin sehr unfein behandelt, obwohl sie ein Geschenk erhalten hatte. Gerade das war ja demütigend gewesen. Ob das Interesse des neuen Herzogs an den Frauen auch ausreichte, um sie gegen den Backnanger Vogt und seine Räte zu unterstützen? Konnte er die Nöte der einfachen Frauen verstehen? Margaretha hoffte inbrünstig, dass dem so war.

Zuhause traf Margaretha auf Caspar, der gerade fröhlich pfeifend die Werkstatt verließ. Der Junge hatte sich prächtig entwickelt. Mit seinen breiten Schultern, der großen, etwas gedrungenen Figur und der tiefen Stimme hatte er nichts mehr mit dem schlaksigen Jungen gemein, den sie kennengelernt hatte. Er war mit seinen sechzehn Jahren mitten in seinem dritten Lehrjahr. Er hatte Spaß an der Arbeit, war fleißig, hatte schon einige ausgezeichnete Schuhe hergestellt und war der ganze Stolz von Veit.

Caspar hatte in Veit eine Art Vaterersatz gefunden. Dessen Meinung galt ihm sehr viel. Seit der Nacht, in der Simon verschwunden war, hatte Veit sein absolutes Vertrauen gewonnen. Den Trost und die Zuneigung, die er von Veit und Margaretha nach diesem Ereignis bekommen hatte, half ihm, über den schweren Verlust seines besten Freundes hinwegzukommen. Am Anfang hatte er sich verkrochen, kaum geredet und wollte nur in Ruhe gelassen werden. Seine Gedanken kreisten immer und immer wieder darum, ob er seinen Freund hätte retten können, wenn er sich nicht versteckt hätte oder ihm sofort gefolgt wäre. Er machte sich die größten Vorwürfe. Manchmal bedauerte er sogar, dass er nicht an Simons Stelle gewesen war.

Es war sinnlos, zu sehr in ihn zu dringen, wie Margaretha herausfand. Erst mit viel Geduld und Feingefühl gelang es ihr, Caspars Verstockung zu lösen. Es war für ihn eine große Erleichterung, als er endlich über seine Gedanken und Gefühle reden konnte. Die Anteilnahme, die ihm daraufhin entgegengebracht wurde, mündete in totale Erschöpfung. Er fühlte sich vollkommen ausgelaugt und schlief einen ganzen Tag lang, doch schon am folgenden Tag nahm er seine Arbeit wieder wie gewohnt auf.

Er war nach wie vor ruhig, aber freundlich und bemüht. Margaretha und Veit waren froh, dass der Bann gebrochen war, es verschaffte ihnen tiefe Erleichterung. Von nun an sprachen sie nicht mehr über Simons Tod. Und doch ließen ihn die Gedanken über die Umstände bei Simons Verschwinden nie vollständig los. Ob bei den Tändeleien mit Florina, der Magd des Rotgerbers Jacob Gerber, bei der Arbeit in der Werkstatt oder den verschiedenen Festen, bei denen er sich vergnügte, niemand wusste von seiner Sehnsucht, den Mörder seines besten Freundes zu finden.

Einmal war er sich sicher gewesen, den geheimnisvollen Fremden gesehen zu haben, mit dem Simon damals mitgegangen war. Er vertraute sich Margaretha nach ein paar Tagen an. Gemeinsam versuchten sie, seiner Spur zu folgen und befragten

Anwohner, aber es ließ sich kein Anzeichen dafür finden, dass tatsächlich ein Fremder hier gewesen war.

Der wiederum zur Hilfe gerufene Amtmann fühlte sich nicht zum Eingreifen veranlasst.

Das schmerzliche Verlangen, die heimtückische Tötung seines Freundes aufzuklären, verließ Caspar nicht. Am schlimmsten war es im November, an Allerseelen, dem Gedächtnistag für die Verstorbenen. Wenn er eine Kerze für seinen Freund entzündete, betete er um einen Hinweis auf den Täter.

Nach dem Tod eines Neugeborenen, dessen Geburt sie begleitet hatte, ging die Hebamme Margaretha gleich zum Haus des Karrenmannes Franck, wie sie es jedes Mal in einem solchen Fall tat. Zudem war ihr etwas in den Sinn gekommen. Sie traf dessen Frau Agnes an.

»Sagt mir bitte, ich weiß, es ist schon lange her, aber könnt Ihr Euch daran erinnern, ob der Medicus von Ulm euren kleinen Buben untersucht hat, nachdem er verstorben war?«

»Ich weiß zwar nicht, was Euch das zu interessieren hat, doch er hat mich tatsächlich damals gefragt, ob er meinen armen kleinen Jungen für seine wissenschaftlichen Zwecke untersuchen dürfte. Meine größte Sorge war, ob er ein anständiges Begräbnis erhalten würde.«

Wohlweislich verschwieg sie die großzügige Summe Geldes, die ihr der Medicus heimlich in die Hand gedrückt hatte, als er ihre Hand nahm, um ihr sein Beileid auszudrücken.

»Hat er denn gar nicht gesagt, was er mit ihm macht? Hat es Euch nicht interessiert?«, fragte Margaretha neugierig.

Sie hatte das mehrfache Auftauchen des Medicus und dessen Gehilfen bei einigen der Todesfälle in der Stadt nicht vergessen.

»Nein!«, schluchzte Agnes. »Das hätte mir meinen Jungen auch nicht wieder lebendig gemacht. Ich wollte nur einen Begräbnisplatz auf dem Friedhof unterhalb der Kirche, wie ihn jeder angesehene Bürger bekommt. Mein Mann hätte ihn natürlich auch unter die Erde gebracht. Eine Ecke auf dem Armenfriedhof wäre ihm sicher gewesen.« Sie schneuzte kräftig in ein schmuddeliges Tuch. »Aber der Medicus versprach mir, dafür zu sorgen, dass er ein schönes Grab bekommt, wo ich meinen Engel jederzeit besuchen kann.« Hilflos schüttelte sie den Kopf. »Das ist mein einziger Trost!«

»Hat er denn sein Versprechen eingehalten?«, fragte die Hebamme.

»Ja, das hat er. Mein Junge hat sein kleines Grab bekommen.«

Wortlos nahm Margaretha sie in den Arm.

Nach einem kurzen Moment befreite sich Agnes Franck aus der Umarmung. »Sagt, weswegen wolltet Ihr meinen Mann sprechen?«

»Ich wollte Euren Mann bitten, ein kleines Grab für einen ungetauften Säugling zu graben. Das Kirchengesetz besagt leider, dass ungetaufte Menschen außerhalb des Friedhofs begraben werden müssen, wie Ihr sicherlich wisst. Ich war gerade dabei, die Tauffformel zu sprechen, um das Kind von der Ursünde zu erlösen, weil ich bemerkte, dass es zu sterben drohte, da atmete es schon nicht mehr. Leider war ich zu spät.«

»Ich werde es meinem Mann ausrichten.« Agnes wies Margaretha den Weg zur Tür. »Nun lasst mich bitte alleine.«

Da drehte sich Margaretha noch einmal um. »Habt Ihr schon davon gehört, dass wir Backnanger Frauen ein Bittschreiben an Herzog Johann Friedrich aufgesetzt haben?«

»Ich glaube nicht, dass es mich interessiert«, antwortete Agnes.

»Aber es betrifft uns doch alle. Wir Frauen fordern unsere Gänse zurück. Jede Bürgerin Backnangs soll ihren Namen unter das Schreiben setzen«, drängte Margaretha.

»Das werde ich nicht tun. Mein Mann wird damit nicht einverstanden sein.« Mit diesen Worten schloss Agnes Franck die Tür vor Margarethas Nase.

Verblüfft über diese Abfuhr wandte sie sich ab. Dennoch beschloss sie, sich nicht unterkriegen zu lassen und es bei ihren nächsten Nachbarn zu versuchen. Hoffentlich waren mehr Frauen bereit, Verantwortung zu übernehmen, und fertigten sie nicht mit irgendwelchen Ausreden ab, dachte sie.

11. Kapitel

Am 20. August 1610, dem Tag, als Herzog Johann Friedrich mit seinem Gefolge in Backnang eintraf, stand die Sonne immer wieder versteckt hinter Wolken am Himmel und bescherte den Bürgern den schwülsten Sommertag des Jahres. Umso erstaunter betrachtete seine Gnaden Herzog Johann Friedrich den Menschenauflauf vor dem Rathaus mitten in der Stadt.

Nach der Begrüßung durch den Vogt und seine Ratsherren versammelte Herzog Johann Friedrich sein Jagdgefolge um sich. Die Gesellschaft plante, sofort in den Backnanger Wald zu reiten, da sie am Nachmittag zu einem herrschaftlichen Mahl im Stift erwartet wurden. Zudem wollten sie vor dem Gewitter, das an solch schwülen Tagen oft drohte, zurück sein.

Da drängte sich eine Gruppe Frauen vor die Stufen des Rathauses und bat um das Gehör des Herzogs.

»Eure herzogliche Gnaden!«, riefen sie. »Herzog Johann Friedrich, bitte wartet!«

Der Vogt, Leonhard Korn, schrie erbost: »Geht fort, ihr Weiber, ihr habt hier nichts zu suchen!«

Christina Ludewig trat mutig vor. »Wir haben hier ein Bittschreiben an den Herzog, welches wir ihm persönlich überreichen möchten.«

Der Vogt schüttelte stoisch den Kopf, er wollte nicht mit den störrischen Frauen reden.

»Bitte, lasst uns zu ihm!«, bat die Stiftsmüllerin.

»Nein, das ist nicht die Angelegenheit seiner herzoglichen Gnaden!«, erklärte der Vogt.

Da trat der Herzog unter der Tür hervor. »Lasst das meine Sorge sein, ob dies meine Angelegenheit ist!« Seine Stimme war leise, klang aber bedrohlich.

Leonhard Korn trat erschrocken zurück.

»Die Frauen wünschen mich in welcher Sache zu sprechen?«, fragte der Herzog.

Christina Ludewig ging einen Schritt auf den Herzog zu, machte einen ehrerbietigen Knicks und überreichte ihm das Dokument.

Herzog Friedrich nahm das Schreiben, entrollte es und begann zu lesen.

Euer Fürstlich Gnaden, Herzog Johann Friedrich!

Die Backnanger Obrigkeit und Leonhard Korn, unser Vogt zu Backnang, haben ein Verbot zur Gänsehaltung erlassen.

Das Verbot trifft alle Backnanger Bürger schwer, aber besonders die Unvermögenden. Wir Backnanger Frauen sehen uns daher außerstande, der herzoglichen Hofhaltung bei ihren Aufenthalten in Backnang unsere Federbetten zu überlassen.

Die Bürgerinnen Backnangs wären gewillt, eine am Vermögen bemessene Zahl Gänse zugebilligt zu bekommen.

Wir bitten hierauf Euer Fürstlich Gnaden ganz demütig und hochfleißig, wegen unserer oben aufgeführten Ursachen durch gnädigen Befehl unsere vorgesetzte Obrigkeit zu Backnang zu veranlassen, uns Gänse halten zu lassen, wie es von Alter an her hier üblich war.

Ihre ergebensten Bittstellerinnen

Christina Ludewig, Sara Priemwies, Catharina und Margaretha Krautter, Anna Maria und Catharina Kurz, Barbara Mayer, Catharina Ludewig, Margaretha Goldtner, Magdalena Nis, Dorothea Höchberger, Anna Schuoh, Catharina Hag, Anna und Agatha Hag, Anna Binder und ihre Kinder, und alle Frauen und Bürgerinnen zu Backnang

Der Herzog rollte das Schreiben zusammen und wandte sich gesetzt an den Vogt und den Rat. »Nun, meine Herren, ich bitte Euch, dazu Stellung zu nehmen. Ich erwarte Eure schriftliche Erklärung noch heute.«

Daraufhin drehte er sich brüsk um und ließ die Ratsherren stehen. Er ging die Stufen des Rathauses hinab und stieg auf das bereitstehende Pferd. Seine Diener und das gesamte Jagdgefolge machten sich mit ihm an der Spitze in Richtung Sulzbacher Tor auf den Weg zur Jagd.

Johannes von Genth reiste mit der Delegation des Herzogs von Altenburg nach Backnang. Er schätzte das höfische Leben, obgleich er Zerstreuungen wie Jagd oder Tanz zuvor nicht gewohnt gewesen war. Als verarmter Adliger mit einer untadeligen Erziehung, umfassend gebildet in Religion, Geschichte und vor allem Sprachen, war er vom herzoglichen Haus als Staatsdiener angenommen worden. Er war zufrieden mit seinen Aufgaben. Als Regierungsbediensteter hatte er zu höfischen Kreisen Zutritt, den er aufgrund seiner finanziellen Lage ansonsten nicht gehabt hätte.

Er machte sich seine eigenen Gedanken über die kleine Stadt und ihre rebellischen Bewohnerinnen. Amüsiert hatte Johannes die aufgebrachten Frauen beobachtet, als sie das Bittschreiben an Herzog Johann Friedrich überreichten. Besonders ins Auge gefallen waren ihm zwei junge Frauen, die etwas abseits von der aufwieglerischen Gruppe gestanden hatten. Eine der Frauen hatte unverkennbar eine Frauenhaube getragen, die Kopfbedeckung der verheirateten Frau. Die andere, ohne Haube, hatte es ihm angetan. Sie war das anmutigste und hübscheste weibliche Wesen, das er je zu Gesicht bekommen hatte. Kornblumenblaue Augen strahlten in ihrem zarten Gesicht, das dunkelblonde Haar passte perfekt zu ihrer hellen Haut. Johannes spürte sofort eine ungeheure Anziehungskraft von diesen Augen ausgehen. Kaum konnte er dem Geschehen vor dem Rathaus folgen, so sehr stand er im Bann dieser Frau. Erst als sein Pferd unruhig tänzelnd sich langsam in Richtung des großen Jagdgefolges drehte, wurde er wieder gewahr, wo er sich befand. Beruhigend tätschelte er den Hals seines Pferdes und sprach leise auf es ein. Als sich die Gruppe der Bittstellerinnen zerstreute, erhaschte er noch einen kurzen Blick auf die anmutige junge Frau, bevor sie in der Menge verschwand.

Im Galopp folgte er dem großen Gefolge, das schon fast aus seiner Sicht verschwunden war.

Die nächsten Tage hielt er immer wieder Ausschau nach dieser schönen Frau, wenn er mit dem Jagdgefolge durch die Stadt ritt. Aber sie schien verschwunden und ihm blieb nur die Erinnerung.

Leonhard Korn kochte vor Wut. Schnaubend wandte er sich den Ratsherren zu. »Diese verdorbenen Weiber haben es tatsächlich gewagt, sich persönlich an den Herzog zu wenden. Unglaublich!«

»So dreist!«, schimpfte Paul Baur, der Goldschmied und Ratsherr.

»Ich berufe jetzt sofort eine Sitzung ein. Ruft alle Ratsherren zusammen. Wir treffen uns im großen Sitzungszimmer.«

Auch Jeremias Bäderlin folgte dem Aufruf des Vogtes. Zwar erwartete er die Ankunft des Medicus, doch da er nie genau wissen konnte, wann dieser letzlich eintraf, machte er eine kurze Notiz an die Eingangstür und beeilte sich fortzukommen. Die drückend feuchte Hitze ließ den Freund vermutlich nur am frühen Morgen oder am späten Abend reisen, da jedermann es vermied, sich in den Mittagsstunden körperlich anzustrengen. Natürlich würde er die Gefahr eines Hitzschlags während seiner Reise nach Backnang vermeiden wollen. Und nachdem Jeremias noch immer keine Räume für die wissenschaftlichen Forschungen des Medicus gefunden hatte, bezog Gregor Horstius wieder in seinem Haus Quartier.

Aus dem Protokoll der Sitzung vom zwanzigsten August des Jahres 1610. In einvernehmlicher Stellungnahme geben der Vogt und der Rat von Backnang an Herzog Johann Friedrich bekannt:

Das Gänsehalten ist vor zwei oder drei Jahren verboten worden, weil die Gänsehaltung der armen Leute, die nichts auf dem Feld haben, überhandgenommen hat. Zwar ist gelegentlich ein Hirte, häufiger aber kleine Buben zu den Gänsen gestellt worden, aber trotzdem haben die Gänse alles verdorben und verwüstet, was andere mit großen Kosten auf ihren Gütern angebaut hatten, aus denen sie schließlich Steuer und Zinsen zahlen müssen. Mit den Verhältnissen in Flecken und Weilern sind die Backnanger Verhältnisse nicht zu vergleichen, weil dort jeder seine Gänse auf eigenem Grund hält. Es ist auch kein Argument, wenn die Frauen anführen, sie müssten Daunenbetten für die herzogliche Hofhaltung leihen, denn die Reicheren können die Federn auf dem Markt kaufen und die Ärmeren haben sowieso nichts zum Leihen. Wenn die Sache so dringend wäre, würden sich gewiss die Ehemänner melden. Da dies nicht geschehen ist, ist alles lauterer Fürwitz und Mutwille der Frauen. Deshalb plädieren der Vogt und sein Gericht dafür, den Frauen mit Strafe oder starkem Verweis zu begegnen, damit sie nicht zu viel Gewalt gegen die Obrigkeit und die Ehemänner gewinnen.

Am Abend brach ein heftiges Sommergewitter los. Der Sturm und der Regen passten gut zu der Stimmung, die in der Stadt unter den Backnanger Bürgern herrschte. Der Wind raste durch die engen Gassen und in den Haushalten war das laute Gebrüll der Männer zu hören, die ihren Frauen schwere Vorwürfe machten. Heftige Auseinandersetzungen entluden sich, die Frauen, die ihre Unterschrift geleistet hatten, argumentierten und wehrten sich nach Kräften.

Der Haussegen hing in vielen Haushalten mächtig schief. Verließen die Männer Türen knallend das Haus, verrutschte das kleine hölzerne Täfelchen mit dem Segensspruch und jeder, der gerade vorüberging, konnte sehen und hören, was los war.

Margaretha bekam nur leidlich Unterstützung von Veit. Das Gezanke ging bei ihnen schnell in ein Gespräch über. Er wusste die Vorzüge der Gänse wohl zu schätzen und respektierte Margarethas energischen Kampf gegen die Obrigkeit. Auch er fühlte die Ungerechtigkeit, die dem Herzog Macht und Geld verlieh und das Volk in Knechtschaft hielt. Die Oberen konnten in Saus und Braus leben, hatten alles im Überfluss und machten sich keine Gedanken darüber, wie schwer ihre

Untertanen dafür arbeiten mussten. Die einfachen Leute mussten ihr Leben lang unermüdlich von morgens bis abends fleißig sein und oft reichte es trotzdem nicht aus, um die Familie ernähren zu können.

Der Herzog sollte ruhig einmal von den Nöten seiner Untertanen erfahren. Da war er ganz einverstanden mit seiner Frau. Im Grunde seines Herzens war er stolz auf sie. Sie war nicht nur eine gute Mutter und Hausfrau, durch ihre Tätigkeit als Hebamme trug sie nicht unerheblich zum Unterhalt der Familie bei. Sie war eine geachtete Bürgerin der Stadt, deren Rat nicht nur bei den Wöchnerinnen gefragt war. Und außerdem liebte er sie. So einfach war das.

Der Herzog hatte sich nach einer Nacht, in der er ausgezeichnet in weichen Gänsedaunenkissen geschlafen hatte, und nach einer opulenten Mahlzeit mit Wildbret ohne Speck und Knochen und frischem, noch warmem Brot, eine Meinung gebildet. Johann Friedrich dehnte und reckte sich, griff nach einem kleinen bronzenen Glöckchen und läutete. Ein heller Ton schwang durch das Zimmer, worauf sogleich eine Magd erschien.

»Schüttelt mir mein Kissen auf. Und dann schickt unverzüglich meinen Schreiber zu mir.«

Sein Schreiber erschien mit einem Stapel Pergamentbögen, Tinte und einem Gänsekiel. Geschwind setzte er sich an ein kleines Schreibpult, tauchte die Feder in die Tinte und setzte einen Brief an den Backnanger Vogt auf. Der Herzog diktierte in raschen, klaren Worten und befahl, dass der Vogt mit dem Gericht und den Backnanger Bürgern eine Möglichkeit finden müsse, nach der die Gänse gehalten werden könnten, ohne dass dadurch Schäden verursacht werden würden.

»Und schreibt noch ausdrücklich dazu, dass solcherart Geflügel nicht abgeschafft werden kann«, ordnete Herzog Johann Friedrich an. »Schickt mir diese Botschaft sofort an den Vogt!«

Am vierten Tag kehrte der Herzog mit seinem Gefolge aus dem Reichenberger Forst in ausgelassener Stimmung nach Backnang zurück. Alle waren guter Dinge, denn es waren einige prächtige Böcke geschossen worden. Die Pferde mit ihren Reitern und Schützen wurden auf dem Marktplatz von fröhlichen Handwerkern, Bauern und Frauen empfangen.

Plötzlich erschütterte ein ohrenbetäubender, mächtiger Knall die Menschenmenge. Von den Umstehenden zunächst unbemerkt sackte eine ältere Frau in sich zusammen. Pferde bäumten sich auf und wieherten nervös. Ein Tumult brach aus. Frauen schrien, Männer brüllten und andere versuchten die Pferde zu beruhigen. Dazwischen weinten erschrockene Kinder. Eine Bäuerin schnappte aufgeregt nach Luft, bevor sie markerschütternd schrie. Das Getöse um sie herum brach mit einem Schlag ab. Die Leute starrten sie gebannt an. Als sie sahen und begriffen, warum sie geschrien hatte, bildete sich ein Kreis um sie herum. Die Bäuerin sank in die Knie und ergriff die Hand der angeschossenen Frau. Ein großer, feuchter Fleck zeichnete sich auf dem dunklen Hemd über ihrem Bauch ab.

Schon rannte der Apotheker Lederer aus seiner Apotheke und bahnte sich einen Weg durch die Menge. Er beugte sich über die Frau und fühlte am Hals nach ihrem Puls.

»Nichts mehr zu machen!«, rief er.

Dann drehte er sich um und ging entschlossen durch die Gasse, die sich für ihn öffnete, über die Straße und nahm dem verblüfften Waldschütz die Büchse aus der Hand. Dieser stand erstarrt und völlig ausdruckslos da.

Nur eine Minute später stand der Amtmann neben den beiden. Er nahm den Waldschütz am Arm.

»Kommt mit, ich nehme Euch jetzt in Gewahrsam. Bis das Gericht entscheidet, was mit Euch geschehen soll.« Anschließend wandte er sich an die umstehenden Zuschauer. »Euch und Euch, Ihr da und Euch«, er zeigte auf vier Anwesende, »möchte ich morgen in meiner Amtsstube als Zeugen befragen.«

Just in diesem Moment ritt der Herzog auf seinem Rappen heran. »Ich werde den Vorsitz vor Gericht führen«, sagte er. »Morgen früh um acht erwarte ich alle Zeugen und den Täter vor Gericht. Es eilt, in drei Tagen reisen wir zurück nach Stuttgart.«

Ohne Murren zerstreute sich die Menschenmenge. Das Wort des Herzogs war Gesetz, auch für die Bürger Backnangs. Nur der Vogt als höchster Amtsverwalter der Stadt erlaubte es sich manchmal, vor ihn hinzutreten und seine eigene Meinung kundzutun. Diesmal jedoch hielt der Vogt sich geflissentlich zurück, da er den Herzog nicht vor der eigentlichen Schlacht um die Gänsehaltung gegen sich aufbringen wollte. Das große Gefecht gegen die Backnanger Frauen wollte er unbedingt gewinnen.

Johann Sigismund, der den Vorgang genau beobachtet hatte und nun aussagen sollte, überlegte, wie er das noch abwenden könnte. Aber dann fiel ihm gerade noch rechtzeitig ein, dass er sich vielleicht verdächtig machen würde, sollte er darüber nicht berichten. Eine harmlose Aussage vor Gericht und aufrichtiges Verhalten würde von Ehrlichkeit zeugen.

Niemand in Backnang wusste über sein wahres Wesen Bescheid. Dass er sich gern wie ein Dieb in der Dunkelheit herumtrieb, war nur dem Medicus bekannt. Er scheute die Öffentlichkeit und ließ sich dort nur blicken, wenn er es nicht vermeiden konnte oder er auf Druck des Medicus unter die Leute sollte. Ihm war es lieber, nach seinem Motto: »Im Dunkeln ist gut munkeln«, zu leben. Im Verborgenen seine Pläne zu schmieden war ihm am liebsten, dort hatte er seine besten Einfälle. Ob dieser merkwürdigen Vorliebe und dem Wissen über seine dunkle Existenz nannte ihn der Medicus gerne seinen »Dunkelmann«.

Das Verfahren gegen den Waldschütz verlief halbwegs glimpflich. Nach stundenlanger Befragung des Schützen, der Zeugen und nach der Prüfung der Waffe durch Philipp Schupart, des Herzogs Büchsenmacher, wurde festgestellt, dass sich der Schuss versehentlich gelöst haben musste. Der Waldschütz hatte die Büchse mit gezogenem Lauf geladen und gespannt. In dem Moment, als er sich die Büchse umhängen wollte, hatte sich der Schuss gelöst.

»Ist der Schuss erst abgegeben, hält ihn keiner mehr zurück«, schloss der Büchsenmacher.

Johann Sigismund wurde vereidigt und machte seine Aussage: »Ich stand genau neben dem Waldschütz und konnte sehen, dass er nicht mit Absicht geschossen hat.«

Der Herzog entschied aufgrund dieser Aussagen, dass der Schütze freigelassen werden sollte. Der Waldschütz kam freilich mit dem Leben davon, aber der Herzog legte ihm eine saftige Geldbuße auf, die der Familie der verstorbenen Frau in monatlichen Raten auszuzahlen war. Diese Entschädigungssumme war so hoch angesetzt, dass sie den Waldschütz und seine Familie unweigerlich in den Ruin stürzen musste.

Margaretha machte sich am selben Vormittag auf den Weg zu ihren üblichen Besuchen bei ihren Patientinnen. Sie schaute auch diesmal wieder bei Catharina Bechthold vorbei. Eigentlich gehörte diese nicht mehr zu ihren Patientinnen. Aber seitdem sie vor zwei Jahren ihren erst einjährigen unehelichen Sohn Georg verloren hatte, besuchte Margaretha sie in Abständen alle paar Wochen.

Catharina war etwas wunderlich geworden. Sie hatte den Tod des Sohnes nicht verkraftet. Sie lebte und arbeitete weiterhin nur für ihn. Auch sprach sie mit dem Kind, als wäre es im selben Raum wie sie. Niemand wusste genau, ob sie es sich nur einbildete oder ob sie das Kind tatsächlich sah und spürte. Die Leute glaubten, sie hätte den Verstand verloren. Zudem wurde sie gemieden, da das Kind unehelich geboren worden war und sie zu keiner Zeit bereit gewesen war, den Namen des Vaters preiszugeben.

Margaretha ging ihr nicht aus dem Weg und half ihr, so gut sie konnte. Sie hatte tiefes Mitleid mit der Frau.

»Guten Morgen, Catharina!«, rief sie der im Hof stehenden rundlichen Frau zu.

Über Catharinas Gesicht huschte für einen kurzen Augenblick ein warmherziges Lächeln. Doch im nächsten Moment war es wieder eine undurchdringliche Maske. Aber Margaretha hatte es schon gereicht, um zu erkennen, dass sie wusste, wer sie besuchte. Für einen kurzen Moment erlaubte sie sich Wut über ihre Mitmenschen. Warum nur machte sich keiner die Mühe, hinter die Fassade von Catharinas Gesicht zu sehen? Sie verstand wesentlich mehr, als ihre Nachbarn glaubten.

Man erzählte sich sogar eine nette Anekdote über sie. Wenn Leonhard Korn früher unverhofft aus der Vogtei getreten war, wurde er von Catharinas Gänsen gepiesackt. Sie lauerten ihm auf und hackten mit ihren kräftigen Schnäbeln nach seinen Beinen, egal wie viele Fußtritte sie einstecken mussten. Ob nun ein Ratsherr, Amtmann oder Bürger den Weg kreuzte, kein anderer wurde von den Gänsen angegriffen. Catharina stand in sicherer Entfernung und ein unbefangenes, treuherziges Lächeln huschte um ihre Lippen. Wie sie es vermochte, die Gänse dazu abzurichten, nur den Vogt anzugreifen, war ihr Geheimnis.

Margaretha kannte sie und wusste, dass sie trotz ihrer gutmütigen Beschränktheit mit einer gewissen Bauernschläue gesegnet war. Sie konnte sich schon vorstellen, dass Catharina ihren Gänsen heimlich beigebracht hatte, den ehrgeizigen Vogt anzugreifen.

Catharinas Glück im Unglück waren ihre Eltern. Der Vater, Jacob Bechthold, war mit seinen immerhin schon achtundsechzig Jahren noch tatkräftig und seine Frau Babele unterstützte ihn, wo es nur ging. Sie beide halfen Catharina, im Leben zurechtzukommen. Dennoch waren die beiden froh über Margarethas regelmäßige Besuche und ihren Zuspruch. Manchmal brachte sie auch ein Brot oder Bier mit oder etwas, das sie entbehren konnte.

Bei dem Gedanken, was mit Catharina passieren würde, wenn ihre Eltern nicht mehr lebten, krampfte sich Margarethas Magen zusammen. Sie hoffte, dass die Eltern bis dahin einen rechtschaffenen Mann außerhalb Backnangs gefunden hatten, der die ansehnliche, aber einfältige Catharina heiraten würde.

Margaretha ging weiter zum Haus der Familie Binder. Dort machte niemand die Tür auf, sie klopfte vergebens. Sie wollte nach den beiden Töchtern sehen und außerdem Anna fragen, ob sie einverstanden sei, erneut an Herzog Johann Friedrich zu schreiben. Durch den Unmut der Ehemänner wollte sie sich nicht von ihrem Vorhaben abbringen lassen und weiter für das Recht auf Gänsehaltung kämpfen. Jetzt war Anna Binder wohl nicht da und Margaretha war enttäuscht. Sie hatte vorgehabt, wieder so viele Frauen wie möglich anzusprechen und eindringlich zu überzeugen, nicht aufzugeben. Selbst gegen die Ehemänner sollten sie stark sein, um auch weiterhin den Kampf gegen die Obrigkeit zu führen. Margaretha hatte vor, Anna zu bitten, weitere Frauen auf ihre Seite zu ziehen, zum Beispiel ihre Freundin Rosina, die Witwe des Schäfers Jacob Bacher. Sie war sich sicher, dass das Vorhaben, eine weitere Bittschrift an den Herzog zu schreiben, mit deren Hilfe leichter durchzuführen wäre. Einmal nur sollte das Tratschen der gesprächigsten Frauen Backnangs etwas Gutes bringen. Margaretha beschloss, auf dem Rückweg noch einmal bei Anna vorbeizuschauen.

Als sie auf die Gasse trat, traf sie auf Steffen Daucher, den Schneider. Empört trat er ihr in den Weg. »Ihr seid doch das schlimmste Weib, was mir je begegnet ist! Wiegelt alle Frauen auf. Gebt doch endlich Ruhe, das bringt doch alles nichts!«

Margaretha trat einen Schritt zur Seite. »Das glaubt auch nur ihr Männer. Wir werden weiter versuchen, unsere Gänse zurückzubekommen.«

»Ihr wirbelt nur unnötig Staub auf und bringt Unruhe in die Stadt. Wir werden noch ganz andere Saiten aufziehen, wenn ihr Frauen nicht aufhört!«

Margaretha lachte nur und ging unbeirrt am Schneider vorbei.

»Wenn die Männer glauben«, dachte sie, »dass sie uns drohen können, dann liegen sie völlig falsch. Ich werde noch heute einen Brief an den Herzog verfassen.«

Später besprach sie sich mit Veit. »Die meisten Backnanger Frauen sind für ein erneutes Schreiben an den Herzog. Aber Anna Binder hat ganz richtig gesagt: ›Wir haben auch Angst vor dem Vogt. Er ist unberechenbar‹.«

»Nun, dann weist Herzog Johann Friedrich doch darauf hin, dass er bei seinem Regierungsantritt den feierlichen Treueeid auf sein herzogliches Erbe geleistet und versprochen hat, alle Freiheiten seiner Untertanen zu achten. Bittet den Herzog, dass er das alte Recht wieder einsetzen soll. Und außerdem muss er den Vogt anweisen, seine Befehle nicht zu missachten, sondern sie in aller Öffentlichkeit zu verlesen.«

»Wunderbar! Das mache ich. Aber zuerst frage ich Christina Ludewig und Sara Priemwies, ob sie mit einer erneuten Anfrage an den Herzog einverstanden sind.«

Sofort nach deren Zustimmung setzte Margaretha sich hin und schrieb an Herzog Johann Friedrich die neue Bittschrift. Dann schickte sie Caspar, um sie zu überreichen.

Wie Margaretha vorhergesehen hatte, ging die Kunde über ein erneutes Bittschreiben wie ein Lauffeuer durch Backnang. Am 25. August 1610 wies der Herzog den Vogt und seine Ratsherren an, Stellung zu dem eingereichten Bittgesuch zu beziehen.

Über alle Maßen verärgert rief der Vogt schleunigst Gericht und Rat zusammen. Mit bleichem Gesicht teilte er den Herren mit, dass der Herzog eine Stellungnahme wünsche. Hitzige Diskussionen entbrannten zwischen den Ratsherren.

»Was erlauben sich diese Weiber eigentlich!«, erzürnte sich Joß Haag.

»Sie können einfach nicht den Mund halten!«, schrie Paul Baur. »Wiegeln die ganze Stadt auf! In Wirklichkeit geht es ihnen doch nicht um die Gänse. Sie fürchten um ihren Handel und ihre schönen Kleider, die sie sich nicht mehr kaufen können!«

»Genau!«, bestätigte Michael Grieneiß.

Der Beck drehte sich zum Goldschmied um. »Das ist wahr. Es geht ihnen nur um ihr eigenes Hab und Gut. Und sie missachten dabei den Schaden, den die Gänse am Gut anderer Leute anrichten.«

»Am meisten erbost mich aber die Tatsache, dass die Frauen ohne unsere Zustimmung gehandelt haben!«, sagte Paul Baur.

Der Vogt, der wortlos zugehört hatte, erhob sich und blickte fragend in die Runde. »Wer von Euch wusste über die Machenschaften der Frauen von Anfang an Bescheid?«

Schweigend starrten die anwesenden Männer ihn an.

»Ich werde die anderen Bürger vorladen und dazu befragen«, entschied der Vogt.

Es wurde veranlasst, aber die Befragung der Männer ergab, dass die Frauen aus eigenem Antrieb, heimlich und ohne ihr Wissen gehandelt hatten.

»Meine Frau stand dauernd mit dem liederlichen alten Weib, der Witwe des Schäfers Jacob Bacher, zusammen«, gestand Joß Haag.

»Diese alte Hexe!«, fluchte Michael Grieneiß. »Hin und wieder habe ich sie gesehen, wie sie von Haus zu Haus gelaufen ist. Da hat sie die anderen Weiber aufgehetzt.«

Leonhard Korn sprang erbost auf und schrie: »Sie ist schuld! Wir werden Herzog Johann Friedrich darüber genauestens Bericht erstatten. Das Begehren der Frauen ist doch mehr schädlich als nützlich. Außerdem konnten wir glaubhaft in Erfahrung bringen, dass die Frauen mit seltsamen Praktiken die Bittschrift bei ihm eingereicht haben, ohne uns Männer darüber in Kenntnis zu setzen. Deshalb kann der Herzog nicht erwarten, dass wir nun eine neue Gänseordnung erlassen. Damit wird ja der lautere Hass und Widerwillen gegen die Obrigkeit noch belohnt. Und überhaupt ist ein Verhandeln mit diesem gemeinen Pöbel und halsstarrigen Frauenvolk ganz umsonst und vergebens.«

Mit Beifall heischendem Blick sah der Vogt seine Ratsherren an. Ein Sturm der Zustimmung brach los. Mit begeistertem Händeklatschen äußerten die Ratsherren ihre Billigung.

Leonhard Korn hob die Hände. »Danke, meine Herren!« Er verbeugte sich kurz. »Ich möchte weiter ausführen, dass man es sowieso keinem recht machen kann. Erlauben wir nur den Reichen die Gänsehaltung, so nimmt das Klagen und Schreien der Armen kein Ende. Erlauben wir Armen und Reichen, Gänse zu halten, dann wird durch die große Zahl an Gänsen wieder erheblicher Schaden entstehen. Eine eigene Weide können wir den Gänsen nicht gestatten, dafür mangelt es uns an Weideplatz. Sogar unsere Rinder und Schafe müssen wir in Ställen halten und können sie erst nach der Ernte auf die Felder treiben. Und diese werden durch die Gänse gewiss verwüstet. Überhaupt kann man die Verhältnisse bei uns in der Stadt nicht mit denen in den Dörfern und Weilern vergleichen. Dort können die Bauern besser mit den Gänsen umgehen. Und schließlich und endlich sind auch in anderen Städten die Gänse verboten.«

Erneut stimmten die Ratsherren der Meinung ihres Vogtes jubelnd zu.

Im Befehlston wandte dieser sich an seinen Schreiber, der alles bisher Gesagte gewissenhaft notiert hatte: »Du wirst dem Schreiben an den Herzog noch anfügen, er solle bedenken, ob es ihm nützlich sei, wenn der Besitz unserer Bürger, die für Steuern und Zinsen aufkommen, durch die Gänsehaltung geschädigt werde.«

Der Schreiber nickte und schrieb eilfertig mit.

Versöhnlicher bemerkte der Vogt weiterhin: »Die Gänsezucht ist für die meisten sowieso nicht sehr nützlich, weil sie sich nur drei oder vier Gänse halten können, außerdem sterben diese oft viel zu jung. Dadurch wird es sehr teuer, Gänse zu halten. Oft müssen die Bürger bis zu einem halben Gulden für eine Gans bezahlen.«

»Aber eigentlich helfen …«, warf der Schreiber zögerlich ein. Ein warnender Blick von Leonhard Korn ließ ihn jedoch rasch verstummen.

»Du wirst bei unserer schriftlichen Mitteilung noch angeben, dass der Herzog sich wegen der Federbetten für seine herzogliche Hofhaltung keine Sorgen machen muss. Dafür werden wir schon sorgen.« Energisch wies er ihn an mitzuschreiben. »Alles, was die bösen, leichtfertigen Frauen behaupten, ist ganz unwahr. Der Herzog möchte vielmehr uns, dem Gericht und Rat, glauben.«

Unter allgemeiner, lebhafter Zustimmung billigten die versammelten Herren die Ansicht ihres Vogtes Leonhard Korn.

Elisabetha hielt einen Brief in den Händen, der sie vor wenigen Minuten über einen Boten erreicht hatte. Ungläubig starrte sie auf die feine Handschrift. Der Verfasser der Zeilen war Johannes von Genth. Er bat darum, sie treffen zu dürfen. Sie konnte sich überhaupt nicht an ihn erinnern. Er jedoch schrieb ihr glühend vor Begeisterung, dass er sie gesehen habe und bewundere.

»Ein Verehrer«, murmelte sie.

Glücklich strich sie über das Blatt Papier, dann hob sie es an ihre Nase und schnupperte daran. Ein zarter Duft von Lavendel stieg ihr entgegen, wie die Aussicht auf eine treue Liebe.

Doch schnell verschwand diese Zuversicht wieder. Wie konnte sie sich überhaupt Hoffnung machen? Sie verkehrte nicht in den Adelshäusern. Der einzig ihr namentlich bekannte Adelige war Christof Senft von Sulburg, der Junker, der sich zur Zeit in Backnang aufhielt.

Nein, für sie kam es nicht in Frage, sich mit solch einem vornehmen Herrn zu treffen. Ihre Erfahrung mit dem Herzog mahnte sie außerdem zur Vorsicht. Sie würde ihm freundlich, aber bestimmt eine Absage erteilen.

Als Herzog Johann Friedrich mit seinem Gefolge Backnang verließ, um nach Stuttgart zurückzukehren, war noch keine endgültige Regelung über die Gänsehaltung getroffen.

Die Backnanger Frauen äußerten ihren Unmut.

»Donnerwetter!«, schimpfte Anna Binder.

»So ein Feigling!« Margaretha war wütend. »Konnte er sich nicht deutlicher ausdrücken! Jetzt stehen wir genauso da wie am Anfang.«

Christina Ludewig ergänzte: »Der Herzog hat sich viel zu ungenau ausgedrückt. Nur eine Stellungnahme zu verlangen war nicht genug. Dabei hatte ich den Eindruck, dass er auf unserer Seite steht!«

12. Kapitel

Im September 1610 arbeitete Gregor Horstius im Gewölbekeller im Haus seines Freundes Jeremias Bäderlin. Er war froh, dass dieser ihn wieder aufgenommen hatte.

Seitdem er im Jahre 1606 promoviert worden war und dann 1608 an der neu gegründeten Academia Ludoviciana in Gießen als Professor secundus angefangen hatte, fand er kaum noch Zeit für Reisen nach Württemberg. Er hatte an der von Landgraf Ludwig V. von Hessen-Darmstadt gegründeten Universität einen Lehrstuhl für Anatomie und Botanik erhalten. Der zu dem Zeitpunkt dreißigjährige Horstius konnte schon beachtliche Erfolge als Arzt vorweisen. In Fachkreisen hatte sein Name einen so hervorragenden Klang, dass er den Beinamen »Practicus prudens«, erfahrener Praktiker, verliehen bekam. Sein ausgezeichneter Ruf brachte ihm zusätzlich noch die Stellung als Hausarzt des Fürsten Ludwig V. ein.

Immer auf der Suche nach neuen Erkenntnissen fand er hin und wieder den Weg nach Backnang in das Haus seines Freundes, um hier ungehindert Tote untersuchen zu können. Backnang lag weit genug entfernt von seinem neuen Wirkungskreis, so dass niemand Verdacht schöpfen konnte. Noch musste alles heimlich geschehen, aber schon bald wollte er beim Landesherrn einen Antrag auf die offizielle Erlaubnis, Leichen zu sezieren, stellen.

Der Gewölbekeller bestand teilweise aus gehauenen Steinquadern und teilweise aus rotem Bruchsandstein, mit Lehm gemauert. Der Boden bestand aus gestampftem Lehm. Die Feuchtigkeit in der noch warmen Septemberluft schlug sich an den kalten Kellerwänden nieder. Kleine Tropfen hingen im Mauerwerk.

Für die Zwecke des Medicus war die Kühle des Raumes genau richtig. Wegen der dauernden Feuchtigkeit in Wänden und Boden roch es modrig. Im Moment wurde dieser Geruch jedoch von einem süßlich-ekligen Gestank überlagert. Horstius hatte aus diesem Gewölbekeller, der sonst für das Lagern von dunklem Bier, gepökeltem Fleisch und Wintergemüse bestimmt war, einen Aufbewahrungsort für Leichen gemacht.

Von den vielen Füßen der vergangenen Bewohner des alten Hauses ganz ausgetreten, führten Steinstufen hinab in die gemauerte Höhle. Der Besitzer Jeremias Bäderlin war unterwegs dorthin, um nach seinem Freund zu sehen. Auf seinem Weg nach unten schüttelte er immer wieder erschüttert den Kopf, denn ihm war klar, dass er seinen ehemaligen Keller eher »Hölle« nennen musste, seitdem er ihn seinem Freund Gregor überlassen hatte.

Jeremias schob sich an die Wand und verharrte mucksmäuschenstill. Worte konnten das Grauen nicht beschreiben, das er empfand, als er den Medicus bei seiner makabren Arbeit beobachtete. Was er da zu sehen bekam! Der ekelhafte Geruch ließ ihn würgen. Inzwischen bereute er es zutiefst, seinem Freund den Gewölbekeller zur Verfügung gestellt zu haben. Als Gregor Horstius ihn damals gefragt hatte, hatte er nicht geahnt, worauf er sich eingelassen hatte. Jeremias betrachtete verstört die drei Leichen, die auf umgedrehten Trögen des ehemaligen Eiskellers lagen.

Ein junges, rothaariges Mädchen, dessen langes Haar jetzt in wirren Strähnen um ihren Kopf lagen, war die erste Tote, die Horstius heute erforschte. Die Hände des Mädchens ruhten ineinander verschlungen auf ihrem Bauch, noch gefesselt durch ein dickes Seil. An den nackten Füßen hingen Reste des Seiles. Um ihren eng gefesselten, gekrümmten Körper gerade zurechtbiegen zu können, hatte der Medicus die verbindende Fesselung durchtrennt. Der durch die Leichenstarre unbeugsame Körper war durch Wasser aufgequollen.

Jeremias hörte die Worte, die Gregor Horstius vor sich hinmurmelte: »Ein Beweis, dass sie tot ist, ist dies selbstverständlich nicht, weil sie im Fluss gefunden wurde. Natürlich fühlt sie sich eisig an, weil der Körper durch und durch kalt ist, aber dies muss nicht das Erlöschen allen Lebens bedeuten.« Er griff an ihren Hals und prüfte sicherheitshalber ihren Puls. »Kein Puls, das ist eindeutig.«

Dann langte Horstius nach ihren Händen und besah sich die Fingerspitzen. Vorsichtig strich er darüber und ertastete deutliche Runzeln. Auch in der restlichen Handinnenfläche war eine Runzelbildung festzustellen. Horstius war so in seine Betrachtung vertieft, dass er die Anwesenheit seines Freundes nicht gleich bemerkte. Erst als dieser hörbar die Luft ausstieß, drehte Horstius sich um und begrüßte Jeremias.

»Was machst du da?«, fragte sein Freund angewidert.

Allein der Gedanke daran, einen Leichnam anzufassen, ließ ihn erschaudern.

»Ich versuche festzustellen, wie lange das Mädchen schon tot ist. Ich habe es mir zur Aufgabe gemacht, anhand verschiedener Merkmale an den Toten zu erkennen, wie lange sie schon tot sind.« Eifrig notierte er seine Beobachtungen auf einem Pergament. »Insbesondere studiere ich Wasserleichen, darüber möchte ich eine Forschungsarbeit schreiben.«

»Das ist ja ekelhaft!«, entfuhr es Jeremias.

»Nein! Das ist Wissenschaft! Von deinem Standpunkt aus erscheint es dir widerlich, für mich ist es meine Arbeit und höchst interessant«, entgegnete Gregor Horstius.

»Aber warum war das arme Mädchen gefesselt?«

»Nun, das kann ich nicht mit Sicherheit sagen. Ich vermute, sie ist Bürgern in die Hände gefallen, die sie der Hexerei verdächtigten und ihr Urteil gleich gefällt und auch vollstreckt haben«, erläuterte der Medicus. »So wie es aussieht«, fuhr er nachdenklich fort, »ist sie einer Wasserprobe unterzogen worden. Dabei wurde die Beschuldigte gebunden ins Wasser geworfen. Wenn das saubere, unverfälschte Wasser sie nicht aufnahm, galt ein Verbrechen als nachgewiesen. Doch da sie unterging und ertrank, war sie unschuldig.«

»Aber nun ist sie tot!«, schrie Jeremias empört.

»Beruhige dich, mein Freund! Die Familie der Entseelten wird froh sein, dass der schreckliche Verdacht, der auf ihr lastete, nun entkräftet wurde.« Mit einer zarten Geste strich der Medicus über das weiße Gesicht des Mädchens. »Jetzt hast du die Pein überstanden.«

Mitleidig betrachtete er sie. Auch im Tod erkannte er noch die hübschen, feinen Züge, die sie einst im Leben gehabt hatte. Dann machte er einen kleinen Schritt und entfernte sich langsam von ihr.

Er trat an den zweiten Leichnam heran. »Dieser Tote war meines Erachtens schon länger im Wasser. Er zeigt wesentlich deutlichere Zeichen der Verwesung als das Mädchen. Sie lag vielleicht nur zwei bis drei Tage im Wasser, es waren nur frühe Leichenveränderungen vorhanden. Ich sehe nur schwach ausgebildete Totenflecken. Aber er war vermutlich schon mehrere Wochen dort.«

»Woraus schließt du das?«, fragte Jeremias und wandte sich schnell wieder ab.

»Das Gesicht und der Körper sind aufgedunsen«, antwortete Gregor Horsticus. Er knöpfte das zerfledderte Hemd des Toten auf. »Die Brust und der Bauch sind grünlich-schwarz verfärbt und die Haut beginnt sich aufzulösen.«

Jeremias würgte, taumelte an die Wand und erbrach sich auf den Lehmboden. Mit grünem Gesicht lehnte er anschließend an der Mauer.

»Ich kenne das Gefühl«, gestand der Medicus. »Am Anfang war mir auch immer flau im Magen.«

Insgeheim fragte sich Jeremias, ob er seinen Freund wirklich kannte. Sie verband eine jahrelange Freundschaft von Kindesbeinen an. Er hatte Gregor als Freund immer geschätzt und auch sein Respekt vor dem Medicus war enorm. Aber nun begann er sich ein wenig vor ihm zu fürchten, seit er dessen unangenehme Interessen und Vorlieben entdeckt hatte, für die er zu allem Überfluss noch seinen Keller zur Verfügung stellte.

Zu was war Gregor noch alles fähig? Jeremias glaubte ihn gut genug zu kennen. Ob da nun ein toter Hund oder Mensch vor ihm läge, machte für den Medicus keinen Unterschied. Dieser betrachtete die Toten eiskalt, als sterbliche, verderbliche Überreste, mehr nicht. Ganz im Gegensatz zu ihm, Jeremias, der die Toten ehrte, aber gleichzeitig fürchtete, da er glaubte, sie könnten als Geister aus dem Reich der Toten zurückkehren. Bislang war ihm noch kein Geist erschienen, aber er hielt es nicht für abwegig, dass es eines Tages passieren könnte. Erst recht nach der Leichenschändung, die in seinem Keller betrieben wurde. Er wankte zur Treppe und verließ fluchtartig, ohne ein Wort des Abschieds, den Raum des Grauens und hörte noch das boshafte Lachen des Medicus, das von den Wänden hallte.

Auf Gregor Horstius' Gesicht lag ein hinterlistiges Grinsen, als könnte er die Gedanken seines Freundes lesen. Aber was konnte der ihm schon anhaben? Schließlich hatte er seine Machenschaften geduldet und war somit genauso schuldig geworden wie er. Aber was hieß hier schon Schuld. Hier ging es um wissenschaftliche Erkenntnis, die ihn dereinst berühmt machen sollte.

Horstius nahm die zweite Fackel und entzündete sie. Nicht weil es ihn gruselte, wie seinen Freund, sondern um die dritte Leiche besser in Augenschein nehmen zu können. Er beleuchtete den Toten vom Kopf bis zu den Füßen. Erneut ein Junge. Genau wie der Sohn des Karrenmannes Franck, dachte er. Aber vielleicht doch ein, zwei Jahre älter. Dies schätzte er aber nur anhand der Körperlänge und der Kleidung. Nicht dass er es am Zustand der Leiche noch hätte ablesen können. Er musste schon froh sein, dass er noch erkennen konnte, dass es sich um einen Jungen handelte. Der Prozess der Verwesung war schon so weit fortgeschritten, dass man das Kind nicht mehr identifizieren konnte.

Sein Gehilfe in vielen Dingen, Johann Sigismund, hatte ihm den Jungen gebracht.

Gregor Horstius hatte ihn unter Druck gesetzt. Wenn er schon die weite Reise nach Backnang unternahm, so sollte sie nicht umsonst sein. Falls er ihm keine Leiche beschaffen könne, so herrschte er Johann Sigismund an, verliere er seine Arbeit bei ihm und somit auch seinen guten Lohn. Lumpen wie ihn gebe es genug auf der Welt, die ihn um seine Stelle beneideten und ihn gerne ersetzen würden.

So hatte Johann für ein paar Kreuzer süßen Kuchen gekauft, um ein Kind anzulocken. Sein Plan war wieder einmal aufgegangen. Diesmal war er in Aspach, einem kleinen Dorf ganz in der Nähe, fündig geworden. Der kleine Junge hatte das Pech gehabt, ihm über den Weg zu laufen. Der Kuchen und ein paar Versprechungen hatten gereicht, damit er mitkam. Umso besser war es, als er durch gezielte Fragen erfuhr, dass der Junge noch sechs Brüder und drei Schwestern hatte. Ein Kind mehr oder weniger würde den Eltern vermutlich nicht so schnell auffallen. Bei schwärzester Dunkelheit schlich Johann sich in die Gasse, in der Jeremias Bäderlin wohnte, und schaffte die Leiche in den Gewölbekeller. Wie Johann Sigismund zu dem Jungen gekommen war, verriet er dem Medicus allerdings nicht. Der Medicus brauchte ja nicht zu erfahren, dass er dem Schicksal auf die Sprünge geholfen hatte.

Gregor Horstius hatte Sigismund aufgetragen, wie er mit dem Kind nach dessen Tod verfahren sollte, denn er brauchte eine Leiche, die länger im Wasser gelegen hatte.

Den Medicus interessierte es nicht, woher die Leiche kam und wie sie beschafft worden war. Für ihn machte es keinen Unterschied, ob Johann das Kind erst erwürgt und dann ins Wasser gelegt oder ob er ihn gleich ertränkt hatte. Gregor Horstius konnte dies beim besten Willen nicht mehr erkennen und es war ihm auch egal.

Tatsächlich erfuhren sie bei ihrem nächsten Besuch in Backnang ein paar Wochen später zufällig, dass die Aspacher erst nach vier Tagen eine große Suche nach dem vermissten Kind gestartet hatten. Da der Junge unauffindbar geblieben war und schon seit langem ein wilder Hund die Gegend unsicher machte, der vom Bauern Ebinger schon zwei Schafe gerissen hatte, glaubten die Eltern und die Aspacher Dorfbewohner, er wäre ihm zum Opfer gefallen. Es gab somit keine Veranlassung, das Verschwinden des Kindes anders zu deuten.

Der Medicus hatte ursprünglich gehofft, dass es nicht nötig sei, sich Leichen zu beschaffen. Aber nachdem es im Winter keine natürlichen Wasserleichen gegeben hatte, war er ungeduldig geworden. Entweder waren die Bürger vorsichtiger an den rutschigen, gefrorenen Böschungen der Murr oder sie schmolzen sich Schnee für ihren Wasservorrat und hatten es nicht mehr nötig, am gefährlichen Winterufer zu klettern. Eine andere Erklärung hatte er nicht.

In den vergangenen Jahren hatte er das Glück gehabt, vier Wasserleichen untersuchen zu können. Den Gedanken, dass dabei nicht immer alles mit rechten Dingen zugegangen war, schob er von sich. Das einzige Anliegen des Medicus bestand darin, Forschung zu betreiben, um eine wissenschaftliche Veröffentlichung machen zu können. Er wollte genau wie sein großes Vorbild, Hieronymus Fabricius, der eine Schrift über Embryonen, den weiblichen Uterus und die Plazenta im Jahre 1600 veröffentlich hatte, seine Forschungen der medizinischen Fachwelt vorstellen. Dafür waren ihm alle Mittel recht.

Entschlossen beugte Gregor sich wieder über den toten Jungen. Da Johann Sigismund diesen am Rand des Ufers der Murr unter herabhängenden Zweigen, mit Steinen beschwert, abgelegt und versteckt hatte, wie der Medicus ihm aufgetragen hatte, zeigte der Leichnam deutliche Spuren. Das Kind hatte mit dem Gesicht nach unten, mit herabhängenden Armen und Beinen im Wasser gelegen. Durch den leichten Wellengang des Flusses und die Steine wies der Leichnam Schrammen auf.

Eigentlich spürte Gregor Horstius gar nichts mehr beim Anblick von Leichen, aber bei dieser veränderten Leiche, aufgequollen und schleimig, fühlte er das erste Mal seit langer Zeit wieder ein mulmiges Gefühl. Aber nicht sein Magen rebellierte, sondern sein Herz. Es rührte sich erstmals wieder aus Mitleid für das arme Kind. Er war erstaunt über diese Regung, die so lange verschüttet gewesen war. Aber dann gestand er sich ein, er brauchte sich nichts vorzumachen, denn seine Forschung war ihm wichtiger als dieses Kind. Es gab genug davon auf der Straße. Eines lauter, dreckiger und verwahrloster als das andere.

Ein großer Teil der dunklen Haare hatte sich vom Schopf des Jungen abgelöst. Ebenso hing die Haut in Fetzen. Dort, wo die Haut noch halbwegs unversehrt war, erkannte Horstius Schleif- und Kratzspuren. Nach genauerer Suche fand der Medicus sie am Kopf, auf den Handrücken, den Knien und den Fußspitzen. Allerdings sah der rechte Großzeh eher aus, als wäre an ihm geknabbert worden. Er hatte die vage Ahnung, dass ein Fisch sich daran gütlich getan hatte.

Außerdem war der Junge nackt. Ob sein Gehilfe Sigismund den Jungen entblößt hatte oder ob das fließende Wasser den Körper vollständig entkleidet hatte, konnte der Medicus nur vermuten.

Emsig notierte er seine Ergebnisse, um sie später in seiner Unterkunft sorgfältig und ausführlich zu Papier zu bringen. Am Abend, nachdem er seine Ausführungen beendet hatte, schrieb Gregor Horstius einen kurzen Brief an seinen Freund und Kollegen Johannes Schultes aus Ulm.

Mein lieber Freund!

Ich bin erfreut, Ihnen mitteilen zu können, dass ich die Untersuchungen zur Fertigstellung meines Handbuches abgeschlossen habe. Meine Studien bestätigen mich in meinen vormals aufgestellten Vermutungen über Wasserleichen und ihren Todeszeitpunkt.

Eindeutig konnte ich verschiedene Merkmale festlegen. Ich werde ein Exemplar eines Handbuches anfertigen und es mehrfach drucken lassen. Eines davon werde ich Ihnen über einen reitenden Boten senden. Des Weiteren wird die Kommission der medizinischen Fakultät Ulm ein Handbuch zur Überprüfung bekommen.

Ich erhoffe mir damit den Durchbruch in der medizinischen Fachwelt durch die Anerkennung meiner enormen Leistungen.

Bitte antwortet mir umgehend, was Ihr zu meinen Studien aus wissenschaftlicher Sicht zu sagen habt.

Ihr ergebenster Freund Gregor Horstius

Johann Sigismund suchte nach einem neuen Opfer. Nachdem er einmal erlebt hatte, dass Gefühle der Macht und Herrschaft von ihm Besitz ergriffen, wenn ein Opfer in seine Fänge gelangt war, ließen sie ihn nicht mehr los. Aber die Suche wurde schwieriger. Ihm wollte es gar nicht gefallen, dass die Backnanger Bürger so wachsam geworden waren.

An diesem Abend stand er unter einer Linde unterhalb der Vogtei und beobachtete die Menschen, die nach der harten Arbeit auf den Feldern und in den Gärten vorbeihasteten. Bildete er es sich nur ein oder waren die Bürger misstrauischer? Eine ältere Frau richtete ihre Aufmerksamkeit auf ihn und lief nach einem kurzen Blick in sein derbes, verschlagenes Gesicht eilig vorbei. Ein Mann schaute ihm lange über die Schulter ins Gesicht. Dann schnappte Sigismund ein paar Wortfetzen auf, die durch die Luft schwirrten. »Suchen noch … pass auf dich auf!«

Also doch! Seine Ahnung hatte ihn nicht getrogen. Erneut ein nervöser Blick in seine Richtung. Was war los? Misstrauten sie nun jedem Fremden? Bei seinen bisherigen Besuchen, so erinnerte er sich, war er nie beachtet worden. Ja, er hatte selbst dafür gesorgt, dass er nicht auffiel. Johann Sigismund trug die gleiche praktische, dunkle Kleidung wie alle Männer. Das Hemd und die Hose waren aus grobem Leinen. Das auffällige, rote Haar war unter einem breitkrempigen Hut verborgen.

Er konnte nicht wissen, dass er sehr wohl aufgefallen war. Zum Beispiel der Hebamme Margaretha. Und er würde nicht so unbefangen auftreten, wenn ihm bewusst wäre, dass es einen Zeugen für eine seiner Taten gegeben hatte. Aber davon wusste er nichts. Nicht einmal sein Gewissen plagte ihn. Eine Stimme in seinem Kopf beruhigte ihn, indem sie ihm sagte, er habe nur die Wünsche des Medicus erfüllt. Die Beschaffung von Wasserleichen war am Anfang sehr einfach gewesen. Und es gab ja reichlich Lohn dafür.

Die rothaarige Hexe war ein Glücksfall gewesen. Jemand anderes hatte die Arbeit für ihn erledigt. Auch der Trunkenbold und der kleine Epilepticus waren nicht sein Werk gewesen, sie waren nicht von seiner Hand gestorben. Danach blieben die

Unglücksfälle jedoch aus und so musste er der Sache eben etwas nachhelfen.

Johann legte schützend die Hände über sein Herz. Es wollte ihn auf den richtigen Weg führen, doch dann gewannen andere Stimmen in seinem Kopf wieder die Oberhand und zerrten ihn in die Wirklichkeit zurück. Er sah wieder die erlöschenden Augen seines zweiten Opfers vor sich und konnte wieder die ungeheure Macht spüren, die ihn damals durchflutet hatte. Größer noch als die Macht, die der Medicus über ihn, den kleinen Gehilfen, besaß. Er, Johann Sigismund, bestimmte über Leben und Tod.

Gregor Horstius mochte zwar nach deren Tod bestimmen, was mit ihnen geschah, aber er entschied über den Zeitpunkt. Bei jedem weiteren Opfer spürte er, wie ihm sein Herz immer weiter entglitt. Dieses Machtgefühl, das er verspürte, hatte ihn schon fest im Griff, das Geld, das er für die Toten bekam, war ihm nicht mehr so wichtig. Er konnte dem Medicus die Stirn bieten, er würde bald nicht mehr über ihn verfügen können.

Johann verscheuchte die Gedanken aus seinem Kopf und beschloss, in seine Herberge zu gehen. Er wollte sich für heute ein herzhaftes Mahl und einen guten Becher dunklen Weines gönnen, bevor er sich überlegte, wie es weitergehen sollte.

Auf dem Weg zur Herberge kam er an einer Gruppe von Gauklern und Spielleuten vorbei. Vielleicht war es kein schlechter Gedanke, sich unter das fahrende Volk zu mischen, sollte er die Stadt tatsächlich verlassen müssen.

Du bist schon ein listiges Füchslein, dachte Johann. In einer Gruppe wie dieser würde eine Person mehr oder weniger den Torwärtern nicht auffallen. Nur seine dunkle Kleidung müsste er ablegen. Sein rotes Haar dagegen konnte ihm behilflich sein, sich in einen von ihnen zu verwandeln.

Nach der kräftigen Mahlzeit begab sich Johann Sigismund auf sein Zimmer im Gasthaus im *Schwanen*. Er entledigte sich seiner Kleidung und zog einen samtenen Gehrock und eine Pluderhose an, die er dem Medicus schon von einiger Zeit entwendet hatte. Dieser hatte den Verlust nicht einmal bemerkt, ganz konzentriert auf seine Forschung hatte er für die einfachen Dinge des Alltags kein Auge mehr.

Johann Sigismund hatte, als er im Zimmer des Medicus herumgestöbert hatte, auf dem Studiertisch einen Brief an seinen medizinischen Kollegen Henning Arnisaeus aus Helmstedt vom 30. September 1610 liegen sehen. Darin hatte Horstius geschrieben, dass er schon seit etlichen Jahren Sektionen an menschlichen Leichen durchgeführt hätte. Er scheute sich also nicht einmal, dies öffentlich zuzugeben, denn Arnisaeus war ein bekannter Reichspublizist.

Johann schüttelte verwundert den Kopf, nicht über seine eigene Dreistigkeit, mit der er einfach in das fremde Zimmer eingedrungen und einen nicht für ihn bestimmten Brief gelesen hatte, sondern über die Unverfrorenheit des Medicus. Dieses anmaßende, geradezu ungeheuerliche Verhalten hätte er seinem Herrn nicht zugetraut. Er konnte nicht ahnen, dass bereits zwei Jahre später Gregor Horstius sein Gießener Lehrbuch der Anatomie, »De natura humana«, das sich vor allem an Studenten richtete, veröffentlichen würde.

Johannes von Genth, der ergebene Diener seines Herzogs, war sehr enttäuscht über die abweisende Antwort, die er von seiner Schönen bekommen hatte. Höflich, ja geradezu gleichgültig war ihre schriftliche Erwiderung erfolgt. Sie könne sich aus persönlichen Gründen auf gar keinen Fall mit ihm treffen, lautete die kurze Mitteilung.

Diese Absage wollte er keinesfalls hinnehmen. Neugierig überlegte er, was wohl ihre persönlichen Gründe sein konnten. Ob sie schon jemandem versprochen war? Das würde er herausfinden und sich dann umso mehr bemühen, ihre Gunst zu gewinnen. Nach nüchterner und sachlicher Überlegung befand er, dass er natürlich auch die Erlaubnis des Herzogs brauchte, wenn seine Werbung ernsthaft war.

Der verliebte junge Mann handelte rasch und setzte eine schriftliche Bitte auf, um die Genehmigung des Herzogs zu erlangen. Als umgehend die Ablehnung kam, war Johannes entsetzt. Herzog Johann Friedrich ließ ihm mitteilen, dass er gedachte, eine junge Verwandte, eine Prinzessin, mit dem aufstrebenden jungen Mann zu vermählen. Eigentlich hätte dies für den verarmten Johannes von Genth eine große Ehre bedeuten müssen, das war ihm schon bewusst, aber er war nur enttäuscht, dass der Herzog ihm nicht die Erlaubnis gab, um Elisabetha zu werben. Anscheinend legte der Herzog bei ihm die gleichen strengen Konventionen an wie beim Adel normalerweise üblich. Johannes hatte gehofft und geglaubt, dass es aufgrund seines nur niederen Adels leicht möglich sei, um eine nichtadlige Frau zu werben.

Aber ein Johannes von Genth würde sich nicht entmutigen lassen. Er würde nicht zulassen, dass der Herzog über sein Leben bestimmte. Über seine Arbeit, ging es ihm durch den Kopf, konnte er entscheiden, aber nicht über seine Liebe. Johannes fühlte zwar ein klein wenig Unbehagen aufkeimen, aber der Entscheidung des Herzogs würde er sich nicht fügen. Doch jetzt wollte er sich über die Folgen seines Widerstandes noch keine Gedanken machen. Er würde seiner Erwählten die Entscheidung des Herzogs zwar mitteilen, jedoch auch, dass er sich gegen dessen Pläne entschieden habe und für sie kämpfen wolle.

Die Ausdauer, mit der Johannes von Genth um sie warb, und der zärtliche und aufrichtige Ton seiner Briefe hatten Elisabetha nach langem Zögern für ihn eingenommen. Nach drei Wochen des Werbens zeigte sie Margaretha die Briefe, die sie bekommen hatte.

»Stell dir vor, er hat die Zustimmung, um meine Hand anzuhalten, vom Herzog nicht bekommen und trotzdem möchte er weiter um mich werben.«

»Das ist sehr mutig von ihm«, stellte Margaretha anerkennend fest, »aber ich hoffe, er weiß, dass ihn deswegen Schlimmes erwarten kann.«

»Oh, da bin ich mir sicher«, sagte Elisabetha und ließ keinen Zweifel daran, dass sie daran wirklich glaubte. »Er kämpft um mich und weiß, was er tut.«

»Glaub mir, ich freue mich für dich, aber Bedenken habe ich schon.«

»Sieh nur, es ist einfach unglaublich, wie dieser Mann seine Zuneigung in Worte fassen kann. Er hat mich doch noch nie getroffen und dennoch scheint er mich zu kennen und rührt mein Herz mit seinen Worten an. Ich muss dir gestehen, dass in mir eine zarte Knospe keimt. Ich habe ihn jetzt schon gern und möchte ihn unbedingt kennenlernen.« Elisabetha lächelte glücklich.

»Allerdings weiß ich nicht, was ich anziehen soll. Ich besitze nur zwei Kleider. Das eine trage ich täglich und das andere sonntags in der Kirche. Beide sind schon etwas schäbig.«

Margaretha schmunzelte. »Das ist doch nicht schlimm, schau nur, dass das Kleid, das du tragen wirst, sauber ist. Du möchtest ihn ja nicht mit deinen Kleidern beeindrucken. Er weiß, worauf er sich einlässt und dass du keine reiche Dame aus vornehmem Haus bist mit einem Schrank voll feiner Gewänder.«

»Du hast recht«, meinte Elisabetha. »Es ist fast zu schön, um wahr zu sein. Ach, mir rasen die Gedanken nur so im Kopf herum und ich bin so aufgeregt, dass ich nicht weiß, ob ich schlafen kann.«

»Wart es nur ab, trink einen beruhigenden Sud, und wenn du deinen Kopf auf dein weiches Daunenkissen legst, fallen dir die Augen von ganz alleine zu.«

Nach einer weiteren Woche gab Elisabetha endlich dem Werben von Johannes von Genth nach und willigte in ein Treffen mit ihm ein. Brühwarm berichtete sie anschließend ihrer Freundin von diesem Treffen.

»Er ist ein wunderbarer junger Mann und strahlt eine vornehme Würde aus. Man spürt seine Herkunft, aber er ist nicht hochmütig. Natürlich ist er modisch gekleidet, aber er ist kein eitler Geck.«

»Es freut mich für dich, dass er für dich so vielversprechend erscheint, aber bitte überstürze nichts«, bat Margaretha.

»Nein, selbstverständlich nicht. Ich bin ja selbst noch skeptisch, ob er aufrichtig ist. Denn was kann er von einer armen

Hebamme, wie ich es bin, schon erwarten. Außerdem habe ich Angst, dass er von meinem Fehltritt erfährt«, sagte Elisabetha ängstlich.

Traurig und mutlos senkte sie den Kopf.

»Ach was, von wem soll er davon erfahren! Ich erzähle nichts, das schwöre ich dir bei allem, was mir heilig ist! Und der neue Herzog selbst würde niemals etwas verlauten lassen, da bin ich mir sicher, denn er würde sich ins eigene Fleisch schneiden. Stell dir nur vor, die Frauengeschichten seines Vaters würden herauskommen, noch sind es nur Gerüchte, die man über den toten Herzog hört, also wird der Sohn nicht damit prahlen. Ganz abgesehen davon, ob er überhaupt davon weiß. Sicherlich kennt er nicht die Namen der ungezählten Frauen, die seinem Vater zu Willen waren.«

»Stimmt, er würde sich selbst schaden.«

»Wichtig ist nur, dass du selbst niemandem davon erzählst, auch nicht im Vertrauen«, mahnte ihre Freundin. Sie nahm Elisabethas Arm und streichelte darüber. »Wie hat sich Johannes dir gegenüber verhalten?«

»Er hielt meine Hand lange in der seinen und zum Abschied, als ich verlegen knickste, hat er meine Hand an seine Lippen gezogen und geküsst. Zudem bat er mich um ein Wiedersehen.«

»Wirst du ihm das gewähren?«

»Ich denke schon, er gefällt mir. Ich habe mich geschmeichelt gefühlt, als er mir seine Aufwartung gemacht hat.«

13. Kapitel

Erst am 1. Oktober des Jahres 1610 vernahmen die Bürger von Backnang wieder etwas von ihrem Herzog. Er befahl den Ratsherren erneut, Stellung zum Backnanger Gänsestreit zu nehmen. Drei Tage später gaben die Ratsherren gemäß ihrem bisherigen Schriftverkehr einen kurzen Bericht an den Herzog und fügten an, dass sie das Ersuchen der Frauen zurückweisen, ihnen höchstenfalls ein bis drei Gänse zugestehen würden, dies aber nur, wenn diese im Stall blieben. Da es daher auch nicht nötig sei, sie zu hüten, bräuchten sie auch keinen Gänsehirten. Sollten wieder scharenweise Tiere gehalten werden, drohten harte Strafen.

Die frohe Kunde, dass es erlaubt sein sollte, wieder bis zu drei Gänse halten zu dürfen, verbreitete sich schnell. Aber auch das Gerücht, der Vogt sei weiterhin nicht bereit nachzugeben, schwirrte durch die Stadt.

Noch am selben Nachmittag bat Anna Binder ihren Mann Lienhard, aus der Umgebung Gänse zu besorgen. Der Stiftsküfer fuhr in Richtung des Dorfes Aspach davon, kam aber am Abend unverrichteter Dinge wieder zurück, da die Menschen dort vom Gänseverbot wussten. Die Unruhen, die es in der Stadt deswegen gegeben hatte, waren dort auch bekannt. Die Aspacher Bürger hofften auf eine baldige Einigung, waren aber ohne herzoglichen Befehl nicht gewillt, Gänse zu verkaufen.

»Anna«, bemerkte ihr Mann mürrisch, »es wird nicht einfach werden. Ich werde am frühen Morgen wohl bis nach Murrhardt fahren müssen, um deine verflixten Gänse zu kaufen.«

»Dann tu das. Ich werde dir eine besonders köstliche Suppe vorsetzen, wenn du zurückkommst«, gab sie dankbar zurück.

Schnell ging sie daran, einen dicken, runden Kürbis zuzubereiten. Sie freute sich auf dieses einfache Gericht, denn sie wusste, dass es den Bauch und die Seele wärmen würde. Der süße Geschmack der Kürbissuppe würde ihren Mann besänftigen, da war sie sich sicher.

Margaretha und ihre Nachbarinnen, auch die Stifts- und die Bürgermüllerin, beschlossen dagegen, nicht vorschnell zu handeln, erst den herzoglichen Bescheid abzuwarten, bevor sie sich Gänse anschaffen würden. Doch bei der einen oder anderen Backnanger Familie hielten mehrere Gänse unerlaubterweise wieder Einzug, wobei die Tiere versteckt gehalten wurden und nicht frei herumlaufen durften.

Jeden Morgen, wenn Margaretha auf ihrem Rundgang bei ihren Patientinnen war, hörte sie weitere Klagen. Nur bei den Familien mit ein oder zwei Gänsen war das Jammern leiser geworden. Aber die allgemeine Unzufriedenheit herrschte im Ort weiterhin vor. Viele Famillien ohne Gänse mussten hungern. Das erst zweijährige Töchterchen der Familie Mautz starb, weil ihr Vater keine Milch und kein Getreide kaufen konnte.

Der Stiftsküfer Lienhard Binder unternahm die Reise nach Murrhardt zusammen mit den Rotgerberbrüdern Friedrich und Georg Breuninger. Sie trafen sich am Besitz der Rotgerber, der Lohmühle. Hier fand die Herstellung von Gerberlohe statt. Die gemahlene Rinde war der wichtigste Bestandteil der Lohe, die sie zum Gerben der Tierhäute brauchten.

Der alte Breuninger gar schwor auf ein Lohebad in den Gruben, in denen die beinahe fertigen Leder lagen. Für ihn war die Lohe ein Allheilmittel für alles. Wenn er glaubte, krank zu werden, badete er darin.

Gegenüber der Lohmühle, zwischen dem Murrlauf und dem Mühlkanal, lag die Walk mit der Walkmühle. Diese Mühle gehörte den Tuchmachern und Weißgerbern.

Lienhard Binder hörte den Tuchmacher Hans Ferber lautstark mit Weißgerber Fischer streiten.

»Ich muss zum Tuchscherer Bidinger, heute noch!«, schrie Jerg Fischer wütend.

Beide stritten darum, wer zuerst walken durfte. Der Tuchmacher brachte sein Garngewebe zur Mühle. Die vom Mühlrad angetriebenen Holzhämmer hieben auf das Tuch ein und dadurch verfilzten die Fasern. Der Weißgerber dagegen brachte sein Schafs-, Kalbs- oder Ziegenleder zum Walken, denn durch das Schlagen und Kneten wurde das Leder schön weich.

»Wenn der Weißgerber in meiner Zunft wäre, hätte ich ihm schon längst Manieren beigebracht!«, schrie der Tuchmacher.

»Jedesmal streitet Jerg Fischer mit Hans Ferber, dabei ist der Tuchmacher regelmäßig vor ihm an der Mühle«, bemerkte Georg Breuninger.

»Wieso sind sie nicht in Eurer Zunft, es sind doch auch Gerber?«, fragte Lienhard.

»Das liegt allein an den unterschiedlichen Gerbvorgängen. Zum Glück ist das so!«

Friedrich Breuninger schüttelte lächelnd den Kopf »Jetzt lass schon gut sein, Bruder. Wichtig ist einzig, dass wir zu unserer Rinde kommen, sonst wird das bei uns nichts mehr mit der Lohe und das können wir uns nicht leisten.«

Die beiden Gerber hatten Wochen zuvor schon mit dem Murrhardter Klostervogt über riesige Mengen Eichen- und Fichtenrinde verhandelt. Die Gewinnung der Rinden, im Murrhardter Wald überwiegend von Fichten, war nur mit Erlaubnis möglich. Das Holzungsrecht gehörte dem Herzog, demnach durften nur des Herzogs Holzer die Bäume schlagen. Viele Klafter Holz wurden auf Weisung gespalten und geschichtet und davon wurden die Rinden gewonnen.

Die Fuhre mit den drei Männern machte sich am hellichten Tage mit einem kräftigen, leistungsfähigen Warmblüter als Zugpferd auf die lange Strecke. Ihr holperiger Weg führte sie nördlich in Richtung Murrhardter Wald, durch das Dorf Unterbrüden, an den Gehöften Hohnweiler und Lippoldsweiler vorbei. Das unebene Pflaster, voller Löcher und Steine, rüttelte sie gehörig durch. Georg Breuninger, der am heutigen Tag ihr Fuhrmann war, lenkte den Wagen mit sicherem Geschick zum Dorf Ebersberg. Oberhalb östlich gelegen befand sich auf einem Bergsporn das zweiflügelige Schloss zu Ebersberg. Ehrfürchtig besahen sie das prächtige Wohngebäude des Schlosses, das ehemals von den Staufern gegründet worden war.

Am Gehöft Sauerhof machten sie eine kurze Rast. Ein Brot und ein kleiner Topf mit ausgelassenem Schweineschmalz war ihre Wegzehrung.

»Was freue ich mich wieder auf einen fetten Gänsebraten und schmackhaftes Gänseklein«, seufzte Lienhard Binder sehnsüchtig.

»Das ist recht!«, rief Georg. »Es ist wirklich ein Jammer, dieses Elend ohne unsere Gänse!«

Auf ihrem Weg überquerten sie den Rottmannsberg, bis sie schließlich an ihrem Ziel, der Rottmansberger Sägmühle am Hörschbach, ankamen. Diese lag am linken Bach, denn der Hörschbach speiste sich aus einem linken und rechten Bach. Am rechten Bach lag die Hörschhofer Sägmühle und unweit davon stand der Hörschbachhof. Die Bäche mit ihrem Gefälle waren ein idealer Standort für das traditionelle Handwerk der Holzverarbeitung der Sägmühlen.

Die Rotgerber blieben in der Sägmühle, um ihre erste Fuhre aufzuladen. Derweil marschierte Lienhard Binder entlang des vereinigten Hörschbaches weiter durch den Wald. Der enorme Geräuschpegel des vor ihm liegenden »Hinteren Wasserfalls« wies ihm in dem unwegsamen Gelände die Richtung. Weiter nördlich durch eine enge Schlucht führte der schmale, unbefestigte Pfad neben dem Bach, der zeitweilig auch über Trittsteine im Wasser ging, zum »Vorderen Wasserfall«. Staunend betrachtete Lienhard, wie von einer Abbruchkante das Wasser laut tosend in die Tiefe stürzte. Nach einem weiteren halbstündigen Fußmarsch am Bach entlang erreichte er den westlichen Stadtteil Murrhardts.

Er befragte den nächsten Dorfbewohner, wo er am besten Gänse erstehen könnte.

»Ah, Ihr seid nicht von hier, sonst würdet Ihr den Rudolf Meyer kennen. Er war Kuhhirt und hatte ein paar Gänse, doch mittlerweile hat er die größte Schar weit und breit. Er ist weithin bekannt, sogar bei den Wallfahrern hat es sich schnell herumgesprochen, dass er immer Gänse hat. Der eine oder andere Pilger kaufte sich schon eine fette Gans und hat sie sich vom Wirt direkt zubereiten lassen.«

»Welche Wallfahrer?«, fragte Binder und machte ein Gesicht wie ein großes Fragezeichen.

»Ja, habt ihr noch nichts vom Kloster und Abt Walterich gehört? Er hat wundersame Heilungen vollbracht und wir Murrhardter verehren ihn als den Schutzheiligen der Gebrechlichen. Nach seinem Tod wurde er in der Kirche St. Marien beigesetzt. Über die Maßen berühmt und beliebt, wurde die Kirche nach ihm umbenannt.«

»Ich bin nur ein einfacher Küfer, von Wein versteh ich was, aber von eurem Wunderheiler hab ich noch nichts gehört. Wir in Backnang kümmern uns um unseren eigenen Kram«, sagte Lienhard schroff.

»Dann müsst Ihr in der Karwoche unbedingt wiederkommen und die Grabplatte besichtigen.«

»Dafür werd ich keine Zeit haben«, erwiderte Lienhard. Dann fragte er: »Also, wo ist denn nun euer Kuh- und Gänsehirt?«

»Gar nicht weit von hier liegt die Schwarzenmühle, in unmittelbarer Nähe wohnt Rudolf Meyer. Schaut nach Westen und lauft zu, ihr könnt ihn nicht verfehlen, das Geschnatter der Gänsevögel ist nicht zu überhören.«

Lienhard Binder grüßte und dankte freundlich. Der Dörfler drehte sich um und mit dem Wallfahrerlied »Mitten im Leben stehn wir im Tode« auf den Lippen, verließ er den verdutzten Küfer.

Am Hof angekommen wurde Lienhard Binder von der Gänseschar mit ohrenbetäubendem Geschrei und heftigen Warnlauten empfangen. Ein paar ganz aufgeregte Gänse kamen mit langgestrecktem geradem Hals und Zischlauten auf ihn zu.

»Das machen die Gänse bei jedem Fremden«, beteuerte Rudolf Meyer.

Nach kurzem Ansehen fand Lienhard, was er suchte. An jenem Mittag erstand der Küfer ein paar ansehnliche Jungvögel. Wie der Gänsehirt versicherte, hatte sich das gewählte Gänsepaar im letzten Winter bereits gefunden, und da sie diesen Sommer schon als Paar zusammengelebt hatten, würden sie gewiss im nächsten Frühjahr das erste Mal brüten.

Lienhard glaubte, dass Anna mit ihm zufrieden sein würde. Das helle Gefieder der Gänse mit ein wenig Graubraun, die fleischfarbenen Schnäbel und Füße sahen ansprechend aus. Sogar ihm gefiel das Federvolk, musste er sich eingestehen.

Die Gänse in einen großen Tragkorb gesteckt, ging er zügig zu den beiden wartenden Rotgerbern zurück. So schnell sie konnten, reisten sie den langen Weg zurück, denn die Rotgerber mussten noch mehrere Fuhren Rinde holen.

Anna fiel ihrem Lienhard freudestrahlend um den Hals, als er mit dem allerliebsten Paar Jungvögel auf dem Hof ankam.

Glücklich plaudernd versorgte sie die Gänse, da unterbrach sie ihr Mann: »Ich bin sehr hungrig. Lass uns essen, ich freue mich schon den ganzen Tag auf deine warme Kürbissuppe.«

Am späten Nachmittag des nächsten Tages ging ein heftiger Regenschauer nieder, doch dann klärte sich der Himmel schnell auf. Hinter dem Haus der Familie Goldtner stand eine tiefstehende Sonne und beleuchtete den feuchten Hof.

Margaretha nahm ihre beiden Kinder an der Hand, um an die frische Luft zu gehen. Sie hatte die Erfahrung gemacht, dass es Körper und Seele guttat, außerdem konnte sie so dem Lichtmangel, der im Haus und Stall durch die kürzer werdenden Tage herrschte, entkommen.

Margaretha machte ihre Kinder auf den schillernden Regenbogen aufmerksam, der vor ihnen in unendlicher Entfernung mit seiner Farbenpracht den Himmel mit der Erde verband. Der Anblick des Bogens mit seinen violett-blau, grün, gelb und rot strahlenden Farben faszinierte die beiden kleinen Mädchen.

»Woher kommt dieser bunte Bogen?«, fragte Barbara.

»Das kann ich dir auch nicht sagen«, beantwortete Margaretha die Frage ehrlich. »Aber unser Stadtpfarrer Jacob Bauhof predigte schon von Ezechiel, der da sagte: ›So etwa sah die Herrlichkeit Gottes aus‹, und er meinte damit, dass der schimmernde Lichtkranz den Heiligenschein verkörpere und die Gegenwart Gottes anzeige.«

Auf ihrer gemeinsamen Wanderung suchten die Kinder eifrig mit nach Kastanien, roten Blättern, Eicheln oder anderen interessanten Dingen aus der Natur, die Barbara und Ursula später zum Basteln benutzen konnten. Für Margaretha hatte es noch den guten Nebeneffekt, dass sie gleichzeitig nach Nahrung suchen konnte. Sie spornten sich gegenseitig an bei ihrer Suche nach Esskastanien, Eicheln und Pilzen. Geduldig durchwühlten sie das feuchte Laub und freuten sich diebisch über jeden Fund.

»Wofür brauchst du denn die Eicheln, Mama?«, fragte Barbara. »Die haben wir noch nie gesucht.«

»Nun, wenn ich die geschälten, zerstoßenen Eicheln mehrfach gründlich im Wasser bade, das Wasser nicht mehr trübe verfärbt ist und ich sie dann bei höherer Temperatur siede, kann ich die Eicheln von dem bitteren Beigeschmack befreien. In harten Notzeiten kann ich die Eicheln so als Mehlersatz für Brei und Teig nutzen. Vielleicht schaffen wir es so, diesen Herbst nicht hungern zu müssen. Ich möchte doch, dass ihr prächtig gedeiht und nicht wieder so blass und mager seid wie die letzten beiden Jahre.«

»Aber Mama, die Esskastanien schmecken bestimmt viel besser«, maulte Ursula.

»Wir dürfen nicht wählerisch sein, mein Kind«, mahnte Margaretha.

Barbara warf ihrer jüngeren, vierjährigen Schwester einen missbilligenden Blick zu. »Sei doch froh, dass dein Magen nicht mehr knurrt wie ein räudiger Hund. Oder hast du schon vergessen, wie du dich jeden Abend vor Hunger in den Schlaf geweint hast?«

»Nein, das vergesse ich nicht so schnell«, entgegnete die Kleine schaudernd.

»Dann sei zufrieden mit dem was, du bekommst und maule nicht herum«, wies Barbara Ursula zurecht.

Die achtjährige, ruhige Barbara war schon viel zu verständig und reif für ihr Alter, fand Margaretha. Es tat ihr leid, dass ihre Erstgeborene so schnell erwachsen wurde. Doch sie hatte genügend Elend erfahren, hatte schon als Kleinkind mit ansehen müssen, wie sich ihre Eltern abrackerten. Oft genug hatte sie ihren Vater bis spät in die Nacht in der Werkstatt werkeln sehen und ihre Mutter noch vor dem Schlafengehen beobachtet, wie sie mit müden Augen über den Büchern saß.

Als vor vier Jahren die Roggenernte vernichtet wurde und es Mangel an Brot gab, wurde es schlimmer und schlimmer für die Bevölkerung, denn es folgten zwei schwere Winter. Im Frühjahr gab es noch mal späte Frosteinbrüche, die einen Teil der Ernte zerstörten. Die Nahrungsmittelknappheit verursachte großes Leid. Die Entbehrungen wurden durch das Fehlen der Gänse noch verstärkt.

»Armut, Not und wenig Brot«, schoss es Margaretha durch den Kopf.

Dieser Spruch sagte alles. Und dennoch waren die Goldtners noch vergleichsweise gut dran. Sie hatten ihr kleines Einkommen und Margaretha bekam für ihre Arbeit und Mühe immer wieder ein bescheidenes Entgelt in Naturalien. Ihr Wissen um die Pflanzenkunde half ihnen ebenso, zu überleben. Auch sie kannten schweren Hunger, aber in ihrer Familie war bisher niemand aus Mangel an Nahrung gestorben.

Margaretha war glücklich, ihre beiden großen Mädchen neben sich spazieren zu sehen, mager, aber wacker und aufrecht. Sorgen bereitete ihr ihre vierte Tochter, Anna, die sie in der Obhut von Anna-Maria gelassen hatte. Das kleine Würmchen war erst vor Kurzem ein Jahr alt geworden. Anna war seit der Geburt kränklich und obwohl Margaretha sie immer noch selbst stillte, gedieh sie nicht. Margaretha wunderte sich insgeheim nicht darüber, denn da sie sich selbst nur mit dem wenigsten begnügen musste, war ihre Milch bläulich und dünn. Außerdem weigerte sich das Mädchen, den Brei zu essen, den Margaretha zufüttern wollte. Immer wieder drehte sie den Kopf weg und spuckte den eingeweichten Brotbrei wieder aus. Margaretha war verzweifelt, denn sie ahnte, dass Anna den Eichelbrei, den sie ihr bald geben musste, erst recht nicht schlucken würde.

Die junge Mutter erinnerte sich gerne an die Taufe von Anna zurück. Sie konnte kaum glauben, dass diese erst vor einem knappen Jahr gewesen war. Die Aufnahme ihres Täuflings in die Gemeinschaft der Christen war sehr feierlich vonstattengegangen. Im Namen ihrer Tochter hatten Veit und Margaretha Pfarrer Bauhof bestätigt, dass der Säugling getauft werden sollte und eingewilligt, das Kind im christlichen Glauben zu erziehen.

»Ja, mit Gottes Hilfe!«, hatten beide ausgerufen.

Nach der Tauffformel, der Besprengung des Köpfchens mit Weihwasser und der Namensgebung läuteten die Glocken. Ehrfürchtig lauschte Margaretha dem Taufspruch, der ihre Anna auf ihrem Lebensweg begleiten sollte: »Denn er hat seinen Engeln befohlen, dass sie dich behüten auf allen deinen Wegen.«

Zu gerne hätte sie eine Taufkerze für den kleinen Täufling entzünden lassen, um die Worte »Empfange das Licht Christi« ihrer Tochter zu widmen. Aber diese Worte, schon oftmals gepredigt, sollten ihr nicht vergönnt sein, da sie sich keine Taufkerze leisten konnten. Umso mehr genoss sie das Spenden des Segens durch den Geistlichen. Margaretha seufzte bei dieser Erinnerung. Nach der Kirche trug der Pfarrrer in seiner schönsten Schreibschrift alle Angaben sorgfältig ins Kirchenbuch ein. Margaretha hoffte, dass auch weiterhin Gottes schützende Hand über ihrer kränkelnden Tochter verweilen würde.

Als der Stiftsküfer Lienhard Binder an diesem Morgen erwachte, freute er sich auf den vor ihm liegenden Tag. Heute würde ihn sein Weg zur Kelter in Kleinaspach, die an der Straße nach Vöhrenberg lag, führen. Als Fassmeister des Stifts, der für die Herstellung der Holzweinfässer zuständig war, hatte er mit seinen beiden Stiftsküferknechten die letzten Wochen und Monate ein Dutzend Eichenfässer angefertigt. Nach dem Ende der Weinlese, die kräftigen Keuperböden hatten fruchtige rote und weiße Trauben hervorgebracht, waren alle Trauben von den Reben gepflückt und landeten in der großen Presse. Der Küfer sollte nun die Fässer bringen, damit der Wein abgefüllt werden konnte.

»He, ihr Burschen«, rief er seinen Knechten zu, »es wird nicht gefaulenzt, während ich fort bin. Ich habe ein paar Aufgaben für euch. Das restliche Eichenholz muss noch in Dauben gespalten und zur Trocknung in Türmen aufgeschichtet werden. Die Weidenruten für die Holzspannringe müssen gebunden und der Weinkeller muss dringend ausgefegt werden.«

»Och nein, und ich dachte, wir hätten heute mal einen gemütlichen Tag«, maulte Hans Fritz leise.

»Das war wohl wieder nichts, das nächste Mal vielleicht«, tröstete Georg Gscheidlin.

»An die Arbeit, marsch, marsch«, befahl der Stiftsküfer.

»Ich kann dir nicht sagen, wie froh ich bin, dass ich diese Arbeit in der Küferei bekommen habe, auch wenn mir die Arbeit manchmal nicht schmeckt«, flüsterte Georg. »Den Brunnen reinigen und den Schafhof ausmisten macht mir gar keinen Spaß, dafür finde ich das Einsammeln des Zehnten schon lustiger. Ich kann mich regelrecht an den Schimpftiraden ergötzen, die die Leute so loslassen, wenn wir zu ihnen kommen, um die Abgaben einzufordern. Außerdem bin ich froh darüber, einen soliden Grundsold zu bekommen.«

»Schon gut. Da gebe ich dir recht, Georg. Jetzt lass uns anfangen, vielleicht können wir nachher noch auf einen Becher Wein im *Schwanen* einkehren.«

Erfreut, das Aspacher Stadttor schon hinter sich gelassen zu haben, zuckelte der Stiftsküfer Binder mit seiner Fuhre die schlecht ausgebaute Straße Richung Kleinaspach hinaus. Seine Gedanken verweilten bei der neuen Ernte des diesjährigen Weines. Es versprach ein gutes, ja sogar ein ausgezeichnetes Jahr zu werden, die Erntemengen würden sehr hoch sein.

Auch wenn er als Küfer hauptsächlich für die Fässer zuständig war, so galt seine ganze Leidenschaft dem Wein. Nach dem Keltern der Trauben verfolgte er aufmerksam die Gärung und beginnende Reife des Weines. Im Keller des Stifts war eine gleichbleibend konstante Lagertemperatur der Weinfässer möglich. Doch nichts war für ihn schöner als das Öffnen eines Weinfasses und das Probieren des Weines mit seinem fruchtigen und vielfältigen Geschmack. Einen Becher eingießen, den Weinduft erschnuppern und anschließend über die Zunge rollen lassen, das war ein Hochgenuss. Bei diesen Gedanken sog Lienhard Binder die gute Luft genießerisch ein, aber der einzige Geruch, der ihm in die Nase stieg, war Kuhdung. Dies riss ihn aus seinen Träumen und er kehrte in die Wirklichkeit zurück. Seine Pferde waren zum Glück den ihnen wohlbekannten Weg in gleichem Schritt und Tritt weitergegangen.

Bewundernd betrachtete der Küfer die idyllische Landschaft. Er näherte sich der alten Torkelkelter, hinter ihr erhoben sich die Kleinaspacher Weinberge. Die heimische Flora und Fauna hatte ihn schon immer begeistert. Das rote Laub schmückte die widerstandsfähigen Weinstöcke und leuchtete in der warmen Herbstsonne.

Schade nur, dachte er, dass die gelb-schwarz gemusterten Schwalbenschwänze, die sonst so lustig die Gegend bevölkerten, schon verschwunden waren. So, wie viele Vögel am Beginn des Herbstes ihre Brutstätten schon verlassen hatten, um in großen Schwärmen in ihre warmen Winterquartiere zu fliegen.

Lienhard erreichte die Kelter und wie immer stellte sich beim Betreten ein wohliges Gefühl bei ihm ein. Der ausladende hölzerne Dachstuhl des Kelterraumes mit der großen Spindel und dem daran hängenden Gewichtstein war für ihn immer wieder ein magischer Ort. Außerdem gab es noch ein kleines Kelterstüble mit Ofen, in dem man den jungen Wein probieren konnte, und zwei Eckräume, die auch Zehnthäusle genannt wurden, denn hier wurde der Zehntwein aufbewahrt. Wie alle anderen musste auch die Stiftsküferei den zehnten Teil von ihren Erträgen an den Herzog abführen. Dennoch litt das reiche Stift nicht so unter den Abgaben wie die wesentlich ärmere Bevölkerung. Dies war dem Stiftsküfer schon ein Dorn im Auge, dennoch war er dankbar über die gute Position im Stift, und bevor er sich als armseliger Tagelöhner verdingen musste, nahm er lieber murrend den Zehnten in Kauf.

»Lienhard! Gut, dass du kommst. Stell dir vor, wir sind bestohlen worden!« Mit feuerrotem Gesicht schrie der Keltermeister Lienhard die Worte ins Gesicht. »Nicht nur, dass ein Zehnliterfass Wein fehlt, sondern auch unsere Urkunde über das Kelterrecht. Ich brauche dir ja wohl nicht zu sagen, was das für uns bedeutet.«

»Ja, ich weiß. Nur wir allein hatten hier das Recht, unsere Kelter zu bauen und zu unterhalten. Wer könnte uns den Bezirk streitig machen?«

»Dem Kelterbann unseres Landesherrn auf die Benutzung seiner Kelter unterliegen nur wir. Alle Bewohner Aspachs und Backnangs, aber auch die, die umliegende Weinberge ihr Eigen nennen, müssen ihre Trauben hier abliefern und ihren Zehnten entrichten. Niemand darf Trauben in seinem Haus und Hof oder Scheune verwahren. Darauf steht eine hohe Strafe.«

»Kein einziger Weinbauer würde das riskieren.«

»Ha, ich habe gehört, dass die Allmersbacher Dörfler mit ihrer eigenen kleinen Kelter uns das Recht streitig machen wollen. Die Einwohner unseres Nachbardorfes sind zwar deutlich in der Unterzahl, aber hitzige Streithähne.« Die Abneigung gegenüber den Allmersbachern war aus seinen Worten deutlich zu hören. »Nun, unser Herzog wird niemals genehmigen, dass sie unsere Aufgaben übernehmen. Es sei denn …«

»Es sei denn«, fiel Lienhard dem Keltermeister ins Wort, »sie können uns nachweisen, dass wir es nicht schaffen, mit unserer Kelter die ganze Traubenernte dieser Gegend zu verarbeiten.«

»Wir haben die Kelterordnung des Herzogs, in der alle Vorschriften festgehalten sind, immer genauestens eingehalten. Da haben wir uns nichts vorzuwerfen.«

»Stimmt, die Weinbergpfahlordnung zur Kontrolle der Wurzel- und Blindreben wird bei uns ebenso beachtet wie der Schutz der reifen Trauben gegen Diebstahl, Wild und Vogelfraß. Dabei fällt mir ein, wo sind unsere beiden Weinbergschützen? Sie müssen doch Tag und Nacht in den Weinbergen bleiben, um aufzupassen.«

Verdrießlich blickte der Keltermeister zu Boden. »Vermutlich liegen sie irgendwo zwischen den Reben und schlafen ihren Rausch aus.«

»Wirf sie hinaus! Es wird nicht besonders schwer sein, die beiden zu ersetzen. Im Übrigen werde ich morgen gleich nach Stuttgart fahren, um unseren Schaden möglichst zu begrenzen. Ich werde den Verlust der Urkunde beim Sekretär des Herzogs melden und darauf drängen, dass er mir sofort eine neue ausstellt. Die Reise nach Stuttgart kostet mich schließlich zwei Tage, die ich nicht im Stift verbringen kann. Ich möchte nicht, dass der Herzog ein Auge auf uns hat. Sonst ergeht es uns womöglich wie den Fellbacher Weinbauern. Denen hat er im Jahre 1604 für 1400 Gulden das Rohrtrunkrecht abgekauft. Ich möchte mir den Zug aus dem Spundloch des Zehntfasses nicht nehmen lassen, deshalb ist der Durchmesser meines Rohres viel kleiner als der des Fellbachers und die Menge, die ich auf einmal trinken kann, kostet den Zehntherrn daher nicht viel.«

»Das hast Du recht gemacht. Schließlich hast du dir deinen Anteil am Zehnten redlich verdient. Wenn wir die Einforderung des Zehntweines schon nicht vermeiden können, darf wenigstens die Bewirtung des Zinsers nicht fehlen.«

Lienhard lachte. »Wir dürfen den Kelterbetrieb auf keinen Fall gefährden.«

Der Keltermeister klopfte Lienhard wohlwollend auf die Schulter. »Nimm dem Sekretär ein kleines Fässchen Wein mit, das können wir gerade noch so verkraften und es sichert uns hoffentlich seine Gunst.«

»Ich würde dem Sekretär des Herzogs sogar ein Fuder Wein mitbringen, wenn es uns helfen könnte, unsere Rechte zu wahren, doch da wäre mein zweispänniger Wagen voll bis obenhin.«

»Ob sich jemand mit uns nur einen derben Spaß erlaubt hat?«, fragte der Keltermeister.

»Du denkst an einen Dummenjungenstreich? Wollen wir einmal annehmen, dass es so war, dann wäre das Fass Wein vielleicht kaputtgeschlagen worden oder ausgeleert, aber nicht verschwunden. Nein, jetzt im Ernst gesprochen, da wollte uns jemand Böses. Das ist kein Spaß mehr, dies geht eindeutig zu weit! Wir werden den unbekannten Übeltäter anzeigen. Falls jemand irgendwelche Ansprüche auf ein Kelterrecht erhebt, haben wir den Täter. So sichern wir uns ab und können uns auf unsere Anzeige berufen.« Lienhard drehte sich auf dem Absatz herum. »Lass uns endlich die Fässer abladen. Ich muss dann sofort wieder los. Der morgige Tag wird sehr lang werden und ich muss meine beiden Stifsknechte noch gehörig bei den Ohren nehmen. Wenn ich sie nicht ordentlich verwarne, werden sie mir die Tage, die ich weg bin, auf der faulen Haut liegen.«

Ihr Weg führte Margaretha an diesem schönen Herbsttag zum Haus des Metzgers Hans Brotbeck. Sie musste jedesmal insgeheim lächeln, wenn sie den Namen hörte. Sie verband damit einen Beck, der einen frischen Laib Brot backte und sich damit seinen Unterhalt verdiente. Aber dieser Brotbeck hatte seinen Namen zu Unrecht, da er mit Fleisch und Därmen handelte. Auf seiner Fleischbank lag rohes neben gepökeltem, fettes neben magerem Fleisch. Er verstand sein Handwerk, schlachtete das Vieh, stopfte zerhacktes Fleisch in Därme, um Würste herzustellen, stand stundenlang in seiner Wurstküche und kochte Brühe, in der die frischen Blut- und Leberwürste siedeten.

Aber nur die vornehmeren Bürger konnten sich Wurst und Fleisch leisten. In den Handwerker- und Bauernküchen gab es Hülsenfrüchte, Brot und Brei, ab und zu Fisch und nur an Festtagen auch mal einen Gänsebraten. Deshalb wurden die Gänse vor allem bei der weniger wohlhabenden Bevölkerung schmerzlich vermisst.

Die Frau des Hans Brotbeck stand kurz vor der Niederkunft. Nur noch wenige Tage trennten sie davon. Als die Hebamme das Haus betrat, spürte sie sofort die gespannte Atmosphäre. Die junge Magd der Familie führte Margaretha nervös die Stiege hinauf. Die Hebamme ahnte schon, was sie vorfinden würde. Die junge Gebärende lag verkrampft auf ihrem Bett und fürchtete sich. Es war ihre erste Geburt und sie hatte große Angst davor. Margaretha bemühte sich mit viel Einfühlungsvermögen auf die Frau einzugehen und versicherte ihr, dass es völlig natürlich wäre, Angst zu haben, doch sie sei jetzt da, um ihr zu helfen. Mit klarem Kopf und sicheren Handgriffen begleitete sie die werdende Mutter durch die Wehen und den Geburtsablauf.

Nach der geglückten Geburt schickte Margaretha die Magd, um den Vater zu holen. Die Hebamme war überrascht über die überwältigenden Glücksgefühle, von denen der Metzger übermannt wurde.

Brotbeck besah sich den gesunden Knaben und der starke Mann begann zu weinen. Schluchzend verfügte er, dass sein Sohn nach ihm Hans genannt werden sollte.

Die Wehmutter nahm ihren wohlverdienten Lohn, zu dem selbstverständlich auch ein Stück Fleisch gehörte, dankbar entgegen und machte sich zufrieden auf den Heimweg.

14. Kapitel

November und Dezember 1610 brachten bittere Kälte und schneebedeckte Landschaften. Das Wintergemüse, das gepökelte Fleisch und das wenige Obst, das den Winter über gelagert werden konnte, ergänzten den täglichen Brei nur spärlich. Auch die Tiere litten und wurden nur mit dem Nötigsten versorgt. Die Katze der Goldtners fand keine Mäuse mehr im dichten Schnee und kam immer öfters maunzend und bettelnd zu Margaretha in die Stube. Sie erbarmte sich und gab dem Tier etwas verdünnte Milch in einem Tonschälchen, worauf es sich zufrieden schnurrend in die Nähe des heißen Ofens legte.

Doch eines Tages war sie einfach fort. Am späten Nachmittag hinausgelassen, war sie im Übergang zwischen Tag und Nacht im Halbdunkel verschwunden. Vor dem Schlafengehen rief Margaretha wie jede Nacht nach der Katze, aber diesmal erschien sie nicht. Sie suchten überall, aber das Tier blieb spurlos verschwunden. Die ganze Familie war traurig. Alle liebten es, die Katze zu streicheln. Wenn sie dann genießerisch den Kopf reckte, um sich unter dem Kinn kraulen zu lassen, empfanden sie das als großes Glück.

Margaretha fuhr ein schlimmer Gedanke durch den Kopf. Sollte jemand nach dem Leben der Katze getrachtet haben? Vielleicht machte sie sich nur unnötig Sorgen, aber sie hatte schon davon gehört, dass Katzen eingefangen wurden, um ihnen das dicke Winterfell abzuziehen. Es war eine Schande, wirklich verachtenswert, aber es gab sicherlich Menschen, denen dies zuzutrauen war. Doch solange sie diejenigen nicht mit einem wärmenden Muff antraf, war das nicht zu beweisen. Dennoch empfand Margaretha tiefe Trauer, da sie insgeheim sicher war, dass es so geschehen war.

Der Schmerz übermannte ihre kleine Familie mitsamt ihren Bediensteten umso heftiger und riss alte Wunden wieder auf, denn sie hatten den Verlust der kleinen Anna noch nicht überwunden. Seit ihrem Tod waren noch keine zwei Monate vergangen. Der allgemein verbreitete Brauch, Kindern mehrfach den gleichen Namen zu geben, wenn eines gestorben war, stand offensichtlich bei ihnen unter keinem guten Stern. Denn auch die zweite Anna war gestorben.

Vor allem Ursula verstand noch nicht, warum ihre Schwester nicht mehr bei ihnen war und nie mehr zurückkommen würde. Margaretha konnte es ja selbst noch nicht fassen, wie sollte sie es dann für ihre Kinder in Worte kleiden? Sie war so dankbar gewesen, dass eine Frau aus der Nachbarschaft die Arbeit der Totenwäscherin übernommen hatte und ihre kleine Tochter für die Beerdigung zurechtgemacht hatte. Bei jedem Säugling, der unter ihren Händen starb, hatte Margaretha diese Christenpflicht tapfer übernommen, aber bei ihrem eigenen Kind war sie wie erstarrt, unfähig, nur einen Finger zu rühren. Heiße Tränen rollten ihr über die Wangen, der Blick war verschleiert und ihr Herz rief verzweifelt nach Anna. Die Nachbarin nahm sie resolut in die Arme und führte sie in ihre Kammer. Dort übergab sie sie in Anna-Marias Obhut.

Die Magd umsorgte sie zärtlich, versuchte sie zugleich aber auch aus ihrem apathischen Zustand zu holen, indem sie ihr eindringlich zuflüsterte: »Ihr Platz ist bei Euren anderen Kindern, vergesst das nicht!«

Veit sorgte sich ebenfalls rührend um sie. Immer und immer wieder streichelte er sie und redete ihr gut zu. »Ich will dich nicht auch noch verlieren, sei stark«, wisperte er ihr ins Ohr. »Gemeinsam schaffen wir das!«

Margaretha lehnte sich mit einem heimlichen Seufzer in seine Umarmung, drückte die Augen fest zusammen und schluckte die aufsteigenden Tränen hinunter. Sie spürte, wie auch Veit die Lippen aufeinanderpresste und wie seine Wangenmuskeln arbeiteten.

»Der Herr nimmt …«, weinte er.

Margaretha fiel ein. »Und Herr, du gibst …«

Langsam fand Margaretha zu sich zurück, die Nähe zu Veit und Anna-Maria hatte ihr gutgetan. Barbara und Ursula forderten ihr Recht und auch ihre Patientinnen ließen ihr keine Ruhe.

Kaum war die Bestattung vorbei, stand die nächste große Anstrengung bevor. Eine mühsame Geburt, während der Komplikationen auftraten. Der Säugling litt an einer höckrigen Verwachsung des Rückens.

»Ein Buckel!«, schrie die unglückliche Mutter entsetzt auf, als sie des Kindes ansichtig wurde. Obwohl sie gerade erst selbst eine Tochter verloren hatte, wünschte die Hebamme diesem Kind einen baldigen, gnädigen Tod, da für ihn ein elendes Leben mit Schimpf und Schande bestimmt war. Denn die grausamen Menschen würden es verspotten und ihm das Leben entsetzlich schwer machen, einsam würde es aufwachsen, ihm blieb nur die Möglichkeit, als Gaukler oder Bettler sein Dasein zu fristen.

An Heiligabend fand sich die Familie Goldtner, nach dem weihnachtlichen Baden, am frühen Abend in der kleinen Wohnstube ein. Der Raum war mit grünen Zweigen von Eibe und Wacholder geschmückt. Über der Tür hing ein Kranz aus Buchs, den Anna-Maria aufgehängt hatte. Sie konnte sich von diesem heidnischen Brauch nicht trennen und glaubte nach wie vor fest daran, dass er vor Hexen schützen würde.

Margaretha bedauerte es, die freudige Erwartung ihrer Kinder nicht erfüllen zu können. Sie konnte ihnen keine Bescherung bieten.

In der Adventszeit, die als Fastenzeit galt, gab es als Abendbrot immer nur Brotsuppe und getrocknetes Brot. Die Bescherung am Nikolaustag, an dem der heilige Bischof Nikolaus von Myra, als Schutzpatron für die Kinder verehrt, im Bischofsmantel daherkam, war durch Martin Luther verlegt worden. Nun verteilte kein Knecht Ruprecht mehr Nüsse oder Dörrobst oder ließ seine Rute auf die Rücken der Kinder niedersausen. Da die evangelische Kirche keine Heiligenverehrung duldete, war der Gabenbringer nun nicht mehr wie noch zu Margarethas Kinderzeit St. Nicolaus, sondern der »Heilige Geist«, wie Luther das Jesuskind nannte, der an Heiligabend kam. In diesem Jahr lagen jedoch keine kleinen Gaben, die es üblicherweise für Gesinde und Kinder gab, neben der Krippe.

Mit ihrer schönen Altstimme stimmte Margaretha eine alte Volksweise an. Zu dieser Melodie hatte Martin Luther den Text »Vom Himmel hoch, da komm ich her« für seine Kinder gedichtet. Schnell war das Lied in aller Munde gewesen. Schon bald fiel Anna-Maria mit ihrer hellen Stimme in das weihnachtliche Lied mit ein und der Rest der Familie lauschte der »guten Mär«. Dann trug Veit abwechselnd mit Caspar die »Volksballade von der Heiligen Nacht« vor. Die zehn Strophen gingen ihnen flüssig über die Lippen.

Anschließend bat Veit seine Töchter: »Schaut euch die Krippe genau an und findet heraus, welche Figuren dazugekommen sind.«

Barbara und Ursula rannten eifrig zur Krippe. Auch Anna-Maria gesellte sich zu ihnen. Nur Caspar nicht, denn er hatte für die Überraschung gesorgt und die kleinen, hölzernen Figuren in mühevoller Schnitzarbeit gefertigt.

»Ein Eselein!«, schrie Ursula. Sie nahm den Esel mit zwei Fingern vorsichtig aus dem Stall und betrachtete ihn mit verzückten Augen.

Barbara wollte es ihrer kleinen Schwester gleichtun und suchte nun fieberhaft nach der anderen neuen Figur. Endlich entdeckte sie den Hirten mit dem breitkrempigen Schlapphut, der wie selbstverständlich bei seinen Schafen stand.

Vergnügt inszenierten die beiden Mädchen ein Krippenspiel. Die Suche von Maria und Josef nach einer Herberge, wie sie in Bethlehem den armseligen Stall fanden und die Geburt des Jesuskindes.

Einen solchen weihnachtlichen Umzug, in dem Maria und Josef durch die Straßen zogen, begleitet von weiß gekleideten

Mädchen mit offenem Haar, die die Engel darstellten, hatten die Kinder heute in Backnangs Gassen beobachtet.

Nach der bescheidenen Bescherung gingen alle zusammen zur Kirche. Auf dem Kirchgang bewunderten sie die langen Eiszapfen, die überall an den Dachvorsprüngen glitzerten.

Nur Caspar musste zu Hause bleiben, um das Feuer zu bewahren und das Haus zu hüten. Dafür bekam er einen kleinen Brotlaib mit aufgesteckter Kerze, um den Verlust der entgangenen Predigten zu verschmerzen. Veit hatte ihm zudem versprochen, auf dem Rückweg am Haus seiner Mutter vorbeizugehen und sie mitzubringen. Außerdem erlaubte Veit Caspar, am 25. Dezember zu den Weihnachtsfeuern zu gehen, die auf den beschneiten Feldern angezündet wurden. Damit wurde der Glaube und die Hoffnung gefeiert, wie es im Evangelium, unter Lukas 12,49 zu lesen war: »Ich bin gekommen, um Feuer auf die Erde zu werfen, wie froh wäre ich, es würde schon brennen!«

Wie Caspar Margaretha verriet, hatte er ein Stelldichein mit Florina, der keuschen Magd des Rotgerbers Jacob Gerber. Der Junge sagte dies ohne jeden Hintergedanken. Caspar verehrte Florina und war schwer in sie verliebt. Er würde sie nie täuschen, dessen war sich die Hebamme gewiss.

In den Raunächten, den zwölf Nächten zwischen Heiligabend und den Heiligen Drei Königen, wurden nach altem Volksglauben teuflische Gestalten wie Hexen mit Feuerrauch und Lichterschein abgewehrt. Zusammen mit Veit hatte Caspar die Aufgabe, Haus, Stall und Hof auszuräuchern. Mit einer Pfanne bewaffnet, gefüllt mit brennenden Kräutern und Zweigen, gingen sie durch das ganze Anwesen. Dieser alte Brauch sollte die Tiere und das Eigentum vor den finsteren Mächten schützen. Der Glaube, dass aus dunklen Spalten und verborgenen Höhlen während dieser Zeit die teuflischen Seelen Verstorbener aus ihren elenden Behausungen flüchten könnten, war weit verbreitet.

Caspar wollte Florina in diesen Nächten nicht alleine lassen. Sie glaubte wie so viele an das Erscheinen von Geistern. Sie war überzeugt, die Seelen der Toten suchten die Lebenden auf.

Nach alter Überlieferung wurde einem in diesem Zeitraum die Zukunft im Traum offenbart. Auch Margaretha glaubte in ihrem tiefsten Inneren an diese Bräuche. Beim Aufwachen lauschte sie ihren Träumen nach und war froh, wenn sie etwas Unverfängliches geträumt hatte.

Elisabethas Tante Muschel verstand sich auf Traumdeutung. Doch sie verbarg diese Gabe sorgfältig und offenbarte sie nur ihrer Nichte. Diese hatte Margaretha unter dem Siegel der Verschwiegenheit davon erzählt. Margaretha hatte das Geheimnis für sich behalten, auch um die Alte nicht zu gefährden.

Anna-Maria nutzte diese Tage für ihre eigenen Zwecke weidlich aus. Da es auch hieß, dass Arbeiten wie Wäschewaschen und -aufhängen als unheilbringend galt, wusste sie das geschickt anzubringen. Margaretha gab nach Absprache mit Veit bereitwillig nach, da bei diesen eisigen Temperaturen das Waschen der Wäsche an den Ufern der Murr sowieso eine unzumutbare Tortur und Kältequal bedeutet hätte.

Wenn Anna-Maria glücklich war, begann sie zu singen, und sie war oft glücklich. Jubilierend schraubte Anna-Maria ihre wunderbare Gesangsstimme in die höchsten Höhen. Im Nebenzimmer lief Margaretha jedesmal ein Schauder über den Rücken und die feinen Härchen auf ihren Unterarmen stellten sich auf. Diesmal stürzte sie, als der Gesang beendet war, zu Anna-Maria in die Stube.

»Du singst einfach unglaublich schön. Ich werde mich darum bemühen, dich im Kirchenchor unterzubringen. Gleich morgen gehe ich zu unserem Pfarrer und versuche ihn zu überzeugen, dich aufzunehmen. Wir könnten eine neue Vorsingerin gut gebrauchen. Der jetzige ist einfach grauenhaft. Der trifft doch nicht einmal den richtigen Ton.«

»Oh, nein. Ich glaube nicht, dass ich mich traue, vor der ganzen Gemeinde zu singen.«

»Keine Bange, wenn er dich erst einmal in seinem Chor hört, wird er sehr schnell merken, was er an dir hat. Leider können wir uns keinen Gesangsunterricht für dich leisten. Denn verdient hättest du es! Aber vielleicht kann der Pfarrer dich selbst ein wenig in das Vortragen eines Liedes einweisen. Wenn du dann von deinem eigenen Können überzeugt bist, traust du dich auch vor versammelter Gemeinde Psalmen zu singen.«

Im Februar 1611 sollte Margaretha bei Helene Doderer vorbeischauen. Ihr Ehemann, Jacob Doderer aus der Schuhmacherbruderschaft, in der auch Veit war, hatte ihn im November des letzten Jahres um Hilfe gebeten. Veit hatte den Hilferuf sofort an Margaretha weitergegeben, als er erkannte, dass es um ein vermeintliches Frauenleiden ging.

Nach Beschreibung der anhaltenden Krankheit, die Jacob schilderte, erkannte Margaretha, dass Helene an der Krankheit der Traurigkeit litt. Das wunderte sie nicht, denn die schmächtige Frau hatte ihre im Frühjahr 1610 geborene Tochter Genepha schon im August wieder verloren. Helene war deutlich schmaler geworden, fast mager, seitdem Margaretha sie das letzte Mal gesehen hatte. Die Augen leuchteten nicht mehr und die Nase stand spitz aus dem Gesicht. Daraufhin empfahl die Hebamme einen Sud aus Frauenmantel. Allerdings glaubte sie, dass nur eine erneute Schwangerschaft Helene über ihre Trübseligkeit hinweghelfen konnte. So bedrückt und niedergeschlagen kannte sie die dünne Schuhmachersfrau sonst nicht. Margaretha wiederum bat ihren Mann, mit Jacob zu reden und ihm zu unterbreiten, dass er sanft auf Helene zugehen solle. Außerdem wusste sie, wie sehnsüchtig er sich einen strammen Stammhalter wünschte.

Nun konnte die Hebamme Helene ihre Vermutung bestätigen. Während diese erst an eine Laune der Natur geglaubt hatte, war sich Margaretha nach eingehender Befragung und nachdem sie den leicht schwellenden Unterleib der schmalen Frau betastet hatte, sicher.

Helene Doderer öffnete den Mund, brachte aber keine einzige Silbe heraus. Eine Träne rollte ihre Wange herab.

»Was ist los?«, fragte Margaretha. Einen kurzen Moment war sie verunsichert über die Reaktion der Frau. Was, wenn sie sich geirrt hatte? Kurz beschlichen sie Zweifel. Aber nein, sie war sich ganz sicher. Die Zeichen waren zu deutlich, vermutlich war sie sogar schon in der zweiten Hälfte der Schwangerschaft. Margaretha trat auf Helene zu und streichelte ihren Arm. »Es wird alles gut«, flüsterte sie.

»Margaretha, ich ... « Helene schluckte. » ... bin überglücklich!«

Ihre Augen strahlten eine zuversichtliche Freude aus. Ihr ganzer Körper blühte wieder auf, wie weggewischt waren ihre trübsinnigen Stimmungen.

Margaretha freute sich mit ihr und versprach regelmäßig vorbeizukommen.

»Auch meine Schwiegermutter kann mir nun keine Vorwürfe mehr machen. Sie hat mir das Leben in der letzten Zeit so schwer gemacht und mir dauernd reingeredet. Nichts konnte ich ihr mehr recht machen.«

»Ja, jeder muss sein eigenes Leben leben und den anderen leben lassen. Ich kenne das, die alte Goldtner hat sich auch überall eingemischt. Ich hatte erst meine Ruhe, als sie gestorben war. Ich hab ihr den Tod nicht gewünscht, aber ich war nicht unglücklich darüber.«

Auf dem Rückweg genoss Margaretha den Tag. Die kalte, frische Luft belebte sie. Da konnte ihr auch der Anblick des Vogts, der ihren Weg kreuzte, nicht die gute Laune verderben.

Leonhard Korn war dauernd schlechter Stimmung, ihn beschäftigte die letzte Stellungnahme an den Herzog. Im Januar war er sich noch sicher gewesen, den herzoglichen Befehl, die Erlaubnis zu erteilen, dass jeder ein paar wenige Gänse halten durfte, noch umgehen zu können. Er ärgerte sich maßlos über den immer noch andauernden Streit. Diesen halsstarrigen Frauen ging es doch in Wirklichkeit gar nicht um die Tiere. Sie verbreiteten überall Verdruss. Und überhaupt war es unerhört, dass der Herzog nicht ein Machtwort sprach, das ein für allemal ein Gänseverbot aussprach. Bei seinem Vorgänger Vogt Breitschwert und dem Vater des Herzogs hatte es solch ein Ärgernis nie gegeben. Im Stadtbuch war nichts vermerkt. Es war verboten, in den Vorstädten Gänse zu halten, und damit hatte es sich. Mühsam beherrschte er seinen Zorn. Es entsprach nicht seinem Rechtsgefühl. Nun, in Zukunft würde er mit den Frauen härter umspringen, nahm er sich vor.

Im dritten Monat des Jahres 1611 kündigte der Märzbecher mit seinen glockigen, weißen Blüten in den feuchten Laubwäldern, Büschen und Wiesen den Frühling an. Die Kohlmeisen mit ihren schwarzen Köpfchen, den weißen Wangen und den gelben Bäuchen hüpften auf der Suche nach Insekten, Samen und Knospen durch das Gehölz. Diese Frühlingsboten machten die Menschen froh.

Am Freitag vor Ostern, Tag der Kreuzigung Christi, gingen die Bürger in die Kirche. Überall blühten Osterluzei und Narzissen. Margaretha zeigte ihren beiden Töchtern die duftenden Osterblumen. Für die Kinder waren der Frühling und die Spiele, die sie wieder draußen spielen konnten, wichtiger als das Trauerspiel in der Kirche. Margaretha versuchte es ihnen mit einfachen Worten zu erklären.

»Christus opfert sich und stirbt für die Menschen.«

Zu Recht vermutete sie, dass die Mädchen das Wehklagen über den Tod Christi noch nicht verstehen konnten.

Das frohe Fest der Auferstehung zu Ostern gefiel den beiden besser. Anna-Maria durfte das erste Mal als Vorsingerin in der Kirche St. Pancratius ein Kirchenlied anstimmen. Dies hatte sie einem traurigen Anlass zu verdanken. Der Vorsänger hatte am Sonnabend über eine schmerzende Engbrüstigkeit geklagt. Kalter Schweiß stand ihm vor Todesangst auf der Stirn. Seine heftige Beklemmung ließ ihn zitternd in die Knie gehen. Voller Panik rannte seine Frau zum Apotheker Lederer. Als die beiden zusammen wieder bei ihrem Mann eintrafen, lag er röchelnd auf dem Boden vor der Schlafkammer. Die vom Apotheker verabreichten Tropfen konnten ihm auch nicht mehr helfen.

Drei Tage nach Ostern wurde der Vorsänger zur letzten Ruhe gebettet. So kam es, dass Anna-Maria an den Feiertagen und im Gedenkgottesdienst singen durfte.

Der Pfarrer kündigte allerdings gleich an, dass es nur vorübergehend sei. Seit er zurückdenken konnte, hatte es nie einen weiblichen Vorsänger gegeben, und wenn es nach ihm ginge, würde es auch so bleiben. Doch er hatte nicht mit dem Widerstand der weiblichen Gottesdienstbesucher gerechnet. Am Ende des Jahres musste er sich letztendlich eingestehen, dass sein Widerstand vergeblich war, denn die Frauen stellten sich entgegen all seiner Hoffnung hinter die junge Magd Anna-Maria. Die Backnanger Männer hielten sich bei dieser Umwälzung der alten Tradition erstaunlicherweise sehr zurück.

Vom Osterspiel, bei dem die Szene am Grab Christi nach der Auferstehung dargestellt wurde, waren alle begeistert.

Margaretha glaubte Johann Sigismund, den Gehilfen des Medicus, unter den Darstellern zu sehen. Nachdem die geistlichen Spiele vorüber waren, gab sie ihre Töchter in die Obhut von Anna-Maria und hastete mit Caspar zur Holzbühne. Hinter der Bühne fanden sie den rothaarigen Darsteller. In seinem langen Umhang ähnelte er Sigismund.

Margaretha packte den Mann grob am Ärmel. Erbost drehte er sich um. Margaretha und Caspar blickten in ein rotwangiges Gesicht, umrahmt von roten Locken, das für einen kurzen Moment erzürnt guckte. Die rote Haarfarbe war jedoch das Einzige, was ihn mit Sigismund verband.

»Entschuldigung, wir haben Sie verwechselt«, rechtfertigte sich Margaretha.

Gleich darauf erschien ein gutmütiges Grinsen auf seiner Miene. »Ist schon in Ordnung. Wen haben Sie denn gesucht?«, fragte er freundlich.

»Oh, das braucht Sie nicht zu kümmern. Aber trotzdem vielen Dank«, warf Caspar ein.

Sie wechselten einen kurzen Blick. Es war ihnen klar, dass dieser Mann keiner Fliege etwas zuleide tun konnte. Im Gegensatz zu Johann Sigismund, der mittlerweile verdächtigt wurde, für mehrere Todesfälle und einen verschwundenen Jungen verantwortlich zu sein. Bedauerlicherweise war er den Torwärtern und dem Amtmann entwischt.

Aber wenigstens war ihnen Gregor Horstius ins Netz gegangen. Der Amtmann war mit mehreren Gehilfen ins Haus in der Kesselgasse gekommen und ihrem Eingreifen war es zu verdanken, dass der Medicus gefasst wurde. Bei der Durchsuchung von Bäderlins Haus fand man verweste Leichen im Gewölbekeller. Der Medicus beteuerte freilich, nichts mit deren Tod zu tun zu haben, er habe die Leichen lediglich untersucht. Er leugnete jede Verantwortung am Tod dieser Menschen.

»Ich bin frei von Schuld, ich arbeitete nur für die Wissenschaft«, beteuerte er mehrfach. »Johann Sigismund hat mir die Leichen gebracht«, winselte er. »Seine eigene Mutter würde sich freuen, ihn nie geboren zu haben, wüsste sie, was er alles getan hat.«

»Ihr werdet Euch vermutlich trotzdem verantworten müssen. Das Berühren von Leichen ist in Gottes Namen verboten.«

»Mein Gewissen ist rein. Ich bin ein Christenmensch und habe kein Gebot übertreten!«, schrie Gregor Horstius.

»Das wird sich zeigen«, sagte einer der Gehilfen kühl.

»Er zeigt keine Reue, vielleicht hat er wirklich nichts damit zu tun, wie die Leute ums Leben kamen«, sagte jemand.

»Aber das ist Ketzerei, was er da betreibt! Er ist ein Leichenschänder!«, bemerkte der Amtmann.

»Er wird die Strafe Gottes bekommen«, murmelte ein anderer.

»Oh, nicht nur die Strafe Gottes. Er wird sich vor einem Tribunal verantworten müssen.« Der Amtmann wandte sich voller Ekel ab. »Ich werde ihn bei den Gelehrten der medizinischen Wissenschaften in Ulm melden.«

Wie der Amtmann, der Vogt und die Ratsherren ein paar Tage danach mitgeteilt bekamen, hatte der ehemalige Freund und Medicus Johannes Schultes aus Ulm aufgrund der wissenschaftlichen Berichte und Briefe schon eine Anklage wegen unbefugter Leichenöffnung gegen ihn eingereicht. Aber Gregor Horstius hatte mächtige Freunde, und da er ihnen glaubhaft versicherte, dass alles nur im Rahmen der Wissenschaft geschehen sei und er bereits einen offiziellen Antrag zur Sektion von

Leichen an der Fakultät gestellt hatte, wurde dem Medicus kein Verfahren gemacht.

Johann Sigismund allerdings, der keine so mächtigen Freunde besaß wie der Medicus, war nun der alleinige Schuldige. Aber er hatte sich bereits aus dem Staub gemacht. Er hatte es tatsächlich geschafft, sich unter das fahrende Volk zu mischen. Es war eine bunte Gruppe mit Puppenspielern, einem Wahrsager, einem Messerwerfer, einem Akrobaten, der mit seinen Kugeln jonglierte, aber auch mit Spielleuten mit Hackbrett, Drehleier, Schalmei und Sackpfeife, die zum Tanz aufspielten. Ebenso waren Wanderhändler mit Haus- und Küchengerät, mit Gewändern und Kopfbedeckungen sowie Tandhändler mit Spiegeln und allerlei Schmuck dabei. Die Truppe wurde vervollständigt durch einen Korbmacher, einen Bürstenbinder, einen Scherenschleifer und einen Kesselflicker.

Der ganze Tross war auf dem alten Salzhandelsweg unterwegs nach Schwäbisch Hall. Die Gaukler und Händler beäugten den schwarzen Mann skeptisch. Viel zu schnell war er wieder in seine dunkle Kleidung geschlüpft, als dass er unter den bunten Jahrmarktskünstlern Freunde finden konnte. Sie waren umso misstrauischer, da sie bemerkten, wie er mit einem Jungen im Wald verschwand und dieser zutiefst verstört zurückkam. Die Befragung brachte jedoch nichts zutage, da der Junge ausdauernd schwieg. Befremdlich wurde es indessen, als ein zweiter Bub mit ihm gesehen wurde und einfach verschwand. Die beharrliche Suche brachte keinen Erfolg. Die Behauptung, dass Sigismund etwas mit dem Verbleib des Jungen zu tun hatte, ließ sich aber ohne Beweise nicht aufrechterhalten.

Johann Sigismund wehrte sich: »Das könnt Ihr nicht einfach behaupten! Ihr wollt mir doch nicht etwa irgendwas anhängen!«

Es gelang ihm mühelos, alles abzustreiten.

Die Gaukler blieben hartnäckig bei ihrer Meinung. Sie waren eine verschworene Gemeinschaft. Dieser Zusammenhalt, ihre gegenseitige Treue und Hilfsbereitschaft, hatte ihnen bisher geholfen, ihr schwieriges Leben zu meistern. Instinktiv spürten sie, dass der Aufenthalt dieses Außenseiters in ihren Reihen eine Gefahr war. Sie mussten ihn loswerden. Sie bildeten einen Kreis und nahmen Johann Sigismund in ihre Mitte. Mit jedem Schritt, den sie ihm näher kamen, wuchs ihre Entschlossenheit.

Johann Sigismund drehte sich panisch mehrmals im Kreis, dann stürzte er in wilder Flucht davon. Die Gaukler hatten ihr Ziel erreicht, sie waren den Störenfried los.

Es sollte jedoch eine ganze Weile dauern, bis die Truppe wieder zu ihrer gewohnten Ruhe fand.

Als Margaretha und Caspar nach Hause zurückkehrten, rief Anna-Maria ihre Herrin als Erstes aufgeregt zu sich. »Kommt schnell, Ursula geht es nicht gut! Auf dem Rückweg von der Kirche war sie schon ausgesprochen unleidlich, aber jetzt ist Fieber dazugekommen, sie glüht geradezu.«

Margaretha rannte hinauf in die Schlafkammer der Mädchen. Sie fand Ursula auf ihrem Bett liegend, die Bettdecke hatte sie von sich geschoben.

Sie setzte sich vorsichtig neben ihr Kind und legte ihre Hand auf die Stirn. Gleichzeitig fühlte sie auf ihrer eigenen Stirn die Temperatur. Es stimmte, das kleine Mädchen war glühend heiß. Sie strich mit der rechten Hand den Rücken und die Beine hinunter. Auch dort war das Kind heiß.

»Mama, mir tut mein Kopf so weh. Und meine Augen auch«, jammerte Ursula leise.

Ihre Augen glänzten eigenartig, bemerkte Margaretha.

»Hast du Durst, möchtest du etwas trinken?«

»Ja!«, hauchte Ursula.

»Ich bin gleich zurück, ich werde dir Wasser holen.«

Hoffentlich war das nur eine Erkältung und nichts weiter, ging es Margaretha durch den Kopf, als sie das Zimmer verließ. Schlimme Erinnerungen erwachten in Margaretha. Vor drei Jahren hatte diese Krankheit ihr die erste Tochter Anna genommen. Margaretha fürchtete sich vor dem, was passieren könnte.

Margaretha kam mit einem Becher Wasser für Ursula und einer Schüssel Wasser und einem Tuch zurück. Sie gab ihrer Tochter zu trinken, dann tauchte sie das Tuch ins kalte Wasser, wrang es aus und wickelte es um die Beine des Kindes. Hatte sich die Kühlwirkung erschöpft und das Tuch erwärmt, erneuerte Margaretha den Wickel. Die ganze Nacht saß sie am Bett ihrer Tochter, gab ihr zu trinken, kühlte sie ab oder deckte sie warm zu, je nachdem, ob das Fieber gerade stieg oder durch die Wickel sank. Am frühen Morgen war Ursula kühl und blieb kühl.

»Gott sei Dank«, betete Margaretha still.

So wie viele Male in dieser Nacht, in der sie Gott angefleht hatte, ihr nicht auch noch dieses Kind zu nehmen. Nach fünf weiteren Tagen war Margaretha sicher, dass ihre Tochter die Krankheit überstanden hatte.

Johann Sigismund war zufrieden, seine Flucht ohne Schaden überstanden zu haben. Unbeirrbar war er dem Erreichen seines Zieles entgegengestrebt. Bei den Salinen in Schwäbisch Hall wollte er sich als Tagelöhner unter die Handwerker, Fuhrleute, Händler und Salzsieder mischen, die sich alle an der Salzquelle verdingten. Vielleicht konnte er mit der Zeit sogar ein Eigentumsrecht an der Saline erwerben. Er hatte sich schon erkundigt und in Erfahrung gebracht, dass überwiegend die Haller Bürgerfamilien die Rechte daran besaßen. Aber eben nur überwiegend.

Mit genügend Geld würde sich auch das machen lassen. Durch seinen Lohn, den er von Horstius bekommen hatte und der nicht zu knapp ausgefallen war, hatte er schon einen ordentlichen Betrag zur Seite legen können.

In Hall, in sicherer Entfernung von seinen vorherigen Vergehen, war sich Sigismund sicher, würde er nicht entdeckt werden. Jeder war nur darauf bedacht, so viel wie möglich von dem »weißen Gold« zu gewinnen. Die Salzsieder benötigten riesige Mengen Holz, um das salzhaltige Wasser in Eisenpfannen zu erhitzen. Das Wasser verdunstete und zurück blieb das Salz. Das Holz wurde per Floß auf dem Fluss Kocher nach Schwäbisch Hall befördert. In zwei oder drei Jahren, so plante es Johann Sigismund, wollte er mit dem bis dahin verdienten Geld wieder verschwinden. Er würde seine Eigentumsrechte gewinnbringend verkaufen, sich auf ein Floß schmuggeln, wenn das gewonnene Salz an seinen Bestimmungsort transportiert werden würde, und das schwäbische Herrschaftsgebiet wieder verlassen. Seinen Lebensabend wollte er in seiner alten Heimat Wittenberg verbringen. Insgeheim hoffte er, so seine Vergangenheit hinter sich zu lassen. Ob er aber jemals sein mörderisches Handwerk hinter sich lassen könnte, wagte er zu bezweifeln. Zu viel Lust an der Machtausübung bereiteten ihm diese Morde. Die Zukunft würde es zeigen …

15. Kapitel

Im April 1611 ging der Ärger mit Vogt Leonhard Korn in eine neue Runde. Viele der Bürgerinnen, die im Winter noch keine Gänse besessen hatten, hatten sich nun im Frühling neue Gänse besorgt. In einigen Ställen und Höfen erklang wieder aufgeregtes Geschnatter. Bei denen, die im Winter schon Gänse angeschafft hatten, hatten sich junge Paare gefunden. Ihre lautstarken Duette waren weithin zu hören. Die Weibchen hatten ihre Nester gebaut und brüteten nun fast vier Wochen. Die Ganter wachten in sicherer Entfernung, um das Nest nicht zu verraten.

Leider hielten sich einige ihrer Besitzerinnen nicht an die Auflagen des Vogtes, die Tiere durchweg nur im Stall zu halten. Aus der Vogtei beobachtete Leonhard Korn argwöhnisch das vermehrte Auftreten der Tiere in der Stadt, besonders wenn die Abendstunde nahte und die Gänseschar ihren allabendlichen Weg zum Schlafplatz aufnahm und das mit viel »ong, ong« geschah.

Diejenigen, die ihre Gänse wie die Wachhunde nur im Hof frei laufen ließen, waren fein heraus, auch wenn die Tiere das mit viel »gog« und »gig gog« begleiteten. Die Warnlaute wurden von jedem Fremden sofort verstanden. Aber die Frauen, die der Anweisung des Rates zuwiderhandelten, bekamen ein Strafgeld aufgebrummt. Helle Empörung ging durch die Reihen der Gänsebesitzerinnen. Schon wieder zeigte sich der Vogt hart und unerbittlich. Und dies, obwohl der Herzog im letzten Sommer befohlen hatte, dass wieder Gänse gehalten werden dürften.

»Mein Herr, Jacob Gerber, hat mir aufgetragen, Gänse zu kaufen. Aber ich weiß nicht, wo ich sie herbekommen soll«, sagte Florina verzweifelt zu Caspar. »Wie stellt der sich das so einfach vor?«

Hilfesuchend sah die junge Magd den inzwischen zu einem feschen jungen Mann herangewachsenen Caspar an.

»Tja, da weiß ich auch keinen Rat.« Er griff ihre Hand und flüsterte: »Doch ich weiß, wen wir fragen können. Der Küfer Binder hat sich doch auch ein Paar Gänse beschafft. Seine Frau Anna posaunt überall herum, wie einfach es für ihren Mann war, die Gänse zu kaufen. Ich an ihrer Stelle würde nicht so laut schreien. Irgendwann wird es bis zu unserem Vogt vordringen und dann steht uns wieder Verdruss ins Haus. Er ärgert sich sowieso schon schwarz darüber, dass es wieder ein paar Gänse in der Stadt gibt.«

»Würdest du das bitte für mich in die Hand nehmen und Herrn Binder fragen?«, bat Florina.

»Ich werde sehen, was ich tun kann«, versprach Caspar.

Für seine Angebetete würde er noch viel mehr auf sich nehmen. Schließlich schlossen seine Zukunftspläne die junge Magd mit ein. Seine Brautwahl war für ihn beschlossene Sache. Nur seine Mutter musste noch ihre Zustimmung geben, doch bei ihr hatte er keine Bedenken, sie würde ihm sein Glück gewiss gönnen. Außerdem wusste sie ganz genau, dass er alles bekam, was er sich einmal in den Kopf gesetzt hatte. Natürlich musste er auch noch mit Veit und Margaretha reden. Nach wie vor zählte für ihn ihre Meinung sehr. Einen Vater hatte er nicht mehr, der für ihn bestimmen konnte, eventuell auch über seinen Kopf hinweg, aber was Veit für ihn für richtig befand, war ihm unendlich wichtig. Gleichwohl hoffte er, die Anstellung im Hause Goldtner behalten zu dürfen. Um einen eigenen Hausstand gründen zu können, war er darauf angewiesen. Er träumte davon, irgendwann einmal Geselle in der Schuhmacherwerkstatt zu sein. Wenn er dann eines Tages auf die Walz ging, um anschließend Meister zu werden, wollte er seine Florina in guten Händen wissen.

Am Tag darauf wurde Margaretha zu Helene Doderer gerufen. Bei ihr hatten vorzeitig die Wehen eingesetzt. Als die ihr vertraute Hebamme eintraf, stand sie schon unter einem enormen Pressdrang. Margaretha hatte gerade noch Zeit sich die Hände zu reinigen, bevor das Kind sich mit aller Kraft seinen Weg durch den Geburtskanal bahnte.

Anschließend säuberte die Hebamme den winzigen, aber perfekt geformten kleinen Säugling, ein Mädchen. Den einzigen kleinen Makel, den Margaretha entdeckte, war ein Muttermal auf der linken Pobacke in Form eines hübschen Schmetterlings. Sie erschrak im ersten Moment, denn man besah den Schmetterling als teuflisches Symbol, aber dann blickte sie auf dieses unschuldige, kleine Wesen und konnte nicht glauben, dass in ihm ein durchtriebener Widersacher Gottes stecken sollte. Sie riet Helene, niemandem ein Sterbenswörtchen über das Mal zu verraten und darauf zu achten, dass es immer bedeckt blieb. Sie hatte die Hoffnung, dass es im Lauf der Zeit noch etwas wachsen und damit die Form verändern könnte.

Jacob und Helene Doderer hatten gemeinsam beschlossen, das Mädchen Dorothea, das Gottesgeschenk, zu nennen. Margaretha fand das durchaus passend und empfand es als gutes Omen für das Kind.

Die Hebamme zeigte der jungen Mutter, wie sie das Kind säugen musste. Da der natürliche Drang der Kleinen an der Brust gut ausgeprägt war und sie gleich von alleine danach suchte und zu saugen begann, war Margaretha überzeugt, dass das Kind schon eine gewisse Reife besaß und stark genug war, um gut zu gedeihen.

Am 29. April 1611 ließ Leonhard Korn durch seinen Schreiber allen Gänsebesitzerinnen, die ihre Gänse nicht beseitigt und sie unerlaubterweise weiter behalten hatten, den Befehl zukommen, an der Vogtei vorstellig zu werden. Ein Dutzend erregter, zorniger Frauen traf dort ein. In lautstarken Äußerungen brachten sie ihre Entrüstung zum Ausdruck.

»Ich habe Euch angedroht, dass Ihr eingesperrt werdet, wenn Ihr mir weiter zuwiderhandelt!«, schrie Leonhard Korn.

»Das ist nicht wahr!«, schrie Magdalena Krautter lautstark zurück.

»Das ist das Erste, was wir hören!«, brüllte eine andere Frau.

»Ihr könnt uns nicht drohen, Ihr unglückseliger Mann!«, schimpfte Anna Binder.

»Aber ja, das werdet Ihr schon sehen! Bringt diese halsstarrigen Weiber ins Narrenhäuslein!«, befahl der Vogt.

»Das könnt Ihr doch nicht machen. Es sind stillende Mütter unter uns!«, schrien die Frauen.

In Windeseile entstand ein großer Menschenauflauf. Die Backnanger Bürgerinnen und sogar die umstehenden Männer fielen lautstark in die Proteste ein. Aber die Hoffnung, die Inhaftierung so zu verhindern, erfüllte sich nicht. Der Vogt blieb absolut unerbittlich. Das Narrenhäusle diente dem Vogt nicht etwa zur Verwahrung von Irren oder Narren, sondern hier inhaftierte er die – typisch württembergisch – sturen Charaktere, die zu unbeugsamer Rechthaberei neigenden Bürger. Die Backnanger Gänsestreiterinnen gehörten in seinen Augen auf jeden Fall dazu.

Besonders Hans Wolff Deiß, der Turmbläser, war erbost, dass der Vogt seine geliebte Frau Ilse eingesperrt hatte. Ilse war sein großer Halt, denn sie allein sah in ihm nicht den Eigenbrötler, sondern den liebenden Vater und fleißigen, rechtschaffenen Mann. Nun fürchtete der Turmbläser, bald nur noch mit der handzahmen Dohle und dem Paar Turmfalken zu hausen. Ab und an hatte er früher die Lieblingsgans Liese mit in den Turm genommen, wenn die Dohle Besuch von einem Schwarm Krähen bekam und ihm diese seinen angestammten Platz streitig machten. Liese hatte sich aufgeplustert und wild mit den Flügeln schlagend die Krähen verjagt. Doch da die Gans ihr Leben lassen musste, blieben nur noch die anderen Vögel übrig.

Der Turmbläser hatte ganz eigene Vorstellungen, wie er die Pläne des Vogtes durchkreuzen konnte. Schnell stieg er den Stadtturm hinauf. Die hohe Treppe störte ihn nicht, das Treppensteigen war er gewohnt und die Wut in seinem Bauch verlieh seinen Beinen Kraft. Oben angekommen nahm er das starke Rinderhorn in beide Hände, atmete tief ein und blies zornig einen langen Atemzug in sein Wächterhorn. Die ganze aufgestaute Wut entlud sich in einem dunklen, lang gezogenen Signalton. Die Bürger der Stadt wussten, dass der Türmer vor drohender Gefahr von außerhalb oder einem Feuer zu warnen hatte. Auch an das Hornsignal vor dem sonntäglichen Gottesdienst war das Volk gewöhnt. Diesen Ton jedoch hatten sie noch nie gehört.

Zunächst herrschte große Verwirrung. Doch dann wurde die Botschaft von allen verstanden. Dies war der Aufruf eines betroffenen Ehemannes, sich nicht unterkriegen zu lassen. Seine Unerschrockenheit machte den Umstehenden Mut weiterzumachen.

Der Protest hatte nun auch die Männer erreicht. Die Geduld der Ehemänner der eingesperrten Frauen war vorbei. Voller Wut auf den halsstarrigen Vogt begaben sie sich in die Wirtschaft von Wilhelm Lederer. Dort wurde geschimpft und gepoltert, was das Zeug hielt. Nur der alte Rotgerber Georg Breuninger mahnte mit strengem Ton, einen kühlen Kopf zu bewahren. Die Männer beruhigten sich etwas.

»Wir können das Verhalten des Vogtes nicht mehr länger hinnehmen«, sagte einer von ihnen.

»Da gebe ich Euch vollkommen recht!«, seufzte der Rotgerber. »Aber wenn wir genauso rücksichtlos vorgehen, erreichen wir nichts. Wir müssen uns erneut an den Herzog wenden. Er ist auf unserer Seite. Wer sich hier gegen die Obrigkeit stellt, sind Vogt und Rat.«

Diese Worte machten großen Eindruck auf die Männer. Einstimmig beschlossen die Rotgerber, die Backnanger Bürger

Übele, Müller, Krautter, Binder und alle Anwesenden, sich umgehend an Herzog Johann Friedrich zu wenden.

In ihrem Schreiben prangerten sie erneut die Missstände in Backnang an und schilderten dem Herzog das eigenmächtige Handeln ihres Vogtes. Sie erwähnten auch die tiefen Gräben, die der Streit in der Bürgerschaft aufgerissen hatte zwischen Gegnern und Unterstützern des Vogtes. Sie baten darum, dass der Herzog die umgehende Freilassung der inhaftierten Frauen anordnen möge, die ja zu Unrecht eingesperrt worden waren, und dass er endlich dafür Sorge tragen sollte, dass seine Anweisung, die Gänsehaltung wieder zu erlauben, auch umgesetzt werde.

Der Herzog, der sich zufällig gerade in Backnang aufhielt, um die Fortschritte beim Schlossbau zu begutachten, antwortete prompt. Noch am 30. April erwartete Johann Friedrich eine Äußerung zu diesen Vorfällen von den Ratsherren und ihrem ungehorsamen Vogt.

Die erste Maiwoche verging genauso regnerisch, wie der April aufgehört hatte. Auch die Stimmung der Bürger Backnangs war weiter auf dem Tiefpunkt. Zwar waren schon nach einem Tag Helene Doderer mit ihrem Kind und eine weitere stillende Mutter aus der Haft entlassen worden, aber die anderen zehn Frauen hatten noch mehrere Tage dort ausharren müssen.

Die kleine steinerne Haftanstalt war nur dünn mit fauligem Stroh ausgestreut gewesen. Das feuchte, ungemütliche Wetter, die Ratten und die karge Kost machten alles noch schlimmer. Die Frauen hatten sich so lange gegen den Vogt aufgelehnt und fühlten sich zu Unrecht eingesperrt. Sie forderten lauthals ihre Freiheit.

Margaretha befand sich nicht unter ihnen, da sie nach wie vor keine eigenen Gänse mehr besaß. So konnte sie ihre Besuche bei den beiden Wöchnerinnen fortsetzen und das Gedeihen der neugeborenen Kinder verfolgen.

Als der übergewichtige Vogt den Verhafteten ihre Freiheit zurückgab, schrien sie ihm ihre Verachtung ins Gesicht.

Margaretha war zufrieden. Den Frauen und Kindern ging es gut, sie hatten in der Haft glücklicherweise keinen Schaden genommen.

Leonhard Korn versuchte, sich vor Herzog Johann Friedrich ins rechte Licht zu setzen, als der Herzog von ihm eine Begründung seines Handelns forderte. Er erklärte, sein Vorgehen müsse doch in des Herzogs Sinn sein. Er ahnde Vergehen, verwalte und richte nach den weitreichenden Befugnissen, die er als herrschaftlicher Vertreter innehabe. Er habe geglaubt, so zu handeln, wie der Herzog es wünsche. Wenn seine Durchlaucht anders urteile, habe er es nicht beabsichtigt. Es sei ihm gar nichts anderes übrig geblieben, als die Frauen einzusperren, da sie trotz wiederholter Aufforderung die Gänsehaltung nicht aufgegeben hätten. Da sie auf ein unwiderrufliches Urteil des Herzogs gewartet hätten, wäre diese Entscheidung unter Vorbehalt getroffen worden.

Abermalig führte der Vogt ausführlich aus, dass eine freie Gänsehaltung auf einem Gemeindegut nicht möglich wäre. Auch in Gärten und Feldgrundstücken wäre dies nicht machbar, da das Federvieh erhebliche Schäden anrichtete. Er beharrte auf dem Verbot der Gänsehaltung, da die Frauen die Genehmigung nur aus Starrsinn ertrotzen wollten, und bat darum, dass deren Bitte nachdrücklich abgelehnt würde.

Eine Woche später ging es endlich einen entscheidenden Schritt voran. Nach Durchsicht aller vorliegenden Unterlagen erteilte Herzog Johann Friedrich der »Specialis commissio Domini ducis« den Auftrag, dem Rechtsstreit auf den Grund zu gehen.

Die Männer der Kommission hielten sich ein paar Tage in Backnang auf und wohnten im Gasthaus *Schwanen*. Sie plauderten ungezwungen mit den Bürgern und hörten sich die verschiedenen Meinungen an. Anschließend redeten sie mit der Stadtobrigkeit. Danach kehrten sie nach Stuttgart zurück und teilten dem Herzog ihre Beobachtungen mit.

»Euer Herzogliche Gnaden, wir sind zu dem Schluss gekommen, dass es für die Backnanger Bürgerinnen durchaus möglich ist, Gänse zu halten. Man wird ihnen verschiedene Auflagen machen müssen, aber ansonsten spricht nichts dagegen.«

»Ein erstaunlicher Schluss, meine Herren«, sprach der Herzog Johann Friedrich und ließ seinen Kammersekretär rufen. »Ihr werdet Euch auf den Weg nach Backnang machen und Vogt Korn mitteilen, dass er das Verbot der Gänsehaltung aufheben soll.«

Endlich ein Durchbruch, wie die Backnanger Bürger glaubten, aber leider änderte sich nichts an der Situation. Der Vogt seinerseits war halsstarrig und beharrte auf dem Verbot.

Zum ersten Mal trafen sich Elisabetha und Johannes im Haus der Familie Goldtner. Dieser Vorschlag war von Margaretha gekommen, nachdem ihre Freundin ihr berichtet hatte, welche Schwierigkeiten sie mit ihren Begegnungen hatten. Elisabetha besaß in Backnang kein eigenes Haus, Johannes von Genth weilte nur als Gast in der kleinen Stadt. In öffentlichen Gasthäusern konnten sie sich nicht treffen, um ihre heimliche Beziehung zu pflegen. Aus diesem Grund war Margaretha auf die Idee gekommen, ihr Haus als Treffpunkt anzubieten. Erleichert war Elisabetha darauf eingegangen.

Jedesmal wenn der Herzog in Backnang war, um die Fortschritte am Schlossbau zu überwachen, begleitete Johannes von Genth seinen Dienstherrn. Aber auch an manch einem Wochenende reiste der verliebte junge Mann gerne in die weit entfernte Kleinstadt, um seine Braut zu treffen.

Schon bald nach seiner erfolgreichen Brautwerbung hatte Johannes bei Veit vorgesprochen. Er hatte ihn gebeten, als Brautwerber zu fungieren. Veit als Ehemann von Elisabethas bester Freundin war die einzige Person in Backnang, an die er sich wenden konnte. Er sollte als Mittelsmann für den Bräutigam um die Hand der Braut bei Geneva Muschel, Elisabethas Tante und einziger lebender Verwandten, anhalten.

Die alte Geneva wusste nicht, was sie davon halten sollte. Einerseits war sie entzückt über den adeligen Bewerber, andererseits hatte sie ihre Bedenken, ob er wirklich der Richtige für ihre Elisabetha war. Die sehr selbstständig und praktisch veranlagte junge Frau brauchte einen aufrechten Mann, der sie achten und respektieren würde. In ihrem greisen Alter hatte Geneva schon viele Männer kennengelernt und sie immer schnell durchschaut. Sie wusste, dass ein einfacher Handwerker, der vielleicht grob und unerträglich war, nicht zu Elisabetha passen würde. Elisabetha würde sich die übliche Bevormundung und Einmischung nicht so einfach gefallen lassen. Ein stattlicher, gebildeter, selbstbewusster Mann konnte mit ihrer Eigenständigkeit gewiss besser umgehen. Natürlich war auch das keine Garantie für eine glückliche Ehe, da machte sich Geneva nichts vor, aber es waren auf jeden Fall bessere Voraussetzungen. Wie Geneva Johannes einschätzte, schien er feiner Empfindungen fähig und auch nicht oberflächlich zu sein.

Nach diesen Überlegungen kam die Alte zu dem Entschluss, ihren Segen zu dieser Verbindung zu geben. Sie konnte ja nicht ahnen, dass der Herzog seine Erlaubnis noch nicht gegeben hatte.

Margaretha konnte und wollte den beiden Verliebten keine Kammer zur Verfügung stellen. So blieb den beiden nur die gute Stube, um sich zu unterhalten und ihre bisherigen Freuden und Leiden voreinander auszubreiten. Diese tiefgehenden Gespräche brachten Elisabetha und Johannes dazu, viele Dinge gründlich zu durchdenken.

»Ich glaube, es wäre gut, wenn ich dich mit dem Herzog bekannt machen könnte. Wenn er dich einmal gesehen hat und dich kennenlernt, bin ich davon überzeugt, dass er unserer Verbindung nicht mehr im Weg stehen wird.«

»Glaubst du wirklich?«, fragte Elisabetha sanft.

»Nun, ich bin sogar sicher. Wir werden alles tun, was möglich ist, und er wird sich zu einer anderen Ansicht bekehren lassen. Er kann sich selbst davon überzeugen, dass du, und zwar nur du, die Richtige für mich bist.«

»Es freut mich, dass du so zuversichtlich bist. Ich habe die feste Hoffnung, dass deine unerschütterliche Haltung beim Herzog Eindruck machen wird.« Elisabetha warf Johannes einen zärtlichen Blick zu.

16. Kapitel

Die Monate gingen ins Land. Ein neues Jahr begann, man schrieb 1612. Nach dem Neujahrsschießen versammelten sich Anna Binder, Magdalena Krautter, Margaretha und viele weitere Frauen und beratschlagten über das weitere Vorgehen gegen den Vogt.

»Es kann doch nicht sein, dass sich der Vogt den Anordnungen des Herzogs widersetzt! Wir müssen den Herzog davon in Kenntnis setzen, dass wir immer noch keine Gänse halten dürfen, obwohl er es erlaubt hat«, sagte Anna Binder.

»Du meinst, wir sollen noch mal ein Bittschreiben an Herzog Johann Friedrich richten? Glaubst du, das hilft uns?«, fragte Margaretha. »Ich glaube nicht mehr daran. Bisher haben uns unsere Bemühungen ja auch nicht geholfen!«, sagte sie zweifelnd.

»Wir dürfen nicht nachgeben! Sollen wir umsonst im Gefängnis gesessen haben?«, warf Dorothea Höchberger ein.

Anna Binder sah herausfordernd in die Runde der Frauen. »Sprecht erneut alle Eure Nachbarn an und bittet sie um ihre Zustimmung und Unterschrift.« Dann wandte sie sich direkt an Margaretha: »Wir setzen das Bittgesuch auf. Es hat uns beim letzten Mal schon die Zustimmung des Herzogs gebracht. Wieso sollte es diesmal nicht wieder so sein?«

Die Frauen beschrieben in ihrem Brief also noch einmal die Zustände in Backnang und wie wichtig es gerade für die ärmeren Bürger sei, Gänse zu halten. Der Verkauf von Gänsebraten, Schmalz, Federn und Kielen wäre eine wichtige Ergänzung ihres oft schmalen Einkommens. Sie beschönigten nicht die Schäden, die durch die Gänse entstanden seien, baten aber, nur diejenigen zu bestrafen, deren Tiere verantwortlich waren. Die Bittstellerinnen erinnerten an die Aufhebung des Verbotes durch Seine Gnaden im Jahr 1610. Leider hätten aber zu Anfang Rat und Vogt zuwidergehandelt und unter Verteilung von Strafgeldern den herzoglichen Befehl missachtet. Später habe der Vogt sogar eine Inhaftierung, von der sogar Wöchnerinnen nicht verschont geblieben seien, angeordnet. Auch die Stifts- und die Bürgermüllerin und andere wohlhabende Bürgersfrauen, die Gänse hielten, seien bestraft worden. Aus diesem Grunde baten die Bittstellerinnen inständig um eine Gänseordnung, an die sie sich gewissenhaft halten wollten, um den Frieden in der Stadt wiederherzustellen.

Diesmal waren es weitaus mehr Bittstellerinnen als im Jahr 1610. Auch Bürgerinnen, die sich damals noch nicht für eine Aufhebung des Gänseverbotes eingesetzt hatten, waren jetzt dabei. Margaretha konnte diesmal neunundzwanzig Unterschriften verzeichnen.

Plötzlich wusste sie, wie das Bittschreiben schnellstmöglich den Herzog erreichen würde. In ihrem Kopf reifte ein Plan heran, wie gleich zwei Probleme zu lösen wären. Einerseits wusste Margaretha von Johannes von Genths Idee, Elisabetha bei Herzog Johann Friedrich vorzustellen, und andererseits brauchte sie jemanden, der das neuerliche Schreiben persönlich überbringen konnte. Diese Person sollte Elisabetha sein. Margaretha lächelte. Dieser Einfall gefiel ihr sehr.

In der Abenddämmerung eilte sie zum Haus der Witwe Muschel, um ihrer Freundin den Plan zu unterbreiten.

Elisabetha reagierte nicht ganz so freudig auf diese Idee. »Bist du dir sicher, dass ich nach Stuttgart reisen soll?«, fragte sie ungläubig.

»Ganz sicher, denn diesmal reist du zu Johannes und nicht umgekehrt. Du sollst ja nicht alleine reisen. Ich werde mich bei Veit umhören, ob in den nächsten ein bis zwei Tagen ein paar Handelsleute nach Stuttgart fahren, denen du dich anschließen kannst.«

Margaretha sprach noch lange mit Elisabetha, um auch ihre letzten Zweifel auszuräumen, und endlich stimmte diese dem Vorgehen zu.

Für den Weg nach Stuttgart brauchte Elisabetha gute zwei Tage. Die Fahrt im Frachtwagen mit dem Sattler, der sie gegen einen kleinen Betrag mitnahm, verlief ohne größere Zwischenfälle. Nur die eisige, abweisende Kälte machte ihr schwer zu schaffen. Trotz ihres dicken Umhanges und der Pferdedecke, die sie vom Sattler bekommen hatte, fror sie erbärmlich. Zwischendurch machte ihnen ein Eisregen mit seinen harten Körnchen schwer zu schaffen. Schmerzhaft spürte Elisabetha, wie die Körnchen auf ihren Körper einschlugen, und sie zog die Decke enger um sich. Der Boden, auf dem sie fuhren, war ständig gefroren, so dass sie nur langsam vorankamen. Bequem war es zwischen den Sätteln und den anderen Waren auch nicht gerade, aber sie war froh, diese Gelegenheit bekommen zu haben. Der Sattler war ein freundlicher, alter Mann, der nicht viel redete und fragte. So brauchte sie ihm auch nichts über das Bittschreiben zu erzählen, vermutlich wäre er wie alle Männer über das Handeln der Frauen nicht erfreut gewesen. Ihre Erklärung, sie reise zu ihrem Verlobten, genügte ihm.

Johannes von Genth empfing Elisabetha mit freudiger Überraschung. Er schloss sie glücklich in die Arme. Dann steckten sie kurz die Köpfe zusammen, besprachen Neuigkeiten und überlegten, wie sie vorgehen sollten. Anschließend brachte er sie in das Gasthaus seiner Wahl, wo sie die nächsten Tage übernachten sollte. Hier wartete er in der Gaststube, während die Wirtin Elisabetha auf ihr Zimmer brachte, damit sie sich frisch machen konnte. Kurz darauf stand sie strahlend wieder bei Johannes. Danach gingen sie gemeinsam zum Schloss, um bei Herzog Johann Friedrich vorzusprechen. Als sie endlich im Audienzsaal empfangen wurden, mussten sie lange auf die Unterredung mit dem Herzog warten.

Elisabetha war überwältigt von der Pracht, die sie zu sehen bekam. Dies entschädigte sie für die lange Wartezeit. Staunend betrachtete sie den prunkvoll mit vergoldetem Stuck und Deckenbildern ausgestatteten Saal. Karmesinrote Tapisserien, goldene Spiegel und der edle Holzfußboden krönten den Anblick. Zierliche Besucherstühle luden zum Verweilen ein.

Als der Herzog endlich angekündigt wurde, bekam Elisabetha feuchte Hände.

Johannes nickte ihr aufmunternd zu. Er verbeugte sich vor seinem Herzog und Elisabetha sank in einen tiefen Knicks.

Huldvoll gestattete der Herzog ihnen, ihr Anliegen vorzutragen.

Elisabetha starrte in die dunklen Augen ihres Gegenübers, bevor sie verschämt die Augen senkte. Doch das Bild des Herzogs hatte sich ihr schon eingeprägt. Eine imposante, füllige Figur in einem dunklen, mit Goldfäden durchwirkten Wams und einer ebensolchen weiten Kniehose, unterhalb derer die Strümpfe hervorblitzten. Dazu trug er lederne Stulpenstiefel, deren Rand umgeschlagen war. Seine Herzogliche Gnaden hatte eine hohe Stirn und auf dem Oberkopf war er kahl. Dafür trug er an der Seite gekräuseltes Haar, das stark in die Breite gezogen war. Ein Oberlippen- und Spitzbart vervollständigte das runde Gesicht.

Als sich Elisabetha wieder traute, den Blick zu heben, sah der Herzog sie herausfordernd an. Sie übergab ihm das Bittschreiben der Backnanger Frauen.

Gelangweilt las er das Schreiben, doch dann runzelte er die Augenbrauen und in seiner Miene erschien Interesse.

Er rollte das Pergament zusammen und versprach: »Ich werde mich darum kümmern.« Nun wandte der Herzog sich Johannes von Genth zu. »Mein junger Freund, welches ist Euer Anliegen?«

»Wenn Ihr erlaubt …« Fragend blickte Johannes in die Augen des Herzogs. Ein kaum merkliches Nicken des Kopfes zeigte ihm dessen Einwilligung und stotternd setzte Johannes erneut an: »Mit … mit Eurer Erlaubnis möchte ich Euch die Jungfrau Elisabetha vorstellen und zugleich anfragen, ob Ihr uns gestattet, uns zu vermählen.«

Die Augenbrauen des Herzogs schossen nach oben. »Wie könnt Ihr Euch erlauben, derart eigenmächtig zu handeln?«, polterte er los. »Was denkt Ihr Euch? Hatte ich Euch nicht geboten, meine Verwandte zu ehelichen?«

»Wenn ich mir die Bemerkung erlauben darf«, warf Johannes hastig ein, »ich liebe die Jungfrau Elisabetha. Ich bin nur gewillt, diese Frau zu ehelichen.« Er warf ihr einen sehnsüchtigen Blick zu.

Was würde als Nächstes geschehen? Beklommen wartete Elisabetha auf die Erwiderung des Herzogs. Würde seine Durchlaucht die Genehmigung erteilen oder mussten sie befürchten, dass ihr Gesuch abgelehnt wurde und Johannes zudem noch seine Stellung verlor? Ihr Herz schlug heftig in banger Erwartung. »Nur keine Angst«, redete sie sich zu. Aber dennoch wartete sie stumm und mit bangem Herzen.

Herzog Johann Friedrich war der innige Blick nicht entgangen. Kurz rief dies eine schmerzliche Sehnsucht an seine Gemahlin Barbara Sophia in ihm wach. Er kannte dieses brennende, verzehrende Verlangen.

Zu Johannes' und Elisabethas Erstaunen huschte ein nachsichtiges Lächeln um die Lippen des Herzogs, bevor er antwortete.

»Es wäre eine Schande, wenn sich nicht noch alles zum Guten wenden würde. Weil Ihr nicht das zu tun braucht, was ich tun musste. Gegen meinen Willen musste ich mich vermählen.«

Mit großer Verwunderung lauschten die beiden jungen Leute diesem Eingeständnis.

»Auch wenn ich vom Glück begünstigt war und diese Wahl zu guter Letzt das Beste war, was mir passieren konnte. So lasse ich Gnade vor Recht ergehen. Mögt Ihr nun einer glücklichen Zukunft entgegengehen.«

Johannes griff nach Elisabethas Hand und drückte sie, bevor er sich zu seinem Herzog umdrehte. »Ich danke Euch vielmals für Eure Gnade!«

Der Herzog winkte ihnen mit seiner beringten Hand huldvoll zu, dann gestattete er ihnen zu gehen.

Elisabetha knickste und Johannes machte einen tiefen Kratzfuß, bevor sie mit immer schneller werdenden Schritten den Saal verließen. Hinter der geschlossen Tür fielen sie sich in die Arme.

»Heute ist ein großer Tag!«, jubelte Johannes und wiegte Elisabetha in seinen Armen. Plötzlich vernahm er einen lauten Schluchzer. Er hielt sie ein Stückchen von sich weg und sah ihr in die Augen. »Du weinst ja …«

»Ja, aber nur aus Glück. Es sind Freudentränen.« Energisch wischte sie sich über die Augen. »Ich habe nicht geglaubt, dass alles eine so gute Wendung nimmt. Erst die Annahme unserer Bittschrift und nunmehr sogar die Zustimmung zu unserer Vermählung. Ich bin so glücklich!«

»Das ist ein Geschenk und wir werden es annehmen.« Johannes gab seinem Mädchen einen innigen Kuss.

Ende des Monats Januar, die Straßen waren mit Pulverschnee bedeckt, reiste der württembergische Landhofmeister Eberhard Schenk aus Limpurg nach Backnang. Auf Geheiß des Herzogs gab er bekannt, dass er zwei herzogliche Räte bestellt habe, die die gesammelten Schriftstücke studieren sollten, um anschließend nochmalige Untersuchungen durchzuführen.

Die Backnanger Stadtobrigkeit widersprach einigen Vorwürfen auf das Schärfste und erklärte, dass sie nie vorgehabt hätte, die Gänsehaltung vollkommen zu verbieten. Der Vogt und die Ratsherren forderten eine Gänseordnung und baten den Herzog sogar, dass er sie alle aus Amt und Würden entlassen solle, wenn dieser ihrem Vorschlag nicht gnädig zustimme.

Was den Meinungsumschwung nach dem vorangegangenen jahrelangen Schlagabtausch schließlich herbeigeführt hatte, konnte im Nachhinein niemand mehr sagen.

Nach einer Befragung der herzoglichen Räte Ludwig Janowitz und Dr. Wilhelm Daser kam man in Stuttgart zu dem Ergebnis, dass nur eine gütliche Gänseordnung zwischen den beteiligten Bürgern und dem Vogt und seinen Ratsherren für Ordnung und Ruhe in Backnang sorgen könne. Daraufhin riefen die herzoglichen Räte eine außerordentliche Versammlung ein, bei der Vogt und Ratsherren sowie die Bürger und viele Frauen erschienen, um besagte Gänseordnung auszuhandeln.

Großer Lärm schlug den herzoglichen Räten entgegen, als sie den Sitzungssaal betraten. Es herrschte ein heilloses Durcheinander von Stimmen. Ludwig Janowitz bemühte sich stimmgewaltig, Ruhe in das Wirrwarr zu bringen.

»Ruhe bitte!«, brüllte er.

Alle verstummten. Man hätte eine Nadel zu Boden fallen hören können, so still war es.

»Liebe Bürger und Bürgerinnen, so lasst uns gemeinsam eine Ordnung aushandeln«, sprach Dr. Daser.

»Ich bin dafür festzulegen, wie viele Gänse jeder Bürger halten darf«, erklärte der Hafner Hans Achtpfennig. Er blickte in Richtung Leonhard Korns.

Der Vogt beriet sich murmelnd mit seinen Räten. »Wir sind einverstanden, möchten aber vorschlagen, dass, wer unter fünf Pfund Heller Steuern zahlt, drei Gänse halten darf. Wer über fünf Pfund Heller Steuern zahlt, darf vier Gänse besitzen.«

»Gut! Das werde ich festhalten.« Dr. Daser notierte eifrig die ersten Vorschläge.

»Außerdem möchte ich die Zahl der jungen Gänse begrenzen. Das nächste halbe Jahr sollte jeder Bürger nur sechs davon halten«, sagte der Vogt.

»Warum nur ein halbes Jahr?«, fragte Joß Haag, der Schmied.

»Weil sonst das Federvieh wieder überhandnimmt. Dann haben wir innerhalb kürzester Zeit dieselben Zustände wie vor dem Verbot.« Der Vogt lehnte sich auf seinem Stuhl zurück und verschränkte die Arme vor der Brust.

Anna Binder schrie empört mit ihrer lauten Stimme: »Gerade wenn wir uns eine neue Herde zulegen wollen, beschneidet Ihr uns die Anzahl der Gänse!«

Hans Krautter verzog verächtlich den Mund. »Das bedeutet für jede Familie nur ein brütendes Gänsepaar.«

»Sehr großzügig von Euch, Herr Vogt«, sagte Anna Binder spöttisch.

Leonhard Korn zischte: »Seid doch zufrieden!« Empört drehte er sich zu seinen Ratskollegen um. »Diese undankbaren Weiber!«, fauchte er.

Paul Baur versuchte einzulenken. »Nun, wir könnten uns auf ein festes Datum einigen. Um Euch ein wenig entgegenzukommen: Wie wäre es mit dem Fest der Kreuzerhöhung am 14. September?«

»Bevor wir hinterher ohne Gänse dastehen, würde ich den Vorschlag annehmen«, meinte Dorothea Höchberger.

Die Frauen flüsterten miteinander und schließlich einigten sie sich. Ihre Wortführerin, Anna Binder, presste ein »Also gut!« heraus.

Dr. Daser nahm alles gewissenhaft auf.

Als vierten Punkt handelten der Vogt und sein Rat aus, dass die Bürger, die Gänse hielten, einen erwachsenen Hirten in Dienst nehmen und ihn auch ein feierliches Versprechen ablegen lassen mussten, seine Sorgfaltspflicht gründlich einzuhalten. Er war verpflichtet, das Federvieh nur an ausgewiesene Orte auf dem Feld zu führen. Einstimmig wurde beschlossen, dass die Gänse auch in Haus und Hof gehalten werden durften, aber nur, wenn dadurch niemandem ein Schaden entstand.

Der Vogt hatte natürlich darauf bestanden, eine Strafe von einem Schilling zu erheben, wenn eine Gans am falschen Ort angetroffen werden würde.

Die Bürger wollten dagegen aufbegehren. Aber schließlich lenkten sie ein. Anna Binder äußerte sich erstaunlicherweise sehr einsichtig: »Wenn wir uns schon eine Gänseordnung zulegen, dann soll auch jeder Bürger fünf Schilling Strafe zahlen für jede zusätzliche Gans, die er unerlaubterweise hält.«

»Seht Ihr«, flüsterte Wilhelm Janowitz dem Vogt zu, »sie werden langsam vernünftig.«

»Euer Wort in Gottes Ohr«, gab Leonhard Korn zurück.

»Da seht Ihr, es geht auch anders, lieber Leonhard«, sagte auch Paul Baur freundlich.

»Können wir diesen Punkt also auch in die Ordnung aufnehmen?«, wollte Dr. Daser wissen.

»Nehmt es auf!«, befahl der Vogt.

»Und wer hat die Strafe zu entrichten?«, fragte Hans Krautter.

»Nun, die Männer sollen sie zahlen und müssen auch für ihre Frauen die Verantwortung übernehmen«, schlug Paul Baur vor. »Sollte jemand in Verlegenheit kommen und nicht bezahlen können«, fuhr er fort, »dann geht der Mann in eine Zelle und wir bekommen keine Schwierigkeiten mit stillenden Frauen oder Kleinkindern.«

Die Frauen klatschten begeistert und gaben damit ihre Zustimmung. Manch einer der Männer sah dagegen etwas betreten in die Runde.

Der herzogliche Schreiber notierte alles gewissenhaft. Allmählich machte sich eine zufriedene Stimmung im Sitzungssaal breit. Die Frauen hatten verstanden, dass die neue Gänseordnung tatsächlich zur Verbesserung ihrer Lage beitrug.

Der Vogt hatte sich bequem in seinem Stuhl zurechtgesetzt und nickte befriedigt.

»Trotzdem wird es nicht zu verhindern sein, dass die eine oder andere Gans erneut Schaden anrichtet«, sagte Paul Baur. Auf seinem alten Gesicht erschien ein skeptischer Zug. »Was machen wir dann?«

»Nun«, schlug Dr. Daser vor, »für jede Gans, die Schaden anrichtet, soll der Besitzer zwei Schilling Strafe zahlen.«

Ein Gewirr von Frauenstimmen war zu hören, dann ergriff Anna Binder das Wort: »Nun gut! Aber hier ist die Frage aufgekommen, was passiert, wenn eine Gans dabei getötet wird. Das haben wir in der Vergangenheit ja schon des Öfteren erlebt.«

»Den Schaden«, fiel Leonhard Korn sofort wieder ein, »soll selbstverständlich der Besitzer tragen.«

Eine junge Magd trat in den Sitzungssaal und brachte einen Krug mit Dünnbier. Sie füllte die Becher der Ratsherren mit der Erfrischung. Ein weiteres junges Mädchen ging durch die Reihen der Anwesenden und reichte auch ihnen Becher mit Dünnbier. Anschließend öffnete sie jeweils zwei Fenster auf beiden Seiten des Raumes. Kalte Winterluft strömte herein. Hier und da hörte man zufriedene Seufzer wie: »Endlich!« oder: »Das war auch Zeit!« Die stickige Luft im überfüllten Sitzungszimmer konnte endlich entweichen.

Nach dieser kurzen Unterbrechung ergriff Leonhard Korn wiederum das Wort, er sprach sehr vorsichtig, um die Bürger nicht wieder gegen sich aufzubringen: »Männer und Frauen aus Backnang!« Er zögerte kurz. »Nach nochmaliger Prüfung der Liegenschaften haben wir festgestellt, dass wir den Bergenacker, der jetzt brachliegt und zwanzig Morgen umfasst, sowie den Hofacker hinter der Ziegelhütte zwischen Maubach und Heininger Weg und außerdem das dreißig Morgen umfassende Haferfeld im Tauffeld als Möglichkeit für die Gänsehaltung nutzen können.«

»Das gibt's doch wohl nicht!«, stöhnte Anna Binder. »Erst beharrt er darauf, dass es kein Land für uns und unsere Gänse gäbe, und jetzt auf einmal doch!«

»Dann seid zufrieden, Frau!«, sagte Hans Krautter entschieden.

»Allerdings gibt es eine Einschränkung, denn zwei Wochen nach der Ernte sollen die gekennzeichneten Weiden wieder den Schafen und dem gehörnten Vieh gehören. Die Gänse müssen dann wieder in den Stall«, ergänzte der Vogt sanft.

Man konnte ihm die Freude über den zu erwartenden Gewinn zum Ausgleich für die Schaden anrichtenden Gänse genau ansehen.

Es war vollkommen still im Saal, als der herzogliche Rat Wilhelm Janowitz zu sprechen begann: »Herr Vogt, verbergt beim nächsten Mal das boshafte Glitzern Eurer Augen besser, rate ich Euch. Sonst haben wir doch noch einen Aufstand zu erwarten.«

Leonhard Korn senkte den Blick.

»Ich möchte noch darauf hinweisen, dass wir uns überlegt haben, vom Gallustag, also vom 16. Oktober an, bis zum Gregortag am 12. März zu erlauben, die Gänse auch auf den Wiesen um die Stadt herum weiden zu lassen«, fuhr Janowitz fort.

»Allerdings nicht in fremder Leute Gärten«, ergänzte der Vogt zänkisch.

Wilhelm Janowitz seufzte. »Wir kennen Eure Meinung. Aber nun haltet Euch endlich an die Gebote des Herzogs!«, sagte er mit leichter Schärfe in der Stimme.

»Nun denn, ich werde den Advokaten, der unseren Herzog normalerweise vertritt, mit der Abfassung der Urkunde beauftragen«, erklärte Dr. Daser.

Margaretha bedauerte, bei dieser wichtigen Entscheidung nicht zugegen zu sein, aber zugleich freute sie sich darüber, das erste Mal in ihrem Leben aus Backnang herauszukommen. Sie war zur herrschaftlichen Hochzeit von Johannes von Genth und ihrer Freundin Elisabetha eingeladen worden.

Trotz der Beschwernisse gestaltete sich für sie die Reise nach Stuttgart durch Schnee und Matsch zu einem ganz besonderen Erlebnis. Sie staunte über die Vielfältigkeit der Landschaft: schneebedeckte Hügel mit weißen Wäldern und Weinbergen, immer wieder ragte eine Burg aus den Bergen hervor. Von Flüssen durchzogene Täler und dazwischenliegende kleine Dörfer erschlossen sich ihren Augen.

Nach der Hochzeitszeremonie in der Kirche im Südwestflügel des alten Wasserschlosses in Stuttgart mit Ehegelübde, Jawort, dem Anstecken des Rings bei der Braut und dem Hochzeitskuss schritt die Gesellschaft durch den Innenhof mit seinen prächtigen Arkaden, um in dem prunkvollen Schloss zu feiern. Es war zwar nur eine sehr kleine Hochzeitsgesellschaft, darunter ein paar wenige Grafen wie Philipp von Neuhausen und Junker Ernst von Gaisberg aus Schnait. Die Brüder Wilhelm, Wolf Friedrich und Andreas von Sturmfeder, die vom Herzog vor zwei Jahren erst die Burg Reichenberg und das Dorf Oppenweiler an der Murr als Lehen bekommen hatten, waren ebenfalls Gäste des Brautpaares.

Herzog Johann Friedrich war nicht anwesend. Bevor er überstürzt zur Burg Hohenurach gereist war – denn dort war der verhasste Matthäus Enzlin inhaftiert worden, nachdem er mit Hilfe seiner Familie wiederholt versucht hatte, aus der Burg Hohenneuffen auszubrechen – hatte er es sich nicht nehmen lassen, Johannes und Elisabetha ein schönes Fest auszurichten.

Matthäus Enzlin, der noch unter Herzog Friedrich I. Kanzler gewesen war, saß nun in der Festung Hohenurach in Gefangenschaft. Der Korruption und des Amtsmissbrauchs angeklagt, war er aufgrund seines Schuldbekenntnisses und seiner kniefällig geleisteten Urfehde – was bedeutete, dass er unter Eid geschworen hatte, keine Rache zu nehmen – zu lebenslanger Haft verurteilt worden. Jetzt versuchte er sich freizupressen, indem er drohte, Staatsgeheimnisse zu verraten.

Elisabetha trug ein schlichtes nachtblaues Samtkleid mit Unterkleid, verzierte Spitzenärmel passend zu dem fächerförmig hochstehenden Spitzenkragen. Ihr Haar trug sie hochgesteckt und unter einem golddurchwirkten Haarnetz verborgen. Obwohl mit einem für höfische Gepflogenheiten einfachen Kleid ausstaffiert, überstrahlte Elisabetha in ihrem Glück dennoch alle Anwesenden. Die Kraft der Liebe hatte gesiegt.

Später zeigte Elisabetha Margaretha den goldenen, zierlichen Ring mit einem eingelassenen kleinen Edelstein, den sie von Johannes von Genth überreicht bekommen hatte. Ein kleines Familienerbstück, das seit Generationen an die Ehefrauen der Familie derer von Genth weitergereicht wurde. Stolz betrachtete sie das Hochzeitsgeschenk.

Überrascht über eine solche Großzügigkeit – sie wusste, dass Johannes keine Reichtümer besaß – bestaunte Margaretha das Schmuckstück. »Das ist wunderschön. Sieh nur, wie der blutrote Kristall funkelt!«

Elisabetha trat näher ans Fenster heran und drehte ihre Hand übermütig hin und her. Erst im Licht wurde die Schönheit des Karfunkelsteines sichtbar.

»Ich war selbst überrascht, aber das ist leider auch der einzige wertvolle Besitz, den Johann sein Eigen nennt. Natürlich habe ich noch das Geschenk des Herzogs.« Elisabetha zog eine Dose aus den Tiefen ihres Unterkleides hervor, öffnete sie und steckte ihrer Freundin verstohlen das Medaillon von Herzog Friedrich zu. »Bitte, nimm du es, ich darf es nicht mehr verwahren. Ich möchte nicht, dass mein Gatte es bei mir findet.«

»Aber das ist viel zu kostbar!«

»Weißt du, ich brauche es nicht mehr und du kannst es vielleicht eines Tages dringender gebrauchen und es in bare Münze tauschen«, flüsterte Elisabetha.

»Das kann ich nicht annehmen.«

»Oh doch, du wirst. Jetzt, wo ich solches Glück hatte, sollst auch du davon etwas haben. Nun tu mir den Gefallen und nimm es für dich oder deine Töchter.«

Margaretha war überwältigt. »Wenn du meinst, also gut! Vielen Dank!«

Nachdem das Festmahl fast einen halben Tag gedauert hatte – es wurden gehaltvolle Suppen, deftige Fleischgerichte wie geschmorter Rinderbraten, saure Kutteln und Nieren, dazu »Herrgottsbscheißerle«, mit Fleisch gefüllte Teigtaschen, deren Erfindung den Mönchen zugeschrieben wurde, da diese in der Fastenzeit so das Fleischverbot umgingen, aufgetischt, außerdem üppige Pasteten und Mehlspeisen wie Flädle, in Öl ausgebackene Eierkuchen mit herzhaftem Belag –, waren die Bäuche des Brautpaares und der Gäste bis zum Platzen gefüllt. Währenddessen lauschten sie der heiteren Musik der Spielleute.

Als schließlich zum Tanzen aufgespielt wurde, waren Elisabetha und Johannes froh, die steifen Tischsitten aufgeben zu können, um sich zu bewegen. Bei den anschließenden Paarreigen war Elisabetha am Anfang noch etwas zurückhaltend ihren edlen Tanzpartnern gegenüber. Aber diese Ehrfurcht legte sich, je weiter fortgeschritten und je ausgelassener der Abend wurde. Bis spät in die Nacht wurde gelacht und getanzt.

Drei Tage nach der großen Sitzung im Rathaus der Stadt Backnang bekamen sowohl die Stadtobrigkeit als auch die Backnanger Bürger eine Ausfertigung der Gänseordnung überreicht. Am 15. Februar des Jahres 1612 wurde die Gänseordnung durch Herzog Johann Friedrich in Kraft gesetzt. Nach sechs endlos langen Jahren des Streites um das liebe Federvieh kehrte Friede in Backnang ein. Die Frauen hatten ihr Ziel erreicht.

Noch am gleichen Abend desselben Tages klopfte es bei Margaretha Goldtner an der Tür. Ein junges Mädchen stand davor und bat sie inständig um Hilfe für ihre Herrin, die kurz vor der Niederkunft war. Die Hebamme ergriff die Tasche und verließ eilig das Haus …

Die Lebensumstände zur Zeit des Backnanger Gänsekriegs 1606 bis 1612

von Dorothee Winter

Die Geschichte des Backnanger Gänsekriegs war bis zum Jahr 1981 den Bürgern in Backnang eher als Anekdote bekannt, viele kannten sie überhaupt nicht. Erst der Beschluss des Backnanger Gemeinderates im Dezember 1980, den neuen Brunnen in der Fußgängerzone mit einer Gänsefrau zu verzieren, rief die Geschichte des Backnanger Gänsekriegs wieder in Erinnerung. Der historische Bezug war für den Gemeinderat der Anlass, sich für die Gänsefrau zu entscheiden, nicht etwa der Grund. So verdanken wir es eher einem Zufall, dass den streitbaren Backnanger Frauen heute ein Denkmal gesetzt ist. Dieser Zufall und die Tatsache, dass sich in Backnang einige Frauen zusammenfanden, um sich über die Rolle der Frauen früher und heute Gedanken zu machen, gaben den Anstoß zu einem Vortrag im Helferhaus. Im Rahmen des vom Heimat- und Kunstverein veranstalteten Altstadtstammtischs wurde dieser Vortrag am 27. April 1982 gehalten.

Um die Geschichte des Backnanger Gänsekriegs besser zu verstehen, erscheint es sinnvoll, die Lebensumstände der Menschen am Anfang des 17. Jahrhunderts etwas näher zu beschreiben, sofern das wenige Material, das dazu vorliegt, dies überhaupt erlaubt. Die Lebensverhältnisse sollen dann auf die spezifische Situation in Backnang übertragen werden, um verständlich machen zu können, was eine Gans für die Backnanger Bürgerinnen und Bürger bedeutet haben mag, und um darüber hinaus zu begreifen, was es bedeutete, als man sie ihnen weggenommen hat. Diese Beschreibung der Lebensumstände ist auch deshalb notwendig, weil es ein großer Unterschied ist, ob man sich im Zeitalter feudaler Machtausübung gegen die Obrigkeit auflehnt oder in einer Zeit wie heute, wo das Demonstrieren ein Recht jeder Bürgerin und jedes Bürgers ist. Auf diesem Hintergrund erst werden die Fakten sinnvoll und runden sich zu einem Bild.

Das Heilige Römische Reich Deutscher Nation ist um 1600 in viele Territorialstaaten zerfallen. Einer dieser Territorialstaaten ist Wirtemberg, das zur damaligen Zeit schon fast seine heutige Größe besaß. Es wird zentral regiert von Herzog Johann Friedrich von Wirtemberg, der seinen Sitz in Stuttgart hat. Wirtemberg hat damals schon eine landständische Verfassung, d.h. privilegierte Schichten (Adel und Großbürgertum) haben ein geringes Mitspracherecht bei der Regierungsgewalt. Dies war nicht etwa der Gnade eines Herzogs zu verdanken, sondern das Ergebnis einer zu hohen Verschuldung des herzoglichen Hauses zu Anfang des 16. Jahrhunderts.

Im Tübinger Vertrag vom Jahr 1514 übernahm der von Herzog Ulrich einberufene Landtag diese Schuldenlast von damals 900 000 Gulden, allerdings nicht ohne Gegenwert. Der Landtag verpflichtete den Herzog in diesem Vertrag, keine Kriege mehr zu führen, ohne vorher den Landtag zu befragen, und die Veräußerung von Land und Leuten, damals allgemein üblich, bedurfte der Zustimmung der Stände. Auch in Fragen der Finanz- und Steuerpolitik war der Herzog nicht mehr autonom. Obwohl dieser Landtag sich noch ganz gewaltig unterscheidet von dem, was wir heute darunter verstehen, und er dem Herzog auch noch genügend Freiraum ließ, seine absolute Macht auszuüben, war diese Staatsform für die damalige Zeit schon recht fortschrittlich und der erste Schritt auf dem Weg zu einem Verfassungsstaat von heutiger Prägung.

Das Volk allerdings bekam von dieser Fortschrittlichkeit kaum etwas zu spüren; es hatte zu arbeiten und seinen Zehnten und seine Steuern abzugeben. Das Haus Wirtemberg hatte sich zur Zeit der Reformation zum neuen Glauben bekannt, ein einträgliches Geschäft, denn von nun an gingen alle Steuern, die vorher die Klöster oder Stifte eingezogen hatten, nach Stuttgart. Die wirtschaftliche Grundlage dieses »Staatswesens« war die Arbeitskraft der Menschen, die darin lebten. Selbstverständlich ist das bis heute nicht anders. Nur war es in der damaligen Zeit viel direkter. Die Menschen hatten ihre Steuern in Form von Waren oder ihrer Arbeitskraft oder manchmal ihres Lebens zu bezahlen. Wenn es die Verschwendungssucht eines Herrschers verlangte, wurden die Abgaben beliebig erhöht oder es konnte sein, dass die Männer mitten in der Ernte zur Jagd oder zum Krieg gerufen wurden. Dies waren fundamentale Eingriffe in das Leben der Menschen, sie konnten Hunger oder Tod bedeuten, und wer Widerstand leistete, wurde unter Umständen hingerichtet.

Die Menschen arbeiteten hart für ihren Lebensunterhalt. Sie lebten von Ackerbau und Viehzucht; das Handwerk steckte auf dem Land und in kleineren Städten noch ganz am Anfang seiner Entwicklung. Viele Menschen arbeiteten auch als Gesinde oder Taglöhner bei Kirchen oder reichen Grundherren. In kleineren Städten oder Dörfern hatten Handwerker meist nur ein bis zwei Lehrlinge oder Gesellen bei sich arbeiten. Schon damals gab es eine geschlechtsspezifische Arbeitsteilung. Die Frau war für das Haus zuständig, der Mann für die Arbeit auf dem Feld oder in der Werkstatt. Der Aufgabenbereich der Frauen war damals allerdings viel umfassender als heute und brachte auch schwerste körperliche Arbeit mit sich. Zunächst war die Frau zuständig für die Kinder, wobei auffällt, dass in diesem Zusammenhang meist von der »Aufzucht« der Kinder die Rede ist, wo wir heute das Wort »Erziehung« hören. Sie hatte die Mahlzeiten zu bereiten für die Familie und eventuell vorhandenes Gesinde, sie war zuständig für das Vieh und den Garten, musste Vorräte anlegen für den Winter; oft wurde von den Frauen das Bier selbst gebraut. Weiterhin gehörten dazu die Flachsbereitung, das Spinnen und Weben, daraus folgend das Nähen von Kleidern für die ganze Familie. Die Versorgung der Alten und Kranken war ebenfalls ihre Aufgabe. Beim Kinderkriegen kamen die Nachbarinnen zur Hilfe und die von den Frauen jährlich neu gewählten Hebammen. Für die Frau im handwerklichen Betrieb gab es dasselbe Arbeitspensum zu bewältigen. Oftmals übernahm sie den Verkauf und das Führen der Bücher und die Verpflegung von Gesellen und Lehrlingen.

Die Familie bildete somit eine Wirtschaftsgemeinschaft, wo der eine Partner von dem anderen abhängig war im Sinne eines gemeinsamen Lebenszusammenhangs. Die Eheleute hatten gemeinsame Themen, die Frau war so geachtet wie der Mann. Dies galt gleichermaßen für den handwerklichen wie für den bäuerlichen Haushalt. Gearbeitet wurde rund um die Uhr, von Sonnenaufgang bis zur Dunkelheit. Kinder waren billige Arbeitskräfte und wurden, sobald sie dazu in der Lage waren, dazu angehalten, in Haus und Hof mitzuarbeiten. Der Lebenssinn dieser Menschen lässt sich etwa folgendermaßen zusammenfassen: »Man aß, um zu schaffen, und man schaffte, um etwas zum Essen zu haben.«

Die lebensnotwendigen Güter, für die diese Menschen so hart arbeiten mussten, waren äußerst bescheiden. Das Essen bestand zumeist aus Brei, der aus den jeweils angebauten Getreidesorten bestand. Kartoffeln waren damals noch unbekannt. Fleisch war selten, eine Gans eine Köstlichkeit. Wenn tatsächlich einmal ein Tier geschlachtet wurde, dann wurde es bis aufs letzte Haar verwertet. Die Mahlzeiten wurden aus einer Schüssel gegessen, in kleineren landwirtschaftlichen und handwerklichen Betrieben aßen das Gesinde und die Gesellen aus derselben Schüssel mit.

Die Kleider, die von den Frauen meist selbst gefertigt wurden, waren einfach und zweckmäßig. Oft beschränkte sich ihre Kleidung auf ein Werktags- und ein Sonntagskleid und manchmal nicht einmal das. Nachthemden waren noch nicht erfunden, die Menschen schliefen nackt, ein Hinweis auf den Wert von Gänsedaunen erübrigt sich hier wohl.

Auch die Wohnverhältnisse waren mehr als bescheiden. Die einzige Wärmequelle im Haus war der Herd, der im Mittelpunkt des Hauses stand. Die Häuser am Stadtrand, wo die Ärmeren wohnten, waren eingeschossig, die Dächer mit Stroh gedeckt. Diese Häuser hatten oft nur einen Raum, in dem sich das ganze Leben abspielte. Fensterscheiben waren für viele unerschwinglich, weshalb man Pergament vor die Fensteröffnungen spannte. Tische und Bänke waren die einzigen Möbel außer dem Bett. Je nach Einkommen hatte man Federbetten oder Strohsäcke zum Zudecken. Der Stadtmitte zu wohnten die reicheren Bürger. Dort waren die Häuser dann zwei-, im höchsten Fall dreigeschossig. Aber eine Zentralheizung war auch da nicht vorhanden. Im Erdgeschoss befand sich der Lebensraum, der Handwerker hatte dort auch seine Werkstatt untergebracht. Im ersten Stock schlief die Familie, im zweiten die Gesellen. Sanitäre Anlagen sind in den Quellen nirgends erwähnt. Das Wasser wurde aus dem Brunnen herbeigeschafft oder aus den fließenden Gewässern der Umgebung. Aber auch damals gab es schon Menschen, die sich in Samt und Seide kleideten, die in Schlössern wohnten und die besten Speisen aßen. Der Gegensatz von arm und reich war damals unvergleichlich größer als heute.

In diesem Leben spielten der Glaube und die Kirche eine zentrale Rolle. Für manche mag das Leben nach dem Tode die einzige Erlösung aus diesem Jammertal gewesen sein. Die Natur, die dieses Leben so sehr bestimmte, entschied über Hunger und Sattsein und wurde als ausschließlich von Gott gelenkt erlebt. Der Kirchenbesuch war deshalb nicht nur äußere, sondern auch innere Pflicht. Eine Missernte konnte Hungersnot bedeuten. Wolkengebilde galten als Zeichen Gottes. Und nicht nur der Glaube an Gott war lebendig, ebenso der Aberglaube. Es war in Deutschland noch immer die Zeit der Hexenverbrennungen. Menschen, die tote Tiere berührten, galten als unrein, und Unreinheit bedeutete, dass zum Beispiel der Zugang in eine Zunft verwehrt blieb. Was nicht erklärbar war, war Hexen- oder Teufelswerk. 1600 wurde Giordano Bruno verbrannt, weil er die Behauptung aufstellte, das Universum sei unendlich und habe keinen Mittelpunkt. Etwa zur gleichen Zeit entging Galileo

Galilei diesem Schicksal nur, weil ihm sein Leben lieber war als seine Wahrheit. Diese wenigen Beispiele sollen nur zeigen, dass die Menschen gar keine andere Möglichkeit hatten, sich die Dinge zu erklären, denn die Naturwissenschaften begannen gerade erst sich zu entwickeln.

In der Stadt Backnang war der Burgberg mit Stift und Stiftshof das Herz der Stadt. Hier hatte auch der Propst, der höchste kirchliche Würdenträger der Stadt, seinen Sitz. Beide Kirchen waren noch voll erhalten, die Michaeliskirche fürs Volk, die Pancratiuskirche, die heutige Stiftskirche, für die Herren des Stifts. Das Rathaus stand schon an seinem heutigen Platz, gegenüber, im heutigen Stadthaus, saß, so wird zumindest vermutet, der Vogt, der Vertreter des Fürsten, Auge in Auge mit der Stadtverwaltung.

Die Grenzen der Stadt wurden durch die Stadtmauer bestimmt. Der Burggraben bildete gegen die Murr einen natürlichen Abschluss, war aber auch befestigt. Der heutige Schillerplatz, damals noch außerhalb der Tore der Stadt gelegen, war der Viehmarkt. Außerdem lagen zwei Mühlen, beide im Besitz des Stifts, außerhalb der Tore der Stadt. Die eine an der Sulzbacher Brücke, die andere an der Stelle der Layher'schen Mühle, an der Aspacher Brücke.

Die politische Struktur in Backnang sah folgendermaßen aus: Es gab Bürgermeister, Gericht und Rat, die aus Bürgern der Stadt zusammengesetzt waren. Mindestens ebenso gewichtig war die Stellung des Propstes. Zwar war das Stift seit der Reformation dem weltlichen Herrscher, nämlich dem Herzog in Stuttgart, unterstellt, trotzdem blieb es der größte Arbeitgeber in der Stadt. Als Gesinde verdingten sich viele Bürger dort. Auch waren die Backnanger Mühlen im Besitz des Stiftes. Kein Bauer durfte sein Korn selbst mahlen, die Müller hatten sozusagen eine Monopolstellung und den immer damit einhergehenden hohen Gewinn und das entsprechende Ansehen. Die Mühlen waren als Erblehen vergeben. Der Propst galt in moralischen Fragen als Autorität, er überwachte zum Beispiel den regelmäßigen Kirchenbesuch. Er war, wie auch der höchste staatliche Beamte, der Vogt, vom Herzog eingesetzt und geschickt.

Der Vogt wiederum setzte den Rat der Stadt ein. In aller Regel wählte er dafür die reichsten Männer aus, denn man war sich darin einig, dass damit auch die Bestechlichkeit der Herren geringer sein würde. Außerdem lag die so genannte Niedere Gerichtsbarkeit in seinen Händen. Es gab die reichsweit gültige Peinliche Halsgerichtsordnung, die den Umfang dieser Niederen Gerichtsbarkeit näher beschrieb als Befugnis, Recht zu sprechen über bürgerliche Händel und geringe Verbrechen wie fließende Wunden, wenn davon keine Lähmung des Kinnbackens entsteht, das Abhauen von einem oder zwei Fingern, Verletzungen von ein, zwei, drei oder mehr Rippen, Ausschlagen von Zähnen, Einwerfen von Fenstern, geringe Schmäh- und Scheltworte und die deswegen ergangenen Urteile zu vollstrecken. Ferner Zeugen zu vernehmen, eine gute Polizei zu erhalten und nicht zuletzt, die Geldstrafen in die eigene Kasse zu befördern. Der Vogt tat also gut daran, die Strafen hoch zu bemessen, denn erstens stieg dann sein Einkommen, zweitens drohte den Angehörigen der unteren und mittleren Einkommensschicht bei kleineren Vergehen bereits finanzieller Ruin, und drittens wurde auf diese Weise zu großer Anmaßung und zu massiver Einflussnahme der finanziell stärkeren Schicht vorgebeugt. Die unteren Schichten, also auch die Frauen aus dieser Bevölkerungsgruppe, konnten nichts riskieren, ohne mit dem wirtschaftlichen Ruin der kompletten Familie rechnen zu müssen, was so viel bedeutete, dass diese Menschen praktisch politisch mundtot waren.

Außer Geldstrafen konnte der Vogt zu jener Zeit übrigens noch eine allseits gefürchtete Strafe verhängen, die weitaus empfindlicher traf, als sie es heute täte: zwei Wochen bis lebenslänglich Wirtshausverbot. Ohne Radio, Fernsehen, Bücher, Zeitungen war man also bei einer solchen Strafe von jeder Kommunikation ausgeschlossen.

Die Lebensbedingungen sind deshalb in solcher Ausführlichkeit beschrieben, damit umso deutlicher wird, welche Bedeutung die Gänsehaltung für die Backnanger hatte. Nicht nur, dass die Gänse morgens mit ihrem lauten Geschnatter durch die Totengasse an die Murr watschelten, sie waren auch für jeden Haushalt bares Geld. Dreimal im Jahr wurden die Daunen gerupft. Im Frühjahr bereicherten die Eier die Mahlzeiten, im Herbst gab es einen Braten und das Schmalz war ein nahrhafter Vorrat für den Winter. Außerdem war es die Grundlage für von Frauen selbst zubereitete Salben und Umschläge. Die Kiele der Federn dienten als Schreibgeräte. Die Gans wurde also bis auf die Knochen von den Frauen verwertet. Hinzukommt, dass sie mit ihrem Instinkt die Meteorologen von heute ersetzten, denn wenn eine Gans im Frühjahr Eier legt, dann kann man sich darauf verlassen, dass es nicht mehr kalt wird. Auch sind Gänse wachsamere Hüter des Hauses als so mancher Hund.

All diese Gaben waren mit nur sehr geringem Aufwand zu erhalten, tummelten sich die Gänse doch den Tag über an der Murr ohne jede Aufsicht, am Abend kamen sie von selbst pünktlich zurück. Da ist es kein Wunder, dass die Zahl der Gänse ständig zunahm.

Da Gänse nun mal keinen Respekt vor Privateigentum haben und Salat und junges Gemüse besonders schätzen, konnte es schon auch mal vorkommen, dass sie sich in die Gärten entlang der Murr verirrten. Und wem gehörten diese Gärten? Den Vermögenderen unter den Bürgern. Die Verwüstung eben dieser Gartenbeete war auch der Grund, weshalb Bürgermeister, Gericht und Rat, nämlich gerade die vermögenden Bürger, im Jahr 1606 die Gänsehaltung in Backnang verboten. Alle Gänse in Backnang sollten abgeschafft werden. Der Auftakt zum Gänsekrieg war gegeben.

Die Backnanger Gänseordnung

Am 11. Februar 1612 wurde eine Gänseordnung erlassen, die die Gänsehaltung in Backnang regelte. Diese Ordnung hatte später in ganz Württemberg Gültigkeit.

1. *Wer unter 5 Pfund Heller Steuer zahlt, darf drei Gänse halten.*
2. *Wer über 5 Pfund Heller Steuer zahlt, darf vier Gänse halten.*
3. *Junge Gänse soll kein Bürger mehr als sechs halten und auch das nur bis Kreuzerhöhung am 14. Spetember.*
4. *Diejenigen Bürger, die Gänse halten, sollen einen Hirten anstellen und bezahlen, der erwachsen ist und vom Bürgermeister ins Gelübde genommen werden muss. Der Hirte soll die Gänse an den angewiesenen Ort auf dem Feld führen. Zusätzlich dürfen die Bürger auch Gänse auf ihren Privatgütlein halten, wenn dadurch andern kein Schaden geschieht. Wird dagegen verstoßen, soll von jeder Gans, die am falschen Ort angetroffen wird, 1 Schilling Strafe erhoben werden.*
5. *Hält ein Bürger mehr Gänse, als die Ordnung erlaubt, soll wegen jeder Gans darüber hinaus 5 Schilling Strafe erlegt werden.*
6. *Die zu zahlenden Strafen sollen von den Männern und nicht von den Frauen eingefordert werden. Strafen können bei Zahlungsunfähigkeit auch im Gefängnis abgebüßt werden.*
7. *Pro Gans, die Schaden anrichtet, sind 2 Schilling Strafe zu zahlen. Wird eine solche Gans von den Geschädigten getötet, soll der Besitzer der Gans den Schaden zu tragen haben.*

8. *Als Gänseweiden werden vorgesehen: drei Zelgen, erstens der Bergenacker, der jetzt brachliegt und 20 Morgen umfasst, zweitens der Hofacker hinter der Ziegelhütte zwischen Maubacher und Heininger Weg, der diesmal mit Samen steht, mit etwa 35 Morgen, und drittens in dem Haferfeld im Tauffeld 30 Morgen. 14 Tage nach der Ernte soll man jedoch auf den genannten Orten, die alle mit Zeichen abgesteckt werden sollen, mit Schafen oder gehörntem Vieh gegenüber Gänsen den Vortrieb haben. Die Gänse sollen dann auf der Straße bleiben.*
9. *Vom Gallustag, 16. Oktober, bis zum Gregorstag, 12. März, soll man zusätzlich die Gänse auch auf den Wiesen und um die Stadt hinum weiden lassen dürfen, jedoch nicht in anderer Leute eingezäunten Gärten.*

Quelle: Hauptstaatsarchiv Stuttgart, Bestand A 206, Büschel 226.

Literaturhinweise

Brücker, Christian Ludwig: Der Backnanger Gänsekrieg. In: Stadt Backnang, Stadtarchiv, Mitteilungen und Berichte 10. Jahrgang, Nr. 2, 1982.

Fritz, Gerhard: Quellen zur Geschichte des Backnanger Gänsekriegs. In: Schriftenreihe des Heimat- und Kunstvereins Backnang, Band 4, 1984.

Ortssippenbuch Backnang, Band 1 für die Kernstadt 1599–1750, hrsg. von Prof. Dr. Burkhart Oertel, Neubiberg 1999.

750 Jahre Stadt Backnang. Beiträge zur Geschichte der Stadt. Schriftenreihe des Heimat- und Kunstvereines Backnang, Band 5, 1987.

Nachwort und Danksagung

Vor vielen Jahren besuchte ich eine Stadtführung durch das schöne Backnang und hörte das erste Mal vom Backnanger Gänsekrieg und seinen halsstarrigen Frauen. Die Stadtführerin erwähnte auch, dass es sehr wenig Material über die Geschichte dieser Zeit gäbe. Das war meine Inspiration. Allerdings vergingen noch etliche Jahre, bis ich das Schreiben in die Tat umgesetzt habe.

Eine große Hilfe bei meinem Roman war das Ortssippenbuch Backnang. Diesem Buch entnahm ich meine Hauptpersonen. Ich versuchte, deren Daten und Berufe weitgehend zu übernehmen. Weitere Recherchen habe ich in der Ortsbücherei und im Internet betrieben. Allen wissentlichen und unwissentlichen Helfern an dieser Stelle vielen Dank.

Die Romanhandlung selbst ist ausschließlich meiner Phantasie entsprungen. Ich bitte alle Nachfahren der im Roman genannten Personen, es mir nicht übel zu nehmen, sollte ein Ahne nicht so gut weggekommen sein.

Herrn R. Fiedler von der Kreiszeitung, der den Stein zum Verlegen des Buches durch seine Anfrage nach einem Artikel über den Backnanger Gänsekrieg ins Rollen brachte und Frau D. Winter, die mir mit vielen Stunden des Durchsehens meiner Erstfassung großartige Unterstützung gegeben hat, gebührt mein Dank.

Meiner Lektorin B. Kimpel schulde ich aufrichtigen Dank für ihre Mühe, sie hat dem Roman den letzten Schliff gegeben. Mein besonderer Dank geht an den Silberburg-Verlag, der mir ermöglichte, diesen Roman zu veröffentlichen.

Cornelia Mörbel